À QUELQUES SECONDES PRÈS

DU MÊME AUTEUR

Rupture de contrat, Fleuve Noir, 2003, et Pocket, 2011.
Balle de match, Fleuve Noir, 2004, et Pocket, 2011.
Faux rebond, Fleuve Noir, 2005, et Pocket, 2011.
Du sang sur le green, Fleuve Noir, 2006, et Pocket, 2011.
Temps mort, Fleuve Noir, 2007, et Pocket, 2011.
Mauvaise base, Fleuve Noir, 2008, et Pocket, 2011.
Peur noire, Fleuve Noir, 2009, et Pocket, 2011.
À découvert, Fleuve Noir et Pocket Jeunesse, 2012, et Pocket, 2013.

18.90 €
(2)

HARLAN COBEN

À QUELQUES SECONDES PRÈS

Traduit de l'anglais (États-Unis)
par Cécile Arnaud

Fleuve Noir

Titre original :
Seconds Away

Fleuve Noir, une marque d'Univers Poche,
est un éditeur qui s'engage pour
la préservation de son environnement
et qui utilise du papier fabriqué à partir
de bois provenant de forêts gérées
de manière responsable.

ISBN : 978-2-265-09251-8

À mon filleul, Henry Armstrong

1

Il y a des moments dans la vie qui changent tout.

Quand je dis « tout », je ne parle pas de petites choses, comme vos céréales préférées, la filière que vous choisissez au lycée, la fille dont vous tombez amoureux ou l'endroit où vous allez passer les vingt prochaines années. Je parle de changement radical. En une seconde, tchac ! votre monde entier bascule. Toutes les règles s'inversent, tout ce que vous preniez pour la réalité est remis en cause.

Le haut devient le bas. La gauche devient la droite.

La mort devient la vie.

En contemplant la photo, j'ai compris qu'on se trouve toujours à quelques secondes d'un tel cataclysme. Ce que je voyais n'avait pas de sens. J'ai cligné plusieurs fois des paupières, comme si je m'attendais à ce que l'image se modifie. Évidemment, elle est restée la même.

C'était un vieux cliché en noir et blanc. Après un rapide calcul, j'ai conclu qu'il avait dû être pris presque soixante-dix ans plus tôt.

— C'est impossible, ai-je dit.

Je précise tout de suite que je ne parlais pas tout seul, au cas où vous me prendriez pour un cinglé. (Vous le penserez bien assez tôt.) Je m'adressais à la femme chauve-souris. Elle se tenait à quelques pas de moi, silencieuse, dans sa robe blanche. Ses longs cheveux gris semblaient onduler alors même qu'ils ne bougeaient pas. Elle avait la peau toute ridée, comme du papier qu'on aurait plié et déplié de trop nombreuses fois.

Même si vous ne connaissez pas *cette* femme chauve-souris, vous en connaissez forcément une. C'est la vieille sorcière effrayante qui vit dans la vieille maison effrayante au bout de la rue. Chaque ville a la sienne. Dans la cour de récré, vous avez entendu des histoires sur le sort qu'elle vous ferait subir si elle vous attrapait. Petit, vous restiez à distance. Devenu adolescent – un lycéen de seconde, dans mon cas –, vous évitez toujours de vous approcher de la maison, parce que, même si vous êtes trop vieux pour croire à ce genre de bêtise, elle continue de vous foutre un peu la trouille.

Et pourtant, j'étais là, à l'intérieur de son antre, à regarder une photo dont je savais qu'elle ne pouvait pas être ce que je croyais qu'elle était.

— C'est qui, ce type ? lui ai-je demandé.

Elle m'a répondu d'une voix aussi grinçante que le vieux parquet sous nos pieds :

— Le Boucher de Łódź.

L'homme de la photo portait un uniforme de la Waffen-SS. Pour faire court, c'était, d'après la femme chauve-souris, un nazi sanguinaire qui, durant la Seconde Guerre mondiale, avait assassiné beaucoup de gens, dont son père à elle.

— Et la photo, elle a été prise quand ?

— Je ne sais pas exactement. Sans doute autour de 1942 ou 1943.

J'ai examiné de nouveau le visage en noir et blanc. Ma tête s'est mise à tourner. C'était impossible. J'ai tenté de me raccrocher à des certitudes. Mon nom est Mickey Bolitar, aucun doute là-dessus. C'était déjà un bon début. Je suis le fils de Brad (décédé) et Kitty (en cure de désintox) Bolitar, et je cohabite actuellement avec mon oncle, Myron

Bolitar (que je tolère). Je viens d'entrer au lycée de Kasselton (le petit nouveau qui cherche encore ses marques), et, si on se fie à cette photographie, soit je souffre d'hallucinations, soit je suis complètement fou.

— Qu'y a-t-il, Mickey ?

— Ce qu'il y a ? Vous vous fichez de moi, ou quoi ?

— Je ne comprends pas.

— Lui ? (J'ai pointé la photo du doigt.) Lui, c'est le Boucher de Łódź ?

— Oui.

— Et vous croyez qu'il est mort à la fin de la guerre ?

— C'est ce qu'on m'a dit. Mickey ? Tu sais quelque chose ?

Mes pensées m'ont ramené à la première fois où j'avais vu la femme chauve-souris. J'étais en route pour le lycée quand, soudain, elle était apparue sur le seuil de sa vieille maison délabrée. J'avais failli hurler. Levant vers moi une main d'une pâleur fantomatique, elle avait prononcé des mots qui m'avaient frappé comme un coup de poing dans le ventre : *Mickey ?* (J'ignorais comment elle connaissait mon prénom.) *Ton père n'est pas mort.*

Et ces paroles m'avaient entraîné dans une aventure infernale qui aboutissait maintenant à... cette photo.

J'ai relevé la tête.

— Pourquoi vous m'avez dit ça ?

— Dit quoi ?

— Que mon père n'était pas mort. Pourquoi ?

Comme elle restait silencieuse, j'ai poursuivi d'une voix tremblante :

— Parce que moi, j'y étais. Je l'ai vu mourir de mes propres yeux. Alors, pourquoi vous m'avez dit un truc pareil ?

— Raconte-moi, m'a-t-elle demandé de sa voix éraillée par l'âge. Raconte-moi ce dont tu te souviens.

— Non, mais je rêve, ou quoi ?

En silence, la vieille dame a remonté sa manche et m'a montré le tatouage qui la désignait comme une survivante du camp de la mort d'Auschwitz.

— Je t'ai raconté comment mon père était mort. À ton tour, maintenant. Dis-moi ce qui s'est passé.

Un frisson glacé m'a parcouru la colonne vertébrale. J'ai balayé des yeux la pièce sombre. Un vinyle tournait en grésillant sur une vieille platine. J'ai reconnu « Le Temps immobile », de Horse-Power. Ma mère était fan de ce groupe. Elle avait même fait la fête avec eux, du temps où elle était célèbre, c'est-à-dire avant que je pointe le bout de mon nez et brise du même coup tous ses rêves. Sur la cheminée de la femme chauve-souris, il y avait cette maudite photo des années 1960, celle des cinq hippies portant des tee-shirts tie and dye ornés du papillon.

— Raconte-moi, a-t-elle insisté.

J'ai fermé les yeux et inspiré à fond. C'était tellement dur de retourner là-bas ; même si je le faisais pratiquement toutes les nuits, semblait-il.

— On roulait vers San Diego, mon père et moi. La radio était allumée. On riait.

C'est ce que je me rappelle le mieux de notre vie d'avant : le rire de mon père.

— Et ensuite, que s'est-il passé ?

— Un 4 × 4 a traversé le terre-plein central et nous a heurtés de plein fouet. Paf, comme ça.

Je me suis interrompu une seconde. C'était comme si je revivais la scène : l'horrible bruit de tôle, la violence du choc, la pression de la ceinture de sécurité, le coup du lapin, et soudain le noir.

— La voiture a fait un tonneau. Quand j'ai repris conscience, j'étais coincé. Des pompiers essayaient de me désincarcérer.

— Et ton père ?

J'ai levé les yeux vers elle.

— Vous le connaissiez, n'est-ce pas ? Mon oncle m'a raconté que mon père était venu dans cette maison quand il était petit.

— Ton père, a-t-elle répété, ignorant ma question. Que lui est-il arrivé ?

— Vous savez ce qui s'est passé.

— Dis-le-moi.

L'image était restée gravée dans ma mémoire.

— Papa était couché sur le dos. Il avait les yeux fermés. Une mare de sang se formait autour de sa tête.

Mon cœur s'est mis à palpiter.

La femme chauve-souris a tendu vers moi une main osseuse.

— Ça va aller.

— Non, ai-je répliqué avec une pointe de colère dans la voix, ça ne va pas aller. Pas du tout, même. Parce qu'il y avait un ambulancier penché sur mon père. Un homme aux yeux verts et aux cheveux blond vénitien. Au bout d'un moment, ce type a levé les yeux vers moi, et quand nos regards se sont croisés, il a secoué la tête. Une seule fois. Et j'ai compris. Son expression parlait pour lui. C'était fini. Mon père était mort. La dernière chose que j'ai vue, c'est cet infirmier aux yeux verts et aux cheveux blond vénitien qui l'emmenait sur un brancard.

La femme chauve-souris n'a fait aucun commentaire.

— Et ça, ai-je poursuivi d'une voix étranglée, brandissant la vieille photo alors que les larmes me montaient aux yeux, ça, ce n'est pas une photo d'un vieux nazi. C'est une photo de ce bonhomme.

Le pâle visage de la femme chauve-souris a paru blêmir encore davantage.

— Je ne comprends pas.

— Moi non plus. Votre Boucher de Łódź ? C'est l'ambulancier qui a emmené mon père.

Sa réaction – ou plutôt son manque de réaction – m'a sidéré. Elle s'est contentée d'un :

— Je suis fatiguée, Mickey. Tu dois partir.

— Vous vous fichez de moi ? Qui est ce type ? Pourquoi a-t-il embarqué mon père ?

Elle a porté ses mains tremblantes à sa bouche.

— Parfois, on souhaite quelque chose si fort qu'on finit par croire que c'est arrivé. Tu comprends ?

— Je ne souhaite pas que ce soit une photo de l'ambulancier. Ça l'est, c'est tout.

Elle a secoué la tête, et ses cheveux qui lui arrivaient à la taille ont volé comme sous l'effet d'une brise.

— La mémoire est tellement peu fiable. Tu l'apprendras en vieillissant.

— Vous pensez que je me trompe ?

— Si le Boucher avait bel et bien survécu, il aurait presque 90 ans. C'est vieux, pour un ambulancier.

— Je n'ai jamais dit qu'il avait 90 ans. Il a le même âge que ce type sur la photo.

La femme chauve-souris me regardait comme si c'était moi, le dingue. Je me rendais compte que mes propos ressemblaient aux divagations d'un malade mental. La chanson s'est terminée et une autre a commencé. La femme chauve-souris a fait un pas en arrière, les pans de sa longue robe blanche balayant le vieux parquet. Son regard s'était durci.

— Quoi ?

— Tu dois partir, maintenant. Et il est possible que tu ne me revoies pas pendant un certain temps.

— Pourquoi ?

— Tu t'es trompé.

Des larmes ont perlé aux coins de mes yeux.

— Vous croyez vraiment que je pourrais oublier ce visage ? Ou le regard qu'il m'a lancé avant d'emmener mon père ?

— Pars, Mickey.

Cette fois, sa voix ne tremblait plus.

— Je ne partirai pas tant que…

— Va-t'en !

2

Une heure plus tard, assis dans mon jardin – ou plutôt celui de mon oncle –, j'ai mis Ema au courant des derniers événements. Comme toujours, elle avait le total look gothique : vêtements noirs assortis à ses cheveux, yeux charbonneux, bague en forme de tête de mort et plus de boucles d'oreilles que je ne pouvais en compter. Elle qui était d'un naturel maussade me contemplait l'air ahuri, comme si un troisième bras m'avait poussé.

— Et toi, tu t'es barré ?

— Qu'est-ce que tu voulais que je fasse ? Je n'allais pas taper une vieille dame pour l'obliger à parler.

— D'accord, mais comment tu as pu partir comme ça ?

— Elle est montée. Tu voulais quoi ? Que je la suive ? Imagine, je ne sais pas, qu'elle ait commencé à se déshabiller...

— Arrête, ça devient dégueu, là.

— Tu vois !

Ema n'avait pas encore 15 ans mais arborait déjà un tas de tatouages. Elle mesurait environ un mètre soixante et accusait pas mal de kilos en trop par rapport à la norme. Quand on s'était rencontrés, quelques semaines plus tôt, elle s'asseyait seule à la cafèt du lycée, à la table des exclus. Par choix, affirmait-elle.

Elle contemplait la vieille photo en noir et blanc.

— Mickey ?

— Quoi ?

— Rassure-moi, tu ne penses pas vraiment que c'est le même type ?

— Je sais que ça a l'air dingue, mais…

Je me suis interrompu.

Ema ne ressemblait à personne. À la face du monde, elle présentait une image revêche, une sorte de carapace pour se protéger. Elle n'était pas belle à proprement parler, mais quand elle me regardait comme en cet instant, de ses grands yeux marron, attentifs et bienveillants, son visage dégageait une grâce presque céleste.

— Continue, a-t-elle dit.

— L'accident… C'était le pire moment de ma vie, de loin. Mon père…

Les souvenirs m'ont submergé. J'étais fils unique. Nous avions presque toujours vécu à l'étranger, mes parents et moi. Ils travaillaient pour diverses organisations humanitaires, qui les envoyaient en mission dans les contrées les plus obscures du globe. À l'époque, je nous voyais comme des nomades insouciants, crapahutant joyeusement aux quatre coins du monde. Je ne me rendais pas compte que la réalité était beaucoup plus compliquée.

— Oui ? a dit Ema, m'encourageant à poursuivre.

Mais j'avais du mal à en révéler davantage. Quand on voyage autant, on n'a pas l'occasion de se faire beaucoup d'amis – presque aucun, en fait. C'était en partie pour ça que j'avais tant désiré qu'on se pose quelque part, que mon père avait fini par démissionner de son travail, que nous étions venus nous installer en Californie, que je m'étais inscrit dans un vrai lycée, et qu'ensuite il était mort. Ce qui s'était passé après notre retour aux États-Unis – le décès de mon père, la déchéance de ma mère – était donc ma faute.

Quel que soit l'angle sous lequel on considérait la situation, j'étais responsable.

— Si tu n'as pas envie de m'en parler...

— Non, c'est pas ça.

Les yeux d'Ema étaient toujours posés sur moi, compréhensifs et bons.

— L'accident a tout détruit. Il a tué mon père. Anéanti ma mère.

Je n'ai pas pris la peine de préciser ce qu'il m'avait fait à moi – je ne m'en remettrais jamais, je le savais. Ce n'était pas le sujet. J'essayais de trouver comment enchaîner sur l'ambulancier et l'homme de la photo.

— Quand tu vis un truc pareil, ai-je repris, cherchant mes mots, quand un drame survient d'un coup... qu'il fait voler en éclats ton existence entière... il se grave dans ta mémoire. Tu te rappelles chaque détail. C'est logique, hein ?

— Évidemment.

— Eh bien, j'ai compris, à l'expression de cet ambulancier, que mon père était mort. Je t'assure qu'on n'oublie pas ce visage-là. C'est impossible.

Pendant une minute, on est restés assis en silence. Je regardais le panier. Myron, mon oncle, en avait acheté un nouveau en apprenant que j'allais venir vivre avec lui. On trouvait tous les deux un certain réconfort dans le basket – dans le dribble lent, le fadeaway, le bruit du ballon qui traverse le filet. C'est le seul point commun que j'aie avec l'oncle chez qui je suis obligé de vivre et à qui je ne parviens pas à pardonner tout à fait.

Je ne peux pas *lui* pardonner. Et je ne peux pas *me* pardonner non plus.

Disons que ça nous fait un deuxième point commun, à Myron et moi.

— Bon, ne t'énerve pas, d'accord ? a repris Ema.

— OK.

— Je comprends tout ce que tu me dis. Tu le sais. Et on vient de vivre une semaine de folie, je m'en rends compte. Mais est-ce qu'on peut essayer d'envisager les choses de manière rationnelle pendant une minute ?

— Non.

— Et pourquoi non ?

— Si on envisage les choses de manière rationnelle, je suis bon à enfermer dans une cellule capitonnée.

Ema a souri.

— C'est pas faux. Mais juste pour être sûrs, on va tout reprendre point par point, d'accord ? Je veux seulement m'assurer que j'ai bien saisi.

J'ai hoché la tête sans enthousiasme.

— Primo… (Elle a levé un pouce à l'ongle verni nuance « raisin noir ».) En allant au lycée la semaine dernière, tu passes devant l'horrible maison de la femme chauve-souris. Tu ne la connais pas, tu ne l'as jamais vue de ta vie, et pourtant, elle t'annonce que ton père est vivant.

— Exact.

— Ça fout les jetons, non ? D'abord, comment elle savait qui tu étais et que ton père était mort ? Et qu'est-ce qui lui a pris de te balancer un truc pareil ?

— Aucune idée.

— Moi non plus. Passons au deuxio. (Ema a levé l'index, celui qui portait la bague à tête de mort et dont l'ongle était jaune canari.) Une semaine plus tard, alors qu'on vient de se payer un aller-retour en enfer, la chauve-souris t'apprend qu'elle est en réalité Lizzy Sobek, rescapée de l'Holocauste et héroïne de la Résistance, que personne n'avait vue depuis la fin de la Seconde Guerre mondiale. Ensuite, elle te montre une photo du nazi qui a tué son père autrefois. Et toi, tu penses reconnaître l'homme qui a emmené le tien sur un brancard. J'ai bien résumé ?

— Oui, c'est ça.

— Au moins, on avance.

— Ah bon ?

Elle m'a fait taire d'un geste de la main.

— Pour l'instant, laissons de côté le fait que l'homme n'a pas pris une ride en soixante-dix ans.

— Il vaut mieux, oui.

— Il y a autre chose : tu décris toujours l'ambulancier comme ayant des cheveux blond vénitien et des yeux verts.

— Exact.

— C'est ce qui t'a marqué le plus le concernant, n'est-ce pas ? Les yeux verts. Tu as même précisé qu'il avait des cercles jaunes autour des pupilles, non ?

— Oui, et alors ?

Ema a penché la tête de côté et pris une voix plus douce.

— Mickey, cette photo est en noir et blanc. On ne distingue pas les couleurs. Comment tu peux savoir que le type a les yeux verts ? Tu ne peux pas, si ?

— Sans doute pas, me suis-je entendu répondre.

— Regardons les choses en face. Quel est le scénario le plus plausible ? Que le Boucher de Łódź présente une certaine ressemblance avec un ambulancier et que tu as imaginé la suite, ou qu'un vieux nazi de 90 ans soit devenu un jeune ambulancier travaillant en Californie ?

Son raisonnement était imparable, bien sûr. De mon côté, j'avais du mal à réfléchir clairement. En l'espace d'une semaine, je m'étais fait tabasser et j'avais failli y passer. Un homme s'était pris une balle dans la tête sous mes yeux, et j'avais été contraint de rester immobile, impuissant, pendant qu'Ema avait un couteau pointé sous la gorge.

Et encore, je ne mentionne pas le plus délirant.

Ema s'est levée et a essuyé la terre sur ses vêtements.

— Il faut que j'y aille.

— Où ?

— On se voit demain.

C'était sa spécialité : disparaître comme ça.

— Attends, je vais te raccompagner.

Comme elle me regardait, mains sur les hanches et sourcils froncés, j'ai expliqué :

— Il est tard. Ça peut être dangereux.

— Tu crois que j'ai 4 ans ?

Mais la question n'était pas là. Pour une raison qui m'échappait, Ema ne voulait pas me montrer où elle habitait. Chaque fois, elle se volatilisait dans les bois. Nous étions vite devenus proches, c'est vrai, et sans doute avions-nous chacun pour la première fois trouvé un meilleur ami, mais nous avions encore des secrets l'un pour l'autre.

Arrivée au fond du jardin, elle s'est retournée.

— Mickey ?

— Quoi ?

— Pour la photo… (Elle a pris son temps avant de poursuivre.) Je ne pense pas que tu sois fou.

J'ai attendu qu'elle dise autre chose, en vain.

— Alors, si je ne suis pas fou, qu'est-ce qui m'arrive ? Je prends mes désirs pour des réalités ?

— Probablement. Mais il y a peut-être une autre explication.

— Laquelle ?

— Moi aussi, je suis peut-être folle, puisque je te crois.

Je l'ai rejointe. Avec mon mètre quatre-vingt-douze, je la dominais de plusieurs têtes. Nous devions former un drôle de duo, tous les deux.

Elle a levé les yeux vers moi.

— Je ne sais pas comment ni pourquoi, et, oui, je connais tous les contre-arguments. Mais je te crois.

J'étais tellement reconnaissant que j'avais presque envie de pleurer.

— La question est : maintenant, qu'est-ce qu'on fait ?

— *On ?* Non, Ema, pas cette fois. Tu as déjà pris trop de risques à cause de moi.

— T'en as pas marre de jouer les papas poules ?

— Je dois régler ça tout seul.

— Sûrement pas. Quoi qui se passe entre toi et la femme chauve-souris, je veux être dans le coup.

Ne sachant pas trop quoi répondre, j'ai botté en touche :

— On en reparle demain matin, d'accord ?

Elle s'est retournée et a commencé à s'éloigner.

— Tu sais ce qui est drôle ? a-t-elle demandé par-dessus son épaule.

— Quoi ?

— Tout a commencé quand la vieille folle t'a annoncé que ton père était encore en vie. Maintenant, je ne suis plus si sûre qu'elle soit folle.

Et elle s'est fondue dans la nuit. J'ai ramassé le ballon et voulu me perdre dans les propriétés zen – oui, formulé comme ça, je sais que ça fait bizarre – de l'exercice. Après tout ce qui était arrivé, j'avais besoin d'un peu de calme.

Je ne l'ai pas trouvé.

Mais si, à ce moment-là, je me disais que les choses n'allaient pas fort, j'allais bientôt apprendre qu'elles pouvaient devenir bien pires.

3

Je m'apprêtais à marquer un panier quand j'ai entendu la voiture de Myron s'arrêter.

Myron Bolitar était une légende du sport dans cette ville. Il détenait tous les records de points en basket, avait remporté deux titres de champion universitaire et avait été choisi au premier tour du *draft* par les Boston Celtics. Une blessure au genou avait mis un terme brutal à sa carrière en NBA, avant même qu'elle ait vraiment commencé.

J'avais toujours entendu mon père – le petit frère de Myron – raconter à quel point l'épreuve avait été dévastatrice pour mon oncle. Mon père adorait Myron et le vénérait comme un héros... du moins jusqu'à ce que ma mère tombe enceinte de moi. C'est peu dire que Myron ne l'appréciait pas. Et il ne s'était pas privé de le faire savoir en des termes que j'imaginais très colorés. Les deux frères s'étaient bagarrés, et Myron avait même mis son poing dans la figure de mon père.

Ils ne s'étaient plus adressé la parole et ne s'étaient jamais revus.

Maintenant, bien sûr, il était trop tard.

Je sais que Myron s'en veut. Je sais qu'il en souffre et voudrait se racheter à travers moi. Ce qu'il ne pige pas, c'est que ce n'est pas à moi de lui pardonner. Pour moi, les choses sont claires : il a poussé mes parents sur le chemin qui a mené mon père à sa perte et ma mère à son addiction à la drogue.

— Salut, a dit Myron.

— Salut.

— Tu as mangé ?

J'ai hoché la tête et tiré. Myron a rattrapé le rebond et m'a renvoyé le ballon. Le basket signifiait beaucoup pour lui et pour moi. On le comprenait tous les deux. C'était un terrain neutre, une enclave démilitarisée, notre petite zone de trêve. J'ai fait un nouveau tir et grimacé. Myron s'en est aperçu.

— Les sélections ont lieu dans quinze jours, n'est-ce pas ?

Il parlait de l'équipe de basket du lycée. Mon espoir, je l'avoue, était de battre les vieux records qu'il avait établis.

J'ai secoué la tête.

— Elles ont été avancées.

— À quand ?

— Lundi.

— Ouah, c'est bientôt. Tu es impatient ?

Je l'étais, évidemment. Mais je me suis contenté de hausser les épaules et de tirer de nouveau.

— Tu n'es qu'en seconde, a repris Myron. En général, ils ne prennent que des premières et des terminales.

— Toi, tu y es entré en seconde, non ?

— Touché.

Myron m'a fait une nouvelle passe, avant de changer de sujet.

— Tu as encore mal, après hier soir ?

— Oui.

— Je devrais peut-être t'emmener chez le médecin.

J'ai secoué la tête.

— Non, je suis juste un peu raide, c'est tout.

— Tu veux qu'on parle de ce qui s'est passé ?

Surtout pas. Je me suis cependant abstenu de répondre.

— J'ai l'impression que tu t'es mis en danger, et que tu as fait courir des risques aux autres.

Je me demandais comment noyer le poisson. Myron connaissait une partie de la vérité. La police en connaissait une autre. Mais je ne pouvais pas la révéler en entier. De toute façon, ils ne me croiraient sans doute pas. Moi-même, je n'y croyais pas.

— Quand on se comporte en héros, on doit en accepter les conséquences, a dit mon oncle d'une voix douce. Même quand on est sûr d'agir de manière juste. J'en ai fait la douloureuse expérience.

On s'est regardés. Myron était sur le point d'ajouter autre chose lorsque son portable a vibré. En voyant l'identité du correspondant, une expression proche du choc est passée sur son visage.

— Désolé, il faut que je réponde.

Il s'est éloigné dans le jardin, a voûté les épaules et pris la communication.

Tu t'es mis en danger et tu as fait courir des risques aux autres…

Moi, j'étais prêt à prendre des risques – et à les assumer –, mais qu'en était-il des « autres » ? Mes amis ? Je suis parti de l'autre côté et j'ai sorti mon portable.

Nous étions allés à quatre dans cette boîte de strip-tease sordide pour sauver Ashley : Ema et moi, bien sûr, mais aussi Spoon et Rachel. Spoon, tout comme Ema et moi, était un laissé-pour-compte. Rachel, c'était l'inverse.

Je devais m'assurer qu'ils allaient bien.

J'ai commencé par envoyer un SMS à Spoon et reçu la réponse automatique suivante : **Je ne peux pas vous répondre pour l'instant. Suite aux récents événements, je suis puni jusqu'à l'âge de 34 ans.**

Et, comme c'était Spoon, il avait ajouté : **La mère d'Abraham Lincoln est morte d'un empoisonnement au lait à 34 ans.**

Je n'ai pas pu m'empêcher de sourire. Spoon avait « emprunté » le camion de son père pour nous secourir.

Contrairement au reste de notre petit groupe, il avait des parents très attentifs, pour ne pas dire surprotecteurs. Je me doutais donc que, de nous tous, c'était lui qui aurait le plus d'ennuis. Heureusement, Spoon était un gars plein de ressources. Je ne me faisais pas trop de souci pour lui.

J'ai envoyé un texto au quatrième et dernier membre de la bande : Rachel Caldwell. Comment décrire Rachel... ? Faisons simple : Rachel, c'était la fille la plus canon du lycée. Par définition, il y en a une dans tous les bahuts, sauf que Rachel était bien plus que ça – je le précise tout de suite de peur que vous me rangiez direct dans la catégorie des machos. Dans ce night-club affreux, elle avait fait preuve d'une ingéniosité et d'un courage stupéfiants.

Mais bon, pour être parfaitement honnête, son physique était la première chose qui me venait à l'esprit – et à l'esprit de tout le monde, en fait.

Comment Rachel en était arrivée à s'allier avec les trois parias que nous étions – le nouveau qui ne connaissait personne (moi), la grosse emo-gothique autoproclamée (Ema) et le fils ringard du concierge (Spoon) – restait un mystère.

J'ai longuement réfléchi au message que j'allais envoyer à Rachel. J'avoue : avec elle, je perds tous mes moyens. J'avais les mains moites. Je sais que j'aurais dû faire preuve d'un peu de maturité ; que j'aurais dû être au-dessus de ça. Je le suis la plupart du temps. Ou peut-être pas. Quoi qu'il en soit, après m'être pris la tête pendant un bon moment pour décider quoi écrire, j'ai pianoté sur le clavier cette charmante entrée en matière : **Ça va ?**

Comme vous voyez, je sais parler aux filles.

J'ai attendu la réponse de Rachel. En vain. Quand Myron a eu terminé son coup de fil, il est revenu vers moi d'un pas mal assuré, il semblait abasourdi.

M'inspirant de mon brillant SMS à Rachel, je lui ai demandé :

— Ça va ?
— Bien, bien.
— C'était qui ?
La voix de mon oncle paraissait lointaine.
— Un ami proche dont je n'avais pas eu de nouvelles depuis longtemps.
— Qu'est-ce qu'il voulait ?
Les yeux perdus dans le vague, Myron n'a pas répondu tout de suite.
— Eh oh ?
— Il voulait me demander un service. Un truc bizarre. (Myron a consulté sa montre.) Il faut que je file. Je devrais être rentré dans une heure.
Étrange… Avant que j'aie pu l'interroger, mon téléphone a vibré. Quand j'ai vu que c'était un texto de Rachel, je me suis éloigné de mon oncle pour l'afficher : **Peux pas parler. T'appel + tard ?**
J'ai aussitôt répondu : **OK !** puis je me suis demandé si je n'aurais pas mieux fait de me retenir pendant – allez ! – dix secondes, pour ne pas avoir l'air du mec qui était planté là à attendre son texto.
Pathétique, hein ?
Myron parti, je suis allé dans la cuisine pour me préparer un truc à manger. J'ai imaginé Rachel en train de m'envoyer un message, chez elle. Je n'y étais allé qu'une seule fois. La veille. Elle vivait dans un grand domaine, auquel on accédait par une allée fermée par un portail. L'endroit m'avait paru vide et solitaire.
La *West Essex Tribune* était posée sur la table de la cuisine. Pour la troisième journée consécutive, le journal local consacrait sa une à la visite de la célèbre actrice Angelica Wyatt dans notre petite ville. D'après la rumeur, la star tournait un film dans le coin mais, mieux encore, on pouvait lire sur la manchette :
DES JEUNES DE KASSELTON ENGAGÉS COMME FIGURANTS !

Au lycée, on ne parlait que de ça. Les garçons, surtout, étaient particulièrement excités. Beaucoup avaient encore le fameux poster d'Angelica Wyatt sortant de l'eau en bikini, accroché au mur de leur chambre.

Pour ma part, j'avais des préoccupations plus importantes.

Repoussant le journal, j'ai ressorti la photo du Boucher de Łódź, je l'ai posée sur la table et scrutée attentivement. Puis j'ai fermé les yeux, imprimant cette image dans mon esprit comme une tache solaire. Je me suis forcé à retourner sur cette autoroute de Californie, au moment de l'accident ; coincé dans la voiture, j'ai revu mon père, mortellement blessé, et replongé le regard dans ces yeux verts aux cercles jaunes à l'instant où ils m'ôtaient tout espoir.

J'ai fait un arrêt sur image sur le visage de l'ambulancier. Puis j'ai tenté de la superposer à celle que je venais d'enregistrer en observant la photo.

C'était le même homme.

Sauf que c'était impossible. À moins que le Boucher de Łódź ait eu un fils qui lui ressemblait trait pour trait. Ou un petit-fils. À moins que je sois en train de devenir fou.

Il fallait que je retourne voir la femme chauve-souris. Que j'exige des réponses.

Mais je devais réfléchir à la façon de l'aborder, et pour ça tout reprendre en détail, considérer toutes les possibilités, en m'efforçant de rester logique. Sans compter que j'avais d'autres obligations à ne pas négliger.

Selon un vieux proverbe : « Rien n'est immuable, sauf la mort. »

Celui qui avait dit ça avait omis quelque chose : les devoirs scolaires.

J'ai bien envisagé de demander à Myron de rédiger un mot d'excuse à l'intention de Mme Friedman, ma prof d'histoire :

Chère madame,

Mickey n'a pas pu terminer son devoir sur la Révolution française à temps, parce qu'il était occupé à sauver une autre élève, à assister au meurtre d'un homme, à se faire tabasser, cuisiner par les flics... oh, et il a vu la photo d'un vieux nazi qui s'est déguisé en ambulancier californien pour lui annoncer la mort de son père.

Mickey vous rendra son devoir la semaine prochaine.

Non, inutile de rêver, ça ne marcherait pas.

Je suis donc descendu dans ma chambre, située au sous-sol. Pendant des années, ç'avait été celle de mon oncle. Certains auraient pu la juger « rétro », si elle n'avait pas été aussi ringarde, avec son fauteuil poire en vinyle, sa lampe à lave et sa collection de trophées vieux de vingt ans.

Mon binôme pour le dossier sur la Révolution française n'était autre que Rachel Caldwell. Même si je ne la connaissais pas depuis longtemps, j'aurais été prêt à parier qu'elle faisait partie de ces élèves qui rendent toujours leurs devoirs à l'heure. Vous voyez le genre de fille ? Celle qui arrive paniquée le jour d'un contrôle en jurant qu'elle va se planter, mais qui remet une copie parfaite en un temps record et passe le reste de l'heure à renforcer la reliure de ses cahiers.

Je doutais fort qu'elle accepte qu'on rende notre devoir d'histoire en retard.

Quinze minutes plus tard, mon portable sonnait. C'était Rachel.

— Allô ?

— Salut.

— Salut.

Ouah, toujours cette aisance dans le dialogue. Faute de mieux, je lui ai sorti ce qui était en train de devenir ma méthode brevetée pour rompre la glace :

— Ça va ?

— Bof.

Elle paraissait étrangement distraite.

— On a passé une soirée de dingues, hier.

— Mickey ?

— Oui ?

— Tu crois...

— Quoi ?

— Tu crois que c'est fini ? J'ai l'impression que non.

Je ne savais pas trop quoi répondre. Mon intuition me soufflait la même chose : les soucis ne faisaient que commencer. J'aurais voulu prononcer des paroles réconfortantes, mais je n'avais pas envie de lui mentir.

— Je ne sais pas. Mais ça devrait.

Silence.

— On doit rendre notre dossier sur la Révolution française demain, ai-je repris.

— Oui.

Nouveau silence. Je l'imaginais, assise seule dans sa grande maison vide. Cette image ne me plaisait pas.

— On s'y met ?

— Pardon ?

— Tu ne crois pas qu'on devrait bosser sur notre devoir ? Je sais qu'il est tard, mais je pourrais passer, ou on pourrait le faire au téléphone, ou...

Soudain, j'ai entendu un bruit bizarre, à l'autre bout de la ligne. J'ai eu l'impression que Rachel retenait son souffle. Mais peut-être pas. Puis il y a eu un autre bruit.

— Rachel ?

— Il faut que j'y aille, Mickey.

— Pardon ?

— Je ne peux pas te parler. J'ai un truc à régler.

— Quoi ?

— On se voit demain au lycée.

Là-dessus, elle a coupé la communication.

Mais Rachel se trompait. Je n'allais pas la revoir le lendemain matin, parce que, entre-temps, tout aurait changé.

4

Ça a commencé par un coup brutal à la porte.

À ce moment-là, j'étais en train de rêver de mes parents. J'assistais à un événement que je n'avais jamais vu dans la vraie vie – ma mère, la légendaire Kitty Bolitar, disputait un match de tennis.

Avant de tomber enceinte, à 17 ans, elle était la joueuse la mieux classée du circuit féminin. Elle avait arrêté la compétition pour me donner naissance. Et n'avait plus retouché une raquette ensuite.

Étrange, hein ?

Dans mon rêve, maman joue un match hyper important sur le court central. Il y a une foule colossale. Je suis assis dans les tribunes à côté de mon père, mais il ne me voit pas. Il n'a d'yeux que pour elle. Ils ont été si heureux, mes parents. La plupart des couples avec enfants ne sont pas comme ça. Ils dînent ensemble, vont au cinéma ou au restaurant ensemble, mais ils ne se regardent pas de cette façon. Ils se contentent d'occuper un même espace – ce qui doit les rassurer, j'imagine.

Avec mes parents, c'était différent. Ils ne se quittaient jamais des yeux, comme si personne d'autre n'existait, comme s'ils étaient tombés amoureux le matin même, comme s'ils s'apprêtaient à courir l'un vers l'autre à travers un champ de pâquerettes et à s'enlacer au son d'une musique sirupeuse.

Et quand vous êtes leur fils, croyez-moi, c'est assez gênant.

J'avais toujours supposé qu'un jour, je vivrais un amour comme ça. Mais maintenant, je n'en veux plus. Ce n'est pas sain. Ça rend trop dépendant. On sourit quand l'autre sourit. On rit quand l'autre rit. Mais quand l'autre cesse de sourire, on ne sourit plus non plus.

Et le jour où l'autre meurt, une partie de soi meurt en même temps.

C'est ce qui est arrivé à ma mère.

Dans mon rêve, elle décoche un coup droit lifté qui part comme un boulet de canon et lui assure le point gagnant.

La foule se lève et l'acclame.

Une voix annonce :

— Jeu, set et match… Kitty Bolitar !

Ma mère lance sa raquette. Mon père se lève d'un bond, il applaudit, les larmes aux yeux. J'essaie de l'imiter, mais je n'y arrive pas. Je suis scotché à mon siège. Je regarde mon père. Il me sourit. Et soudain, voilà qu'il se met à flotter.

— Papa ?

J'ai beau lutter, impossible de me décoller. Mon père s'envole vers le ciel. Ma mère le rejoint. Tous deux me font signe de les suivre. Ma mère m'appelle.

— Dépêche-toi, Mickey !

Mais je ne parviens toujours pas à bouger. Je hurle :

— Attendez-moi !

Mais ils s'éloignent. Appuyant des deux mains sur les accoudoirs, je pousse de toutes mes forces, sans résultat. Je suis coincé. Mes parents ne sont plus que deux silhouettes au loin.

Jamais je ne les rattraperai. Inspirant profondément, je tente une fois encore de me dégager.

C'est alors que je me rends compte que quelqu'un me tient.

Une main appuie sur mon épaule. Une main puissante. Qui me cloue à mon siège.

— Lâchez-moi !

Mais la main serre plus fort. Je réussis à pivoter la tête et là, au-dessus de moi, avec cette expression qui anéantit tout espoir, se tient l'ambulancier aux yeux verts et aux cheveux blond vénitien.

On tambourine à la porte.

L'ambulancier s'évanouit. Mes parents aussi.

J'étais de retour dans ma chambre en sous-sol. Mon cœur cognait dans ma poitrine. J'ai inspiré profondément et tenté de me calmer. Les coups redoublaient.

Pourquoi Myron ne répondait-il pas ?

Je suis sorti du lit et j'ai monté les marches.

On frappait toujours, avec de plus en plus d'insistance.

— J'arrive ! ai-je crié.

J'ai ouvert sans prendre la peine de demander qui c'était et me suis retrouvé face à deux policiers en uniforme.

J'ai fait un pas en arrière.

— Mickey Bolitar ?

— Oui.

— Je suis l'agent McDonald. Voici l'agent Ball.

— Que se passe-t-il ?

— Il y a eu une fusillade. Tu vas devoir nous accompagner.

5

J'en suis resté sans voix. Au bout d'une minute, j'ai réussi à demander :

— C'est mon oncle ?

— Pardon ?

— Myron Bolitar. Mon oncle. C'est lui qui s'est fait tirer dessus ?

Le dénommé Ball a lancé un regard à McDonald. Puis il s'est retourné vers moi.

— Non.

— Qui, alors ?

— Nous ne sommes pas autorisés à discuter de l'affaire avec toi.

— Je dois le prévenir.

Sans attendre, je me suis engagé dans l'escalier. Les deux policiers ont pénétré dans la maison.

— Myron ? ai-je appelé.

Pas de réponse.

Je suis entré dans sa chambre. Le lit était vide. Le réveil sur la table de nuit indiquait 7 heures. Myron avait dû se lever tôt et partir sans m'avertir. Ça ne lui ressemblait pas.

Je suis redescendu.

— Tu es prêt à nous suivre ? m'a demandé Ball.

— On m'accuse de quelque chose ?

— Quel âge as-tu, mon garçon ?

— Bientôt 16 ans.

— Tu vas devoir nous accompagner.

Apparemment, je n'avais pas le choix.

— Laissez-moi le temps d'enfiler des vêtements.

Je me suis précipité dans mon sous-sol. Mon portable clignotait. J'avais deux messages. Le premier venait d'Ema. Elle l'avait envoyé à 4 h 17. Est-ce qu'il lui arrivait de dormir ? Ema : **faut retrouver l'ambulancier ki a emmené ton père. J'ai 1 idée.**

Malgré mon envie d'en savoir plus, j'allais devoir attendre.

Le second SMS était de Myron : **ai dû partir tôt. Pas voulu te réveiller. Bonne journée.**

Génial. J'ai essayé de l'appeler, mais je suis tombé directement sur sa messagerie. Après le bip, j'ai dit : « Les flics sont là. Ils veulent m'embarquer… (Pause. Où m'emmenaient-ils ?) Au commissariat, j'imagine. Ils refusent de me dire ce qui se passe. Rappelle-moi quand tu as ce message, OK ? »

J'ai entendu Ball crier du rez-de-chaussée :

— Dépêche-toi un peu, mon garçon !

Je me suis habillé en vitesse. Deux minutes plus tard, j'étais assis à l'arrière d'une voiture de police.

— Où est-ce que vous m'emmenez ?

McDonald était au volant. Ball était assis à côté de lui. Aucun d'eux n'a répondu.

— Je vous ai demandé…

— Un peu de patience, s'il te plaît.

Ça ne me disait rien qui vaille.

— Qui s'est fait tuer ?

McDonald s'est retourné, plissant les yeux.

— Comment sais-tu que quelqu'un s'est fait tuer ?

Son ton non plus ne me plaisait pas.

— C'est vous qui me l'avez dit. Quand j'ai ouvert la porte.

— J'ai dit qu'il y avait eu une fusillade. Je n'ai pas dit que quelqu'un s'était fait tuer.

J'étais sur le point de balancer une remarque sarcastique – du genre, « je dois avoir des dons d'extralucide » –, mais je me suis retenu. La peur commençait à s'insinuer en moi. Le commissariat de Kasselton se profilait un peu plus loin. Je me suis rappelé ma dernière visite en ce lieu, deux soirs plus tôt. Ça m'a aussi fait penser que le commissaire Taylor, le chef de la police, détestait Myron et, par extension, me détestait moi.

Mais la voiture a dépassé le commissariat.

— On va où ?

— Je crois que tu as posé suffisamment de questions.

6

Quinze minutes plus tard, j'étais assis dans ce qui devait être une salle d'interrogatoire d'un commissariat de Newark. Une femme est entrée et s'est assise en face de moi. Petite, vêtue d'un tailleur élégant et les cheveux attachés en chignon, elle devait avoir une trentaine d'années.

Elle m'a tendu la main, que j'ai serrée.

— Anne Marie Dunleavy. Je suis inspectrice à la brigade criminelle du comté, a-t-elle annoncé.

La brigade criminelle ?

— Euh... Je suis Mickey Bolitar.

— Merci d'être venu.

Elle a sorti un stylo bille et appuyé sans se presser sur l'extrémité. Derrière elle, la porte s'est ouverte. Et j'ai eu un grand moment d'abattement. Le commissaire Taylor a déboulé dans la salle, martelant le sol comme s'il lui en voulait personnellement. Il portait son uniforme et, bien qu'on soit à l'intérieur, dans une pièce plutôt mal éclairée, des lunettes noires d'aviateur.

J'ai attendu que Taylor me fasse une remarque déplaisante, mais il s'est abstenu. Il a croisé les bras et s'est adossé au mur. Je me suis adressé à Dunleavy.

— Je ne suis pas majeur, vous savez.

— Oui, nous le savons. Pourquoi ?

— Est-ce que vous avez le droit de m'interroger en l'absence de mon responsable légal ?

Elle m'a lancé un sourire bref, mais sans aucune chaleur.

— Tu regardes trop la télé. Si tu étais soupçonné d'un crime, ce serait différent. Dans le cas présent, nous avons seulement quelques questions à te poser. Tu es d'accord ?

Ne sachant pas trop quoi répondre, j'ai opté pour :

— J'imagine.

— Qui est ton responsable légal ?

— Ma mère.

Mon oncle avait voulu l'être, mais ça faisait partie de notre accord : j'acceptais de vivre avec lui à condition que ma mère, bien qu'elle soit en cure de désintoxication, conserve l'autorité parentale.

— Si tu insistes, on peut l'appeler.

— Non, ai-je dit très vite. (Ma mère était déjà assez fragile psychologiquement sans que j'en rajoute.) Ça va. Laissez tomber.

— Sais-tu pourquoi tu es là ?

J'ai failli répondre que c'était en rapport avec une « fusillade », mais cette supposition ne m'avait pas réussi dans la voiture de police.

— Non.

— Tu ne vois pas du tout ?

Manifestement, ce n'était pas la bonne réponse non plus.

— Eh bien, le policier qui est venu me chercher m'a dit que c'était lié à une fusillade.

— En effet. On a tiré sur deux personnes.

— Qui ?

— Peux-tu nous dire quoi que ce soit là-dessus ?

— Sur quoi ?

— Sur la fusillade.

— Je ne sais même pas qui s'est fait tirer dessus.

Dunleavy m'a jeté un regard sceptique.

— Vraiment ?

— Vraiment.

— Tu n'en as aucune idée ?

Le commissaire Taylor restait silencieux. C'était de mauvais augure. Même à cette distance, je voyais mon reflet dans ses lunettes de soleil.

— Non, je viens de vous le dire. Qui s'est fait tirer dessus ?

Elle a changé de sujet.

— Peux-tu nous dire où tu étais hier soir ?

Je n'aimais pas du tout la tournure que prenait la conversation. J'ai risqué un nouveau coup d'œil vers Taylor. Les bras croisés, il n'avait pas bougé.

— J'étais chez moi.

— Quand tu dis « chez toi »...

— Dans la maison où vous êtes venus me chercher.

— Tu habites avec ton oncle, c'est bien ça ? Myron Bolitar ?

À la mention du nom de mon oncle, Taylor a esquissé une petite grimace.

— Oui, c'est ça.

Dunleavy a hoché la tête et griffonné quelque chose.

— Bon, et qu'as-tu fait hier soir ?

— J'ai fait mes devoirs. J'ai regardé la télé. J'ai lu.

— Ton oncle était là ?

— Non, il était sorti.

— Où ?

— Il ne me l'a pas dit.

— À quelle heure est-il rentré ?

— Je ne sais pas. Je me suis endormi.

— Vers quelle heure, à peu près ?

— Vers quelle heure je me suis endormi ?

— Oui.

— Vers 23 heures.

Dunleavy a également noté ça.

— Et ton oncle n'était toujours pas rentré ?

— Je ne crois pas. Mais je n'en suis pas sûr. Ma chambre est au sous-sol, et j'avais fermé ma porte.

— Il ne vient pas jeter un œil sur toi quand il rentre ?

— En général, si.
— Mais pas hier soir.
— Il est peut-être passé pendant que je dormais.
Elle a continué de noter mes réponses.
— Qu'as-tu fait d'autre, hier soir ?
— C'est tout.
Pour la première fois, elle a jeté un coup d'œil au commissaire par-dessus son épaule. Taylor a décroisé puis recroisé les bras, avant de baisser ses lunettes pour me lancer un regard mauvais.
— Quoi ?
— Tu as parlé à quelqu'un ? m'a demandé Dunleavy.
— Oui.
— De vive voix ou par texto ?
— Les deux.
— Et tu as omis de le dire, Mickey.
C'étaient les premiers mots prononcés par Taylor.
— Pardon ?
— L'inspectrice Dunleavy t'a demandé ce que tu avais fait hier soir. Tu lui as raconté ton baratin à propos de devoirs et de télé, mais tu n'as pas mentionné avoir passé des coups de téléphone ou envoyé des messages. C'est un peu suspect, me semble-t-il.
— Je me suis aussi préparé un sandwich confiture-beurre de cacahouète, ai-je dit. J'ai pris une douche. Je me suis fait un shampoing. De la marque Pert.
Ça n'a pas amusé Taylor.
— On fait son malin, comme son oncle ? On fait son malin devant un représentant de la loi, Mickey ?
Il m'arrive de la ramener un peu trop, je l'avoue, mais je ne suis pas non plus suicidaire. Donc, j'ai préféré me taire.
Dunleavy a posé la main sur le bras du commissaire.
— Je crois qu'il essayait de nous dire quelque chose, commissaire. N'est-ce pas, Mickey ?
D'accord, je regardais peut-être trop la télé, mais leur petit manège ressemblait beaucoup au jeu du

gentil flic/méchant flic. Après m'avoir lancé un nouveau coup d'œil assassin, Taylor est retourné s'adosser au mur comme s'il voulait l'empêcher de s'effondrer.

— Commençons par tes conversations, a repris Dunleavy. As-tu parlé à quelqu'un en face ou au téléphone ?

J'ai dégluti. Qu'est-ce que c'était que ces questions ?

— Au téléphone.

— Et à qui as-tu parlé ?

— À une amie.

— Son nom ?

— Rachel Caldwell.

Même si elle avait les yeux braqués sur sa feuille, j'ai bien vu qu'elle se crispait à la mention du nom de Rachel.

Un froid intense s'est emparé de moi.

— Oh, non... me suis-je entendu dire.

— C'est Mlle Caldwell qui t'a téléphoné, ou c'est toi qui l'as contactée ?

— C'est Rachel ? Elle va bien ?

— Mickey...

— Qu'est-ce qui s'est passé ?

— Tout doux, jeune homme !

J'ai lancé un regard noir à Taylor et, de nouveau, je n'ai vu que mon reflet dans ses lunettes.

— Tu es là pour répondre aux questions, pas pour les poser. Compris ?

Je n'ai rien dit.

— Compris ? a-t-il répété.

Pas. Un. Mot.

— Mickey ? (Dunleavy s'est éclairci la voix. Elle avait le stylo prêt à l'emploi.) C'est toi qui as appelé Rachel ?

Les pensées tourbillonnaient dans ma tête. J'ai tenté d'y mettre de l'ordre. Que se passait-il ? Soudain, les mots de Rachel me sont revenus.

J'ai un truc à régler.

De quoi parlait-elle ?

— Mickey ?

— Euh... Rachel m'a appelé.

— Pour une raison particulière ?

— Je lui avais envoyé un SMS. Elle m'a rappelé.

J'ai raconté notre bref échange de textos. J'ai ajouté que j'avais aussi envoyé un message à Spoon, mais ça ne les intéressait pas du tout. Ce qui s'était passé...

... une fusillade... les deux personnes sur qui l'on avait tiré... la brigade criminelle...

... avait un rapport avec Rachel.

— Donc, après vos échanges de textos, Mlle Caldwell t'a rappelé ?

— Oui.

— Tu sais quelle heure il était ?

— Environ 21 heures.

— Je lis ici qu'il était 21 h 17.

Ils avaient donc déjà vérifié les relevés téléphoniques.

— Ça doit être ça.

— De quoi avez-vous discuté ?

— Je voulais juste m'assurer qu'elle allait bien. On a vécu une petite aventure, mercredi. Vous êtes sûrement au courant.

Ils n'ont pas répondu.

— J'avais envie de lui dire bonsoir et de prendre de ses nouvelles. On avait aussi un devoir d'histoire à rendre. Je voulais en parler avec elle.

— Et vous l'avez fait ?

— Quoi donc ?

— Parlé de votre devoir.

— Non, pas vraiment.

— Depuis combien de temps connais-tu Rachel ?

— Pas depuis longtemps. Je suis arrivé dans ce lycée...

Le commissaire Taylor est de nouveau intervenu :

— On ne t'a pas demandé quand tu es arrivé dans ce lycée. On t'a demandé...

— Je ne sais pas exactement. Je ne crois pas qu'on se soit parlé avant la semaine dernière.

— Ça ne fait pas longtemps.

— Non, ça ne fait pas longtemps.

Je commençais à flipper – et quand je flippe, j'ai tendance à me mettre en colère et à devenir sarcastique. J'ai donc ajouté :

— Justement, c'est ce que je voulais dire quand vous m'avez demandé « Depuis combien de temps tu connais Rachel ? » et que je vous ai répondu : « Pas depuis longtemps. » Désolé de ne pas m'être bien fait comprendre.

Ça ne leur a pas plu. Ça ne me plaisait pas à moi non plus.

— Et pourtant, vous étiez tous les deux à Newark mercredi, a dit Dunleavy. Tous deux impliqués dans cette affaire du night-club, le Plan B, c'est exact ?

— Oui.

— Intéressant. As-tu déjà rencontré le père de Rachel Caldwell ?

Cette question m'a surpris.

— Non.

— Et sa mère ?

— Non plus.

— Un autre membre de sa famille ?

— Non. S'il vous plaît, dites-moi ce qui se passe. Est-ce que Rachel va bien ?

— Parle-nous de ta conversation téléphonique avec Rachel Caldwell.

— Je viens de le faire.

— Reprends depuis le début. Et répète-nous ce que vous vous êtes dit, mot pour mot.

— Je ne comprends pas. Pourquoi mot pour mot ?

— Parce que, juste après votre conversation, a dit l'inspectrice Dunleavy, quelqu'un a tiré sur Rachel Caldwell.

7

J'en suis resté pétrifié.

La porte de la salle d'interrogatoire s'est ouverte, et un jeune policier a passé la tête à l'intérieur.

— Commissaire Taylor ? Un appel pour vous.

Après un dernier regard à mon intention, Taylor m'a laissé avec Dunleavy.

J'ai dégluti.

— Est-ce que Rachel… ?

Pendant un moment, elle n'a pas répondu. Brigade criminelle. Elle avait dit qu'elle appartenait à la brigade criminelle. Dans criminelle, il y a « crime ».

Je ne pleure pas beaucoup. Presque jamais, en fait. Mon père et mon oncle Myron étaient du genre à verser une larme devant une pub pleine de bons sentiments. Pas moi. Moi, je zappe. Mais en cet instant, je sentais mes yeux me picoter.

— Elle est vivante, a affirmé Dunleavy.

J'ai failli m'évanouir de soulagement. Comme je commençais à la questionner davantage, elle a levé la main pour m'arrêter.

— Je ne suis pas autorisée à discuter de son état, Mickey. Mais j'ai besoin que tu m'aides à trouver la personne qui lui a fait ça. Tu comprends ?

Je comprenais. Je lui ai donc raconté tout ce dont je me souvenais de notre conversation téléphonique, aussi brève avait-elle été. J'ai pensé aux sales types dont nous avions permis l'arrestation. Myron ne m'avait-il pas prévenu ? On ne se contente pas d'attraper les méchants puis de passer à autre chose. Toute action a des conséquences.

Quelqu'un s'était-il vengé sur Rachel ?

— Parle-moi de Rachel.

— Que voulez-vous savoir ?

— Commençons par sa vie sociale. Est-ce qu'elle est populaire ?

— Très.

— Quel genre de gens fréquente-t-elle ?

— Je ne sais pas exactement. Comme je vous l'ai dit, je suis nouveau dans ce lycée.

Dunleavy a regardé par-dessus son épaule, comme si elle craignait de voir la porte s'ouvrir. Puis elle m'a demandé :

— Et Troy Taylor, le petit ami de Rachel, il est comment ?

Malgré le danger et la peur, j'ai senti le sang me monter au visage en entendant le nom du fils du commissaire. Troy Taylor, élève de terminale et capitaine de l'équipe de basket, s'était donné pour mission de me pourrir la vie.

— Je ne crois pas qu'ils soient encore ensemble, ai-je dit, m'efforçant de ne pas grincer des dents.

— Ah bon ?

— Non.

— Ça va, Mickey ?

J'avais serré les poings.

— Ça va.

Dunleavy a penché la tête de côté.

— C'est toi, son petit ami, maintenant ?

— Non.

— Parce que tu m'as l'air un peu jaloux.

— N'importe quoi. (J'avais presque aboyé.) Quel est le rapport avec ce qui est arrivé à Rachel ?

— J'ai cru comprendre que tu avais agressé Troy Taylor.

C'était la meilleure.

— Je ne l'ai pas agressé. Je me suis défendu.

— Je vois. Mais il y a bien eu une altercation ?

— Pas vraiment. Peut-être une toute petite...

— Et cette toute petite altercation, c'était à propos de Rachel Caldwell ?

— Non. Il avait pris l'ordinateur portable de mon amie Ema et...

— Et tu l'as frappé.

— Non, ce n'est pas comme ça que ça s'est passé.

— Je vois, a-t-elle répété d'une manière qui prouvait qu'elle ne voyait rien du tout. D'après le commissaire, tu as déjà eu plusieurs accrochages avec la justice.

— C'est faux.

— Vraiment ? (Elle a consulté un document.) Il est écrit ici que tu as été arrêté pour violation de propriété...

— Et relâché. (C'était devant la maison de la femme chauve-souris.) Je frappais à une porte, c'est tout.

Elle a poursuivi sa lecture :

— Tu as aussi conduit un véhicule motorisé sans permis. De toute façon, tu n'as pas l'âge de conduire. Puis je vois l'utilisation de faux papiers d'identité pour entrer dans un débit de boisson et une boîte de strip-tease.

J'ai décidé de me taire. Je pouvais tout expliquer, mais elle ne comprendrait pas. Bon sang, moi-même, j'avais du mal à comprendre.

— Tu as quelque chose à dire pour ta défense, Mickey ?

— Où est Rachel ?

Elle a secoué la tête. Derrière elle, la porte s'est rouverte. L'agent Ball est entré, suivi de Myron. Mon oncle s'est précipité vers moi.

— Tout va bien ?

— Ça va.

Myron s'est redressé et planté devant l'inspectrice. Bien qu'il n'exerce pas – il était agent de sportifs et d'artistes –, il avait un diplôme d'avocat.

— Que se passe-t-il, ici ?

— Nous en avons terminé, a-t-elle répondu en lui adressant un sourire. Votre neveu est libre de partir.

Elle a repoussé sa chaise.

— Inspectrice ? ai-je demandé. Qui a été tué ?

— Comment sais-tu que...

Cette fois, c'est moi qui ai levé la main pour l'interrompre.

— Vous avez dit que deux personnes s'étaient fait tirer dessus. Vous avez aussi dit que vous apparteniez à la brigade criminelle. Ça signifie que quelqu'un s'est fait tuer, non ?

— Non, pas forcément, a-t-elle répondu d'une voix douce.

Myron se tenait à mon côté. Nous la dévisagions tous les deux.

— Et dans ce cas précis ? ai-je demandé.

Elle a pris le temps de rassembler ses papiers. Puis elle a répondu :

— La mère de Rachel a reçu une balle. Et elle est morte.

8

Que faites-vous quand vous apprenez qu'une de vos amies a été blessée lors d'une fusillade et que sa mère s'est fait tuer ?

Si vous êtes comme moi, vous allez en cours.

Myron m'a bombardé de questions, voulant s'assurer que j'allais bien, mais après, qu'est-ce que je pouvais faire : prendre ce que mes camarades de classe appelaient « une journée de récupération psychologique » ? En consultant mon portable, j'ai vu que j'avais deux SMS d'Ema. Le premier était arrivé tôt ce matin : **Trouvé 1 truc zarbi sur l'ambulancier.**

Normalement, j'aurais été à fond là-dessus, mais le deuxième message, envoyé une heure plus tard, concernait un sujet beaucoup plus brûlant : **Dingue ! Paraît que Rachel s'est fait tirer dessus. T'es où ?**

Au lycée, l'ambiance était à la fois sombre et surréaliste. Des psychologues étaient là pour aider les élèves qui éprouvaient des difficultés à « gérer » la nouvelle de la fusillade. Certains pleuraient dans les couloirs – ceux dont on se doutait qu'ils feraient tout un cinéma. Peu importe qu'ils aient ou non connu Rachel. Mais bon, chacun réagit différemment à une tragédie, et on n'est pas censé juger.

Tout un tas de rumeurs couraient, mais personne ne semblait savoir si Rachel était gravement blessée.

Deux jours plus tôt, elle m'avait raconté que ses parents étaient divorcés et que sa mère vivait en Floride. Elle ne m'avait pas dit qu'elle se trouvait là en ce moment.

Que faisait donc la mère de Rachel dans le New Jersey ?

J'ai retrouvé Ema, assise seule à la cafétéria. Certains diraient que nous occupions la table des ratés ou des losers. C'est peut-être vrai. Personnellement, je vois plutôt la cafèt comme un stade. Les élèves cool occupent les tribunes basses et les loges, tandis que les autres se contentent des gradins – mais moi, je m'amuse toujours plus dans les gradins.

— Eh ben ! ai-je soupiré en m'installant face à Ema.

— Comme tu dis. Tu étais où, ce matin ?

Je lui ai raconté mon interrogatoire dans les locaux de la police. Tout en parlant, j'ai repéré Troy Taylor du coin de l'œil. Pour filer ma métaphore sportive, j'ajouterai que Troy occupait la « luxueuse loge du propriétaire ». Les autres élèves affluaient vers lui pour présenter leurs respects et leurs condoléances.

Je les ai toisés.

— Ils ne sortaient même pas ensemble... Quoi ? ai-je ajouté devant l'air agacé d'Ema.

— C'est ça qui t'intéresse, là, tout de suite ? Les amours de Troy Taylor et de Rachel ?

Elle n'avait pas tort.

— Et, au cas où ça t'aurait échappé, Rachel ne s'asseyait pas ici. Elle s'asseyait là-bas avec eux. Une fois seulement, elle nous a fait l'honneur de sa présence pour se débarrasser de ses petits gâteaux. C'est tout.

— Elle nous a aidés.

— C'est ça.

Ema a balayé le sujet d'un revers de main. Son vernis à ongle noir s'écaillait.

Pendant quelques secondes, nous sommes restés silencieux.

— Mickey ?

— Quoi ?

— Tu crois que la fusillade a un lien avec ce qui s'est passé au club de strip-tease ? Je veux dire, tu crois qu'on est en danger, nous aussi ?

— Je ne sais pas. Mais on devrait peut-être faire plus attention.

— Comment ?

Elle me regardait avec un mélange de curiosité et d'espoir. Comme dans un flash-back, je l'ai revue le mercredi, un couteau sous la gorge. En songeant qu'elle avait été à deux doigts de mourir, j'ai senti une monstrueuse angoisse rétrospective. Je m'apprêtais à prononcer des paroles de réconfort maladroites, à lui dire de ne pas s'inquiéter et qu'on trouverait des solutions, quand j'ai heureusement été interrompu.

— Salut, camarades. Même en ce jour terrible, je suis très heureux de vous voir.

C'était Spoon. Il tenait toujours son plateau collé contre lui, de peur que quelqu'un le renverse exprès. Notre table – tout en haut des gradins – était au complet. Spoon a posé son plateau et remonté ses lunettes. Il avait les yeux rouges, mais ne pleurait pas.

— Bon, on se met sur l'affaire ?

Ema a froncé les sourcils.

— Qu'est-ce que tu racontes ?

— Rachel a été blessée dans une fusillade.

— On sait.

Le regard de Spoon est passé d'Ema à moi, avant de revenir se poser sur Ema.

— Donc, tout le monde est d'accord ?

— Mais de quoi tu parles ?

— De Rachel. Elle fait partie de notre groupe.

— Non, Spoon, elle fait partie de ce groupe là-bas, a dit Ema en montrant la table des sportifs et des pom-pom girls.

Spoon a secoué la tête.
— C'est indigne de toi.
Ce qui a eu le don de la réduire au silence.
— On doit passer à l'action, a-t-il repris.
— Comment ? ai-je demandé.
— Comment ça, comment ? (Il a gonflé la poitrine.) Il faut trouver qui lui a tiré dessus. C'est trop grave. On doit tout mettre en œuvre pour découvrir qui a commis ce terrible forfait. Et si on scellait un pacte ? Nous ne renoncerons pas tant que nous ne saurons pas la vérité et que Rachel ne sera pas en sécurité.
Ema a soupiré.
— Prêt à voler au secours de la princesse en détresse, je vois.
Spoon a haussé les sourcils deux fois.
— Toutes les nanas peuvent compter sur moi. Qu'est-ce que tu en dis, Mickey ?
— On ne sait même pas où elle est.
— Moi, je sais.
Cette fois, il avait réussi à capter notre attention. Ema et moi nous sommes penchés en avant, attendant la suite. Il souriait.
— Parle, Spoon ! ai-je fini par lâcher.
— Ah oui, pardon. Vous savez que mon père est le chef de l'intendance, dans ce lycée ?
— Bien sûr qu'on sait, a rétorqué Ema. Accouche, Spoon !
— Ah, d'accord. Mais est-ce que vous avez déjà entendu parler du réseau des concierges ?
— Du quoi ?
— Du réseau des concierges. C'est trop compliqué à expliquer dans les détails, donc je vous résume : les concierges se parlent entre eux. Ce sont les yeux et les oreilles de tous les établissements. Vous pigez ?
Il s'est interrompu, attendant une réponse.
— Non, ai-je dit.
Il a soupiré.

— Mon père est ami avec un autre concierge du réseau. Cet ami, nommé M. Tansmore, travaille à l'hôpital Saint Barnabas de Livingstone, dans le New Jersey. Il a appris à mon père que Rachel était là-bas.

— Est-ce qu'il sait si elle est dans un état grave ? ai-je demandé.

— Négatif. Mais il a précisé qu'elle avait été blessée par balle. Voici ce que je propose : on passe la voir à l'hôpital après les cours.

Mon regard est retourné se poser sur Troy Taylor. Il m'ignorait soigneusement, mais son meilleur pote, Buck, m'a lancé un regard qui tue. Il a frappé du poing dans sa paume en articulant les mots *T'es mort* à mon intention.

En réponse, j'ai bâillé ostensiblement.

— Fatigué ? m'a demandé Spoon.

— Non, c'est pour Buck.

— Buck est fatigué ?

Oui, je confirme, Spoon peut parfois se montrer pénible.

— Laisse tomber.

— OK. (Il s'est penché vers nous.) Bon, alors ?

— Alors quoi ? a demandé Ema, sans cacher son agacement.

— On va à l'hôpital après les cours ? On essaie de découvrir ce qui est arrivé à notre camarade tombée au combat ?

— Tu es malade ou quoi ? Tu t'imagines qu'on peut entrer comme ça dans un hôpital pour aller rendre visite à la victime d'une fusillade ? On ne sait même pas si elle a le droit de recevoir des visiteurs ou si elle en veut. Et si c'est le cas, elle préférerait sûrement voir ses amis proches, pas nous. Et je te rappelle aussi que la police, dont le père de Troy, travaille sur l'affaire. Des vrais flics.

Spoon a de nouveau fait jouer ses sourcils.

— C'est pas les flics qui ont fait tomber Buddy Ray au Plan B. C'est nous.

— Et on a failli y laisser notre peau.

— Ne craignez rien, gente dame. (Spoon a rapproché sa chaise de celle d'Ema.) Je vous ai sauvée une fois. Je vous sauverai de nouveau.

— Ne m'oblige pas à te frapper, a-t-elle répliqué.

Je ne suis pas intervenu.

— Toi, Mickey, tu n'y penses pas sérieusement, si ?

— Je ne sais pas. Ce n'est peut-être pas une mauvaise idée.

— Tu déconnes ?

— Il est possible qu'on soit en danger, nous aussi. On ne peut pas rester assis les bras croisés. Tu l'as dit toi-même. On est tous impliqués dans l'histoire.

— Non, j'ai dit que toi et moi, nous étions impliqués. Et je parlais de l'ambulancier et du Boucher de Łódź, et peut-être de la femme chauve-souris. Je ne parlais pas de Rachel Caldwell. (Ema s'est levée.) Je dois aller en cours.

— Le déjeuner n'est même pas terminé.

— Pour moi, si. J'ai des choses à faire.

Là-dessus, elle s'est éloignée.

— Qu'est-ce qui lui prend ? a demandé Spoon.

— Aucune idée.

— Ah, les femmes ! a-t-il soupiré en me donnant un coup de coude. On n'y comprend rien, pas vrai, Mickey ?

— Que dalle, Spoon.

— Que dalle, a répété Spoon. Bien qu'on n'ait aucune certitude, certains pensent que l'expression vient de « queue d'ail », parce que, autrefois, à la fermeture du marché, il ne restait plus rien que des queues d'ail. D'autres affirment que c'est une déformation du verbe ancien « dailler », qui veut dire plaisanter.

Mais je ne l'écoutais plus, je suivais Ema des yeux. Quand elle est passée devant la « loge du propriétaire », Troy Taylor, pourtant censé pleurer sur le sort de sa petite amie blessée, a placé les mains en porte-voix devant sa bouche et s'est écrié :

— Eh, Ema, meuhhh !

Puis il s'est mis à rire, imité par quelques-uns de ses copains.

Buck, également connu sous le nom de M. Suiveur, a renchéri :

— Ouais, Ema, meeeuuuhhh !

Un de leurs acolytes a meuglé à son tour, tandis que Troy leur faisait des *checks*.

Furieux, je me suis levé avec l'intention d'aller leur dire ma façon de penser. J'ai serré les poings, prêt à en découdre. Mais Ema s'est retournée et je me suis arrêté. Ses yeux étaient remplis de défi et de tristesse.

Ça m'a ému et déstabilisé en même temps.

En silence, elle a articulé les mots *Laisse tomber*.

Je suis resté là une seconde, puis j'ai obéi et repris ma place à table.

Ema a continué son chemin, ignorant les meuglements cruels dans son dos. En repensant à la souffrance que je venais d'apercevoir dans ses yeux, j'ai eu soudain l'intuition qu'elle n'était pas seulement liée à Troy Taylor et à ses insultes.

— Mickey ?

— Oui, Spoon ?

— Contrairement à ce que croient la plupart des gens, les vaches n'ont pas quatre estomacs. Elles ont quatre compartiments digestifs.

— Merci pour cette précision.

9

Il restait encore dix minutes avant la fin du déjeuner. Je suis sorti pour aller tirer quelques paniers. Deux affiches étaient placardées partout dans le lycée. La première – celle qui faisait frétiller la plupart des élèves – montrait une photo très provocante d'Angelica Wyatt, et annonçait :

AUDITIONS POUR LES RÔLES DE FIGURANTS !
DEUX JOURS SEULEMENT !
PEUT-ÊTRE LA CHANCE DE RENCONTRER
ANGELICA WYATT !
DEVENEZ UNE STAR, MÊME POUR QUELQUES SECONDES !

Ça ne m'intéressait pas.

Mon attention à moi (et toute ma motivation) était focalisée sur la deuxième affiche :

SÉLECTION DE BASKET LUNDI !
15 HEURES
RENDEZ-VOUS AU GYMNASE !
POUR L'ÉQUIPE D'ÉLITE :
1res ET TERMINALES EXCLUSIVEMENT
POUR L'ÉQUIPE JUNIOR : 3e ET 2des

C'était drôle. En dépit de tout ce qui s'était passé ces derniers jours, le basket demeurait une de mes priorités. J'allais passer les épreuves pour entrer dans l'équipe junior, mais, au risque de paraître prétentieux, je ne comptais pas m'y attarder.

J'ai tiré quelques paniers tout seul. Ne me demandez pas pourquoi, mais je ne voulais pas qu'on me voie jouer avant les sélections. Presque tous les après-midi, je faisais le déplacement jusqu'à un quartier sensible de Newark pour participer aux matchs amicaux qui s'y disputaient. C'est là que j'avais affûté mon jeu.

Comme je l'ai déjà dit, mon oncle Myron avait été un grand joueur : il détenait le record de points marqués dans l'histoire du lycée et avait figuré parmi les meilleurs joueurs du championnat NCAA, avant de rejoindre les Boston Celtics.

Mais d'après mon père, j'étais encore meilleur que lui.

Nous verrions. C'était ça, la beauté du basket. Peu importaient les discours. Seul comptait ce qu'on valait sur le terrain.

Je m'apprêtais à rentrer quand j'ai vu s'arrêter une voiture noire aux vitres teintées que je commençais à bien connaître. Celle qui portait l'étrange plaque d'immatriculation. Celle qui me suivait depuis le début de toute cette histoire. Celle qui transportait le mystérieux homme chauve. La voiture qui, la veille, m'avait emmené voir la femme chauve-souris.

Elle était revenue.

J'ai attendu que le gars à la boule à zéro en sorte. En vain. La sonnerie n'allait pas tarder à retentir. Qu'est-ce qu'ils me voulaient encore ?

Quand je me suis approché, la portière arrière s'est ouverte. Je me suis glissé à l'intérieur. Le Chauve se trouvait sur la banquette. Comme la vitre de séparation était fermée, je n'ai pas pu voir qui conduisait.

— Bonjour, Mickey, a-t-il dit.

J'en avais marre de lui et de ses brusques apparitions.

— Ça vous embêterait de me donner votre nom ?

— Comment tu te sens ?

— Super. Qui êtes-vous ?

— Nous avons appris que Rachel avait été blessée.

Je l'ai examiné en attendant qu'il poursuive. Il était plus jeune que je ne l'avais cru jusqu'ici : 30 ans, 35 au maximum. Il avait des mains puissantes, des pommettes saillantes, et s'exprimait avec un accent snob que j'associais aux écoles privées.

Comme il ne disait rien, j'ai été saisi d'un doute.

— Attendez une seconde ! Est-ce que ce qui est arrivé à Rachel a un rapport avec vous autres ?

— C'est qui, nous autres ?

— Le refuge Abeona.

J'avais récemment appris que mes parents n'étaient pas de simples nomades insouciants qui se consacraient à des bonnes œuvres de temps en temps. Membres d'une organisation secrète nommée le refuge Abeona, ils menaient des opérations clandestines afin de sauver des enfants en danger.

Dans la mythologie romaine, Abeona était la déesse protectrice des enfants. L'organisation avait pour emblème le Tisiphone Abeona, un papillon exotique dont les ailes s'ornaient de ce qui ressemblait à des yeux.

J'avais vu ce papillon sur la photo des hippies chez la femme chauve-souris. J'en avais trouvé un autre sur l'un des tatouages d'Ema. Et encore un sur la tombe de mon père.

Selon toute vraisemblance, la femme chauve-souris dirigeait l'organisation. Le Chauve travaillait pour elle. Et mes amis et moi avions aussi été recrutés, semblait-il. Deux jours plus tôt, nous avions sauvé une adolescente d'un sort affreux. Mais ça n'avait pas été facile.

— J'ai la nette impression que tu es très attaché à Rachel Caldwell, a déclaré le Chauve.

— Et alors ?

— Et alors, je me demande jusqu'à quel point.

— Traduction ?
— Est-ce qu'elle t'a confié quelque chose ?
J'ai fait une drôle de tête.
— Comme quoi ?
— Un cadeau. Un paquet. N'importe quoi.
— Non. Pourquoi elle aurait fait ça ?
Le Chauve n'a pas répondu.
— Qu'est-ce qui se passe ? Pourquoi Rachel s'est fait tirer dessus ?
— Je ne sais pas.
— Je ne vous crois pas.
— Crois ce que tu veux. Ce sont là les risques que nous prenons tous.
— Qu'est-ce que vous racontez ?
— Tu prends des risques. Elle t'a mis en garde contre ça. (Il parlait de la femme chauve-souris.) Mais tu peux décider de partir à tout moment.
— Je ne comprends rien. Pourquoi nous avons été choisis pour vous rejoindre ?
Il a haussé les épaules et regardé par la vitre, derrière moi.
— Va savoir pourquoi nous sommes choisis, les uns et les autres…
— Ça, c'est profond comme remarque, mais vous évitez de répondre à ma question. Spoon, Ema, Rachel, moi… Pourquoi nous ?
— Pourquoi vous ?
Le regard toujours fixé au loin, il a serré les mâchoires. Il paraissait soudain complètement perdu.
— Pourquoi moi ?
La cloche a sonné.
— Retourne vite en cours, a-t-il dit. Il ne faudrait pas que tu sois en retard. Et, Mickey ?
— Quoi ?
— Quoi que tu fasses, ne parle pas de nous à ton oncle.

10

Des gloussements se sont élevés au passage de Spoon, alors qu'il me rejoignait à mon casier.

Je l'ai regardé de la tête aux pieds.

— Qu'est-ce que c'est que ce déguisement ?

— À quoi ça ressemble, à ton avis ?

— À une tenue de bloc opératoire.

— Exactement. (Spoon souriait jusqu'aux oreilles.) C'est le costume parfait pour nous permettre d'entrer dans un hôpital. Je peux me faire passer pour un médecin, tu vois ?

J'étais grand (un mètre quatre-vingt-douze) et je pesais environ quatre-vingt-dix kilos. Spoon, lui, avait tout du modèle réduit. Il n'était pas seulement petit, il était aussi frêle, une simple bourrasque de vent aurait suffi à le balayer. Ses lunettes, toujours légèrement de travers, paraissaient trop grandes pour son visage.

Et, si je faisais facilement plus que 16 ans, Spoon aurait pu acheter une place de cinéma au tarif réduit « moins de 12 ans » sans perturber la caissière.

— Bon, alors on va voir Rachel ? a-t-il demandé.

— On y va.

Il m'a souri.

— Tu peux m'appeler Dr Spoon. Pour que je puisse mieux entrer dans la peau de mon personnage. (Il a regardé à droite et à gauche.) Où est Ema ?

Je me posais la même question. J'ai scanné le couloir. Elle n'était nulle part en vue. Je lui avais envoyé un SMS lui disant de nous rejoindre ici pour qu'on aille prendre le bus ensemble, mais elle n'avait pas répondu.

— Je ne sais pas.

— Donc, on n'est que tous les deux ?

— J'ai l'impression. Au fait, je croyais que tu étais puni ?

— Oui, mais aujourd'hui, j'ai une réunion du COMUCU.

— Pardon ?

— Le club Comédie Musicale Culture. Sans vouloir me vanter, j'en suis le président fondateur.

Manquait plus que ça.

— Tu devrais peut-être changer le nom.

— Ah bon, pourquoi ?

— Laisse tomber.

Il s'est gratté le menton.

— Je mettrai peut-être ce point à l'ordre du jour de la prochaine réunion.

— Il y a combien de membres ?

Spoon a paru embêté.

— C'est obligé qu'il y ait d'autres membres ?

J'ai refermé mon casier.

— Tu veux adhérer ? m'a-t-il demandé. Tu peux te présenter à la vice-présidence. Tu aimes les comédies musicales, pas vrai ? La semaine prochaine, papa emmène le club entier voir le nouveau spectacle de Frank Wildhorn. Tu sais qui c'est ? *Jekyll & Hyde*, *The Scarlet Pimpernel*... J'adore la chanson « This Is the Moment », pas toi ?

Et il s'est mis à chanter.

— Ouais, ai-je dit pour le faire taire. J'adore.

Et je me suis dépêché d'envoyer un autre SMS à Ema : **STP VIENS AVEC NOUS** !

Pas de réponse.

— Eh bien, il n'y aura que toi et moi.

— Shrek et l'Âne ! a crié Spoon.

— Euh, ouais, c'est ça.

— Non ! (Spoon a claqué des doigts.) Plutôt, Don Quichotte et Sancho Panza ! Tu sais qui c'est ? Oublie le bouquin, je te parle de la comédie musicale, *L'Homme de la Mancha*. Tu es le courageux Don Quichotte et moi, je suis ton écuyer, Sancho. D'ailleurs, la pièce a reçu le Tony Award de la meilleure comédie musicale en 1966, mais tu le savais sûrement, hein ?

Je ne le savais pas – qui était au courant, je vous le demande ? –, mais, curieusement, je connaissais la comédie musicale et l'histoire. Pour une fois, la comparaison de Spoon paraissait tout à fait adaptée : Don Quichotte était un fou victime d'hallucinations.

J'ai de nouveau scruté le couloir : pas d'Ema en vue.

— Allez, viens, ai-je dit.

Le Dr Spoon et moi nous sommes dirigés vers l'avenue Northfield. En tournant au coin de la rue, j'ai failli pousser un cri de soulagement. Ema se trouvait à l'arrêt de bus, le front plissé par l'impatience.

Je me suis précipité vers elle et l'ai prise dans mes bras.

— Ema !

Elle a paru surprise par cette réaction pour le moins démonstrative. Il faut dire que je l'étais moi aussi.

— Tu es venue !

— Pas le choix. Si je vous laisse tous les deux, vous allez faire n'importe quoi.

Spoon nous a rejoints et a passé ses bras autour de nous. Quand on s'est écartés, Ema a regardé sa tenue de chirurgien, avant de me lancer un coup d'œil interrogateur. Je me suis contenté de hausser les épaules.

Spoon a écarté les bras.

— Ça te plaît ? C'est sexy, non ? Comme le personnage de la série.

— Dr Balourd, tu veux dire ?

Pendant le trajet en bus, j'ai raconté à mes amis mon tête-à-tête avec le Chauve dans la voiture noire. Ils m'ont écouté en silence. Une fois arrivés au centre hospitalier Saint Barnabas, nous avons essayé le chemin direct, à savoir l'entrée principale. Méthode qui, ça ne vous surprendra pas, n'a pas fonctionné. Au bureau d'accueil, il fallait présenter des papiers d'identité avec photo et donner la raison de sa présence. Il y avait plusieurs agents de sécurité et même un détecteur de métaux.

— Mais qui voudrait s'introduire dans un hôpital ? a fait remarquer Ema.

— Il y a des gens qui volent le matériel médical, a répondu Spoon. Qui essaient de dérober des ordinateurs, des médicaments ou des dossiers...

— C'était une question rhétorique, Spoon.

— Ah.

Elle l'a regardé de plus près.

— Attends, c'est un vrai stéthoscope que tu as autour du cou ?

— Ben oui, a dit Spoon en le sortant de sous sa blouse. Ça fait partie de mon déguisement.

— Où est-ce que tu...

J'ai secoué la tête à l'intention d'Ema, comme pour dire : *Laisse tomber.* Elle n'a pas fini sa phrase.

— Bon, et maintenant ? ai-je demandé.

— Suivez-moi, a dit Spoon.

Nous sommes ressortis et avons contourné le bâtiment. À l'arrière, il y avait une grande porte métallique qui ne s'ouvrait que de l'intérieur. Spoon a frappé trois coups, marqué une pause, puis frappé deux coups supplémentaires. Nous avons attendu. Il a haussé un sourcil et toqué encore deux fois.

Un homme en combinaison de travail verte a ouvert la porte. Il nous a lancé un regard soupçonneux.

— Qu'est-ce que vous voulez ?

— Monsieur Tansmore ? C'est moi, Arthur. (Là, Spoon a retiré le stéthoscope qu'il portait autour du cou, comme s'il craignait que M. Tansmore ne le reconnaisse pas sous son déguisement.) Arthur Spindel.

J'avais oublié que le vrai nom de Spoon était Arthur, même si je ne lui avais donné son surnom que quelques jours plus tôt.

— Ah, bonjour, Arthur. (M. Tansmore a passé la tête à l'extérieur pour s'assurer qu'il n'y avait personne d'autre dans les parages.) Entrez. Vite !

Nous avons obéi.

— Tu vois, m'a chuchoté Spoon. Le réseau des concierges.

M. Tansmore nous a emmenés dans les sous-sols. Une fois en bas des marches, il a demandé :

— Tu n'as pas l'intention de faire de bêtises, n'est-ce pas, Arthur ?

— Non, monsieur.

S'il n'avait pas l'air enchanté, M. Tansmore ne semblait pas très intéressé non plus.

— Si vous vous faites prendre…

— On ne vous connaît pas. Ne vous inquiétez pas.

— OK. Attendez ici cinq minutes, puis faites ce que vous avez à faire.

— Merci.

— Et arrange-toi pour que ton père sache…

— C'est déjà fait.

J'ai regardé Ema, qui a haussé les épaules. Ça nous arrive très souvent quand on traîne avec Spoon.

— Vous savez comment va Rachel Caldwell ? a-t-il demandé.

Tansmore s'est contenté de secouer la tête.

— Et son numéro de chambre ?

— Je ne sais pas. (M. Tansmore avait une voix très grave.) Elle a moins de 18 ans, n'est-ce pas ?

— Oui.

— Elle doit donc être dans l'unité pédiatrique. Probablement au cinquième ou au sixième étage. Bon, je dois retourner travailler.

Et il nous a laissés seuls au sous-sol.

— C'est quoi, ce que ton père doit savoir et dont tu t'es déjà occupé ? ai-je demandé.

— C'est lié au réseau des concierges, a expliqué Spoon dans un murmure. Mais je suis tenu au secret.

Du Spoon tout craché. Il a chronométré les cinq minutes sur sa montre. Puis nous avons monté l'escalier. Une fois au rez-de-chaussée, Ema a demandé :

— Où est-ce qu'on va ?

— Il faudrait trouver un ordinateur, a répondu Spoon.

Ce qui n'avait rien d'évident. Cet étage accueillait les bureaux de l'administration, mais soit ils étaient occupés, soit il y avait quelqu'un à proximité. Impossible d'entrer et de consulter un PC.

— On devrait peut-être aller directement là-haut, a suggéré Spoon.

C'était assez sommaire, comme plan, mais que pouvions-nous faire d'autre ? Nous avons pris l'ascenseur jusqu'au cinquième étage, tourné à gauche puis à droite, et nous sommes entrés dans l'unité pédiatrique. Le contraste était frappant avec le reste de l'hôpital. Alors qu'ailleurs, les tons ternes, les beiges et les gris dominaient, en accord avec l'atmosphère générale, ce service arborait des couleurs éclatantes – on avait l'impression de se retrouver dans une école maternelle très gaie ou dans un lieu décoré pour un goûter d'anniversaire.

Je comprenais le but, mais tout ça m'apparaissait faux – mensonger, même. C'était un hôpital. Qui accueillait des enfants malades. On ne pouvait pas masquer cette réalité avec des couleurs vives.

Pas plus qu'on ne pouvait masquer l'odeur. Bien sûr, on avait pris soin de vaporiser un puissant désodorisant à la cerise, mais ça puait toujours le médicament. Je détestais cette odeur.

Nous nous sommes engagés dans le couloir. La plupart des portes étaient fermées. Quand l'une était entrouverte, nous risquions discrètement un coup d'œil, mais impossible de voir qui se trouvait à l'intérieur des chambres.

— Ça ne sert à rien, a dit Ema.

J'étais d'accord.

— Il faudrait consulter les fichiers informatiques, a répété Spoon, comme une idée fixe.

Mais tous les terminaux étaient en évidence. Et quand bien même on en aurait trouvé un moins en vue, il aurait fallu passer le barrage des identifiants et des mots de passe pour accéder aux informations des patients.

Ça n'allait pas être facile.

Une infirmière nous a regardés bizarrement alors que nous parcourions le couloir. C'est vrai qu'on ne devait pas passer inaperçus. J'étais habillé normalement, d'un jean et d'un sweat-shirt. Tout de noir vêtue et très maquillée, Ema arborait sa quincaillerie en argent et ses nombreux tatouages. Quant au Dr Spoon… pas besoin de vous faire un dessin.

— Qu'est-ce qu'on cherche ? m'a chuchoté Ema.

Je n'en avais aucune idée, donc j'ai continué d'avancer comme si de rien n'était.

Apparemment, le service menait un grand projet artistique. Chaque porte était ornée d'un dessin d'enfant. Sur certaines, il y en avait même cinq ou six. On y voyait des éléphants, des tigres et autres animaux. Des châteaux, des montagnes, des arbres. Ceux qui m'ont le plus ému représentaient une maison – un rectangle surmonté d'un toit en triangle – avec une famille dessinée en bâtonnets sur la pelouse devant. Un soleil souriant brillait toujours dans un coin de la feuille.

Le message de ces artistes en herbe était facile à déchiffrer : leur foyer leur manquait. J'observais les dessins qui se succédaient sur les portes, quand je me suis figé.

— Qu'est-ce qu'il y a ? m'a demandé Ema.

L'espace d'un instant, j'ai contemplé une porte. Elle a suivi mon regard et retenu son souffle.

Sur celle-là, il n'y avait qu'un seul dessin. Un unique motif. Pas d'arrière-plan, pas d'arbres, pas de haute montagne, pas de bonshommes en bâtonnets ni de soleil souriant dans le coin.

Seulement un papillon.

— Qu'est-ce que... ?

Ema s'est tournée vers moi.

Le doute n'était pas permis : c'était le même papillon que j'avais vu chez la femme chauve-souris, sur la tombe de mon père et sur la peau d'Ema. Le Tisiphone Abeona. Sauf que, sur celui-là, les yeux étaient violets.

Un grand froid s'est emparé de moi.

— Mickey ? Qu'est-ce que ça veut dire ?

— Je ne sais pas, mais on doit entrer dans cette chambre.

Elle se situait juste à côté du bureau des infirmières, dans l'unité de soins intensifs. Ce qui signifiait qu'elle était sous surveillance constante. J'ai regardé tout autour de nous en pensant : autant tenter le coup.

— Allez m'attendre à un endroit où on ne vous verra pas, ai-je dit.

— Qu'est-ce que tu comptes faire ?

— Je vais entrer dans cette chambre.

Ema a fait la moue.

— Ça vaut le coup d'essayer, ai-je ajouté.

Ema et Spoon ont continué leur route et tourné au coin du couloir, hors de vue. Je me suis avancé vers la chambre au papillon. J'étais M. Relax. M. Cool. J'ai même failli siffloter, tellement j'étais décontracté.

— Et où crois-tu aller, comme ça ?

L'infirmière me dévisageait, bras croisés. Elle fronçait les sourcils, affichant le même air que la bibliothécaire à qui vous rendez un livre en retard et qui ne croit pas à l'excuse que vous lui servez.

— Oh, bonjour. Je viens rendre visite à un ami, ai-je dit en montrant la porte.

— Sûrement pas dans cette chambre. Qui es-tu ?

— Aaahh ! (J'ai claqué des doigts puis je me suis frappé la tempe comme un mauvais acteur.) On est au cinquième étage ? Je dois aller au sixième. Désolé.

Avant que l'infirmière ait pu répondre quoi que ce soit, je me suis éloigné. J'ai retrouvé Ema et Spoon au bout du couloir.

— Ouah, très impressionnant ! a commenté Ema.

— Tes sarcasmes sont vraiment indispensables, là, tout de suite ?

— Indispensables, non. Mais ce serait dommage de s'en priver.

— Moi, je réussirai peut-être à entrer, avec mon super déguisement, a dit Spoon. Je peux me faire passer pour un médecin.

— Spoon, c'est une idée géniale, a déclaré Ema.

J'étais perplexe.

— Mais si, je vous assure. Il faut juste procéder à quelques petites mises au point.

11

Le bureau des infirmières se trouvait au croisement de deux couloirs. Il y avait des chambres de part et d'autre. Trois minutes après ma tentative ratée, Spoon a déboulé par l'autre côté et s'est précipité vers l'infirmière qui m'avait barré le passage.

— Mademoiselle, il me faut un chariot d'urgence, *illico presto* !

— Hein ?

— *Illico*. Ça veut dire tout de suite.

— Je sais ce que...

— Mademoiselle, connaissez-vous l'origine du terme ? *Illico* est un adverbe latin signifiant sur-le-champ.

L'infirmière l'a observé, les yeux plissés.

— Quel âge as-tu ?

— 27 ans.

Et devant sa grimace dubitative, il a ajouté :

— D'accord, j'ai 14 ans. Mais je suis un de ces jeunes surdoués dont on parle dans les médias.

— Je vois. Et comment se fait-il qu'il y ait le nom « Dr Love » brodé sur la poche de ta blouse ?

— C'est mon nom ! Ça vous pose un problème ? (Il lui a fait les yeux doux.) Au fait, vous êtes très jolie.

— Pardon ?

— Nous, les médecins, nous draguons toujours les infirmières, vous ne saviez pas ? Je parie que vous êtes très flattée, pas vrai ? (Spoon a plié un bras à peu près aussi épais et tonique qu'une algue rejetée par la mer.) Vous voulez toucher mes biceps ?

Deux autres infirmières les ont rejoints.

— Ce gamin t'embête ? a demandé l'une d'elles.

— Appelez-moi Dr Gamin, mademoiselle. (Celle-là aussi a eu droit au regard de braise.) Au fait, vous êtes très jolie.

Pendant qu'il faisait diversion, je m'étais discrètement approché de la chambre au papillon. J'allais ouvrir la porte lorsqu'une des infirmières, sentant peut-être quelque chose, a commencé à se tourner vers moi.

Je m'apprêtais à me baisser – mais à quoi bon, j'étais en plein milieu du couloir ? – quand j'ai entendu Ema crier :

— Kevin ? Kevin, où es-tu ?

L'infirmière a pivoté la tête vers la voix, tandis qu'Ema fondait sur Spoon.

C'était maintenant : j'ai ouvert la porte et je suis entré dans la chambre obscure. Alors que je refermais derrière moi, j'ai entendu Ema poursuivre :

— Kevin, tu devais rester dans le service psychiatrique. Je suis désolée, c'est mon frère et il m'a faussé compagnie. Je vais le ramener...

Sa voix – toutes les voix – se sont évanouies quand j'ai refermé la porte.

Au moment où je me retournais vers le lit, quelqu'un m'a demandé :

— Mickey ? Comment es-tu arrivé ici ?

C'était Rachel.

12

Je me suis précipité à son chevet. Hormis le pansement sur le côté de sa tête, elle semblait aller relativement bien. Elle n'était pas reliée à tout un tas de tubes, ni rien. Elle avait les manches relevées. Mon regard a été attiré par ce qui ressemblait à une vieille marque de brûlure à l'intérieur de son bras – un unique défaut qui paraissait rehausser encore son physique parfait. Rachel avait les yeux humides.

J'ai eu envie de la serrer dans mes bras, mais je n'ai pas osé. Je suis donc resté planté là, devant elle, et j'ai attendu.

— Comment es-tu entré ? m'a-t-elle demandé.

— Spoon a créé une diversion.

Elle a tenté de sourire, mais n'a réussi qu'à fondre en larmes.

— Ma mère...

Je me suis assis sur le lit et lui ai pris la main.

— Je sais. Je suis vraiment désolé.

Elle a laissé retomber sa tête sur l'oreiller et, cillant pour refouler ses larmes, s'est perdue dans la contemplation du plafond.

— C'est ma faute.

— Tu ne peux pas dire ça.

— Tu ne comprends pas, a-t-elle murmuré d'une toute petite voix. C'est à cause de moi qu'elle s'est fait tuer.

Je me suis figé. Rachel s'est remise à pleurer.

— Comment ça ?

Elle s'est contentée de secouer la tête.

— Rachel ?

— Il faut que tu t'en ailles.

J'ai ignoré sa remarque.

— Pourquoi dis-tu qu'elle s'est fait tuer à cause de toi ?

— Je ne veux pas te mettre en danger toi aussi.

— Ne t'inquiète pas pour moi, OK ? Explique-moi juste ce qui se passe. Tu vas bien ?

La poignée de la porte s'est abaissée.

J'ai de très bons réflexes. C'est génétique, je le sais. Rien d'étonnant, quand on a une mère ayant compté parmi les meilleures joueuses de tennis de sa génération et un oncle ayant pratiqué le basket au niveau professionnel. Je n'ai pas hésité. À la seconde où j'ai entendu la porte s'ouvrir, j'ai plongé sous le lit.

— Bonjour, Rachel !

Mon estomac s'est retourné quand j'ai reconnu la voix.

— Commissaire Taylor ?

— Ça fait un sacré bout de temps, a-t-il repris, ce qui m'a paru une drôle de chose à dire à une adolescente qui venait de se faire tirer dessus.

J'ai vu ses chaussures marron s'approcher du lit.

— Comment te sens-tu ?

Il y avait une tension inhabituelle dans la voix de Taylor. Il voulait avoir l'air du flic sûr de lui, mais c'était raté.

— Bien, merci.

La voix de Rachel non plus n'était pas naturelle. On sentait de l'électricité entre eux, derrière cet échange en apparence anodin.

— Les médecins m'ont dit que tu avais eu beaucoup de chance.

— C'est ça, a répondu Rachel, avec une pointe de colère. Ma mère est morte. Une sacrée chance.

— Ce n'est pas ce que je voulais dire. (L'imbécile !) Je parlais de ta santé. La balle n'a fait qu'effleurer ton crâne.

Rachel n'a pas répondu.

— Je suis navré pour ta mère, a ajouté Taylor, qui ne paraissait pas navré du tout.

— Merci, a répondu Rachel, qui ne paraissait pas reconnaissante du tout.

Qu'est-ce qui se passait ?

— Tu sais que je suis arrivé le premier sur les lieux ?

— Non, je ne savais pas.

— Si. C'est moi qui ai appelé l'ambulance.

Silence.

— De quoi te rappelles-tu à propos de la fusillade ? a demandé Taylor.

— Rien.

— Tu ne te souviens pas qu'on t'a tiré dessus ?

— Commissaire Taylor ?

— Oui.

Rachel a bâillé.

— Je ne me sens pas très bien.

— Mais tu viens de me dire le contraire.

— On m'a bourrée de médicaments. Je suis crevée. Vous pourriez revenir une autre fois ?

Il y a eu une longue pause. Puis Taylor a répondu :

— Bien sûr, Rachel. Je comprends. On pourra discuter plus tard.

J'ai regardé ses chaussures marron s'éloigner du lit. Elles se sont arrêtées à la porte.

— Encore une chose... une inspectrice de la brigade criminelle, nommée Anne Marie Dunleavy, va venir t'interroger. Ne te sens pas obligée de lui répondre avant que nous nous soyons reparlé, d'accord ?

Quoi ?

— Tu viens de m'expliquer que tu ne te souvenais de rien, a-t-il poursuivi. Si tu dois vraiment lui parler, dis-lui la même chose.

Je répète : *Quoi* ?

Au moment où Taylor a ouvert la porte, il s'est retrouvé nez à nez avec une infirmière.

— Nous devons l'emmener passer des radios, a-t-elle déclaré.

— Je vais vous tenir la porte, a proposé Taylor.

J'étais piégé.

Tandis que l'infirmière entrait, je n'ai pas bougé. Le commissaire Taylor non plus. J'ai entendu la femme tirer un levier pour remonter les barreaux latéraux.

Dès qu'elle pousserait le lit pour emmener Rachel, je me retrouverais à découvert.

J'ai regardé à droite et à gauche. Nulle part où me cacher. Je pouvais essayer de ramper, mais pour aller où ? Taylor me verrait dans la seconde. L'infirmière s'apprêtait à manœuvrer le lit. Le commissaire lui tenait la porte.

— Attendez… a dit Rachel d'une toute petite voix.

— Qu'est-ce qu'il y a, chérie ?

— Je voudrais aller aux toilettes.

Ah, Rachel ! Quelle bonne idée !

— Tu pourras y aller là-bas, a répondu l'infirmière d'un ton catégorique. Ce sera plus pratique.

Là-dessus, elle a commencé à pousser le lit. Je n'avais plus qu'une solution : attraper l'un des barreaux du sommier et me suspendre. Coinçant les pieds tant bien que mal, j'ai soulevé mon corps tout entier à la force des bras.

L'infirmière s'est arrêtée, sans doute à cause du poids supplémentaire.

— Est-ce que le frein est encore mis ?

J'ai tenu bon pendant qu'elle vérifiait. Vous avez déjà pratiqué cet exercice appelé la planche, qui consiste à maintenir le corps en équilibre sur les mains, comme pour faire des pompes, jusqu'à ce que vous vous mettiez à trembler ? Eh bien, c'était à peu près ce que je faisais, sauf que j'avais la tête en bas. Je me sentais dans la peau d'une chauve-souris.

Je ne savais pas combien de temps j'allais pouvoir tenir.

Le lit est passé juste devant les chaussures du commissaire Taylor.

Mes doigts commençaient à fatiguer. Mon ventre à prendre la consistance de la gelée.

Nous roulions maintenant dans le couloir. Regardant la distance se creuser entre le lit et les chaussures de Taylor, je me suis demandé si Rachel avait compris ce que je faisais. Probablement. Une fois arrivé près de l'ascenseur, je n'ai pas pu tenir davantage. Mes mains ont lâché et je suis retombé par terre.

— Mademoiselle ? a demandé Rachel. J'ai oublié mon lapin en peluche. Vous voulez bien aller me le chercher ?

— Pardon ?

— Je suis désolée. Kirbie, c'est son nom. Je l'ai laissé dans la chambre. Je... j'ai peur sans lui. S'il vous plaît ?

L'infirmière a soupiré.

— D'accord, chérie. Attends-moi ici.

Dès que l'infirmière s'est éloignée, j'ai émergé de sous le lit.

— Tu as un lapin en peluche ?

— Bien sûr que non. Pars vite avant qu'elle revienne.

— Il faut que je sache...

— Pas maintenant, Mickey. Va-t'en.

L'ascenseur s'est ouvert à côté de moi. Je suis monté et j'ai appuyé sur le bouton. Alors que les portes se refermaient, j'ai vu Rachel qui essayait de me sourire. Et puis, j'ai aperçu quelqu'un d'autre derrière elle.

Le commissaire Taylor. Il me regardait droit dans les yeux.

— Retenez cet ascenseur !

Les portes s'étaient refermées. L'espace d'un battement de cœur, j'ai eu peur qu'elles se rouvrent. Mais non. La cabine s'est mise en mouvement.

Une fois au rez-de-chaussée, je suis sorti en me retenant de courir.

13

J'ai rattrapé Spoon et Ema sur le parking.

— On bouge ! Le commissaire Taylor est peut-être à nos trousses.

Nous nous sommes dépêchés de descendre la rue et de tourner dans l'avenue Northfield. Il y avait une laverie au coin, derrière laquelle nous nous sommes cachés.

— Rachel était dans cette chambre ? a demandé Ema.

J'ai hoché la tête et je leur ai tout raconté.

— Abeona est donc aussi mêlé à cette histoire d'une manière ou d'une autre, a-t-elle fait remarquer.

— J'en ai bien l'impression.

Spoon restait silencieux. Il semblait un peu perdu. Je m'inquiétais pour lui. Il n'avait rien demandé de tout ça. D'accord, aucun de nous n'avait demandé quoi que ce soit, mais lui me faisait penser à un oisillon tout juste sorti de l'œuf. Notre amitié, si c'était bien de cela qu'il s'agissait, remontait seulement à quelques jours, quand il m'avait abordé à la cafétéria pour me proposer sa cuillère. D'où son surnom.

— Qu'est-ce qu'on va faire ? m'a demandé Ema.

— Désolé de vous interrompre, a dit Spoon, mais la réunion du club Comédie Musicale Culture est théoriquement finie. Mes parents doivent m'attendre.

— Le club quoi ?

J'ai secoué la tête pour empêcher Ema de l'entraîner sur ce terrain.

Lorsque le bus est arrivé, nous avons grimpé dedans et sommes retournés à notre point de départ, au croisement entre les avenues Kasselton et Northfield. J'ai envisagé de m'arrêter chez la femme chauve-souris en passant. Mais pour lui dire quoi ? J'étais crevé, effrayé, et un peu largué.

Alors que nous approchions de sa rue, mon portable a sonné. C'était mon oncle. J'ai failli l'ignorer, mais ça n'aurait pas été une bonne idée.

— Allô ?

— Je pensais que tu serais à la maison, à cette heure-là, a dit Myron.

— Je suis en chemin.

— Tu veux que je passe te chercher ?

— Non, ça va.

— Mais tu rentres, là ?

— Oui.

— Tant mieux. Il faut que je te parle de quelque chose.

J'ai changé mon portable de main. J'apercevais la vieille maison lugubre de la femme chauve-souris.

— Tout va bien ?

— Très bien.

— OK. Alors, à tout à l'heure.

J'ai raccroché. Comme toujours, la bâtisse paraissait hantée. Le vent s'était levé, et j'ai cru un moment qu'elle allait s'effondrer sous les bourrasques. Il y avait un saule tordu dans le jardin de devant et la forêt derrière. La nuit commençait déjà à tomber.

Ema et Spoon sont restés sur le trottoir d'en face pendant que je m'approchais. Tout était éteint à l'intérieur. Étrange. D'habitude, une lumière brillait dans la chambre de la femme chauve-souris. Mais pas ce soir. J'ai frappé à la porte et senti le sol du porche trembler sous mes pieds. L'une des colonnes était déjà cassée.

Pas de réponse.

J'ai rejoint Ema et Spoon, et nous avons continué notre route en silence. Soudain, comme à son habitude, Ema a annoncé :

— Je vous laisse, salut.

Et elle a bifurqué vers les bois sans ajouter un mot.

J'aurais voulu lui demander où elle allait ou lui proposer de la raccompagner, mais chaque fois que je l'avais fait, elle m'avait rembarré. Je l'ai regardée disparaître dans les profondeurs de la forêt.

Ma curiosité a pris le dessus. Je sais que je n'aurais pas dû, que d'une certaine manière je trahissais sa confiance et notre amitié. J'estime que nous avons tous droit à nos petits secrets. Mais j'ai tout de même posé la question.

— Spoon ?

— Ouais ?

Je pouvais encore faire machine arrière, mais je ne l'ai pas fait.

— C'est quoi l'histoire, avec Ema ?

— Qu'est-ce que tu veux dire ?

J'ai montré l'endroit où elle avait disparu.

— Où est-ce qu'elle vit, qui sont ses parents, tout ça ?

Spoon a remonté ses lunettes sur son nez. Il a paru se perdre dans ses pensées.

— Spoon ?

— Personne ne m'adresse la parole. Donc, je ne sais que ce que j'ai entendu.

J'ai pensé à ses mots, à cette ville, à ce qu'elle lui avait fait endurer. Spoon n'était pas vraiment victime de harcèlement ou de brutalité, non : il était ignoré. Semaine après semaine, mois après mois, année après année, on l'ignorait. Il avait trouvé une échappatoire en se passionnant pour des choses qui ne risquaient pas de le rejeter : les comédies musicales, les livres, les informations absurdes, son monde imaginaire. Il était comme une éponge qui absorbe tout, mais il n'avait personne avec qui le partager.

Sauf que, maintenant, il m'avait moi.

— Eh bien, tu es un super entendeur.

Je n'étais même pas sûr que le mot existe.

— Vraiment ? Tu trouves ?

Spoon souriait jusqu'aux oreilles.

— Évidemment. Alors, dis-moi, qu'est-ce que tu as entendu à propos d'Ema ?

Il a fait la grimace, comme s'il réfléchissait.

— On ne sait pas grand-chose sur elle. Mais il y a... des bruits qui circulent.

— Quoi, par exemple ?

— Tu sais que son vrai nom est Emma, avec deux « m » ?

J'étais au courant de l'origine du surnom : en cours d'espagnol, Buck avait fait une remarque comme quoi elle s'appelait Emma et que c'était une emo.

— Elle a emménagé ici il y a trois ans. Je n'ai jamais été invité chez elle. Ça t'étonne, hein ? Mais il n'y a pas que moi. Personne n'y est allé, à ma connaissance. D'après la rumeur, elle vit dans une cabane dans les bois, et son père fait des trucs illégaux. Il distille de l'alcool ou quelque chose comme ça.

— Il distille de l'alcool ?

— Oui, il fabrique de l'alcool dans un alambic, ce qui est illicite. C'est très simple, il suffit de mélanger du sucre et de...

— Je sais, je sais, ai-je dit, levant la main pour le couper dans son élan. Mais ça me paraît quand même un peu bizarre.

Spoon avait les yeux écarquillés.

— On raconte aussi que son père est alcoolique. Qu'il la bat très souvent. Que c'est pour ça qu'elle a tous ces tatouages : pour cacher ses bleus.

Est-ce que ça pouvait être vrai ? Je ne savais pas quoi dire, mais je ressentais soudain comme un gros poids sur la poitrine.

— Une fois, je l'ai googlée, a repris Spoon. Emma Beaumont. Mais il n'y a aucun Beaumont à Kasselton. En fait, je n'ai rien trouvé sur elle.

— Rien du tout ?

— Rien de rien. Donc, je ne sais pas trop quoi te répondre. Mais je l'aime beaucoup. Pas toi ?

— Si, moi aussi.

Et, aussi niais que ça puisse paraître, j'ai ajouté :

— Toi aussi, je t'aime beaucoup.

Mes paroles l'ont surpris. Il a levé les yeux vers moi, a cligné plusieurs fois des paupières, puis gonflé la poitrine.

— Moi aussi, je t'aime beaucoup.

Spoon et moi sommes restés là, en silence.

— C'est notre séquence émotion, pas vrai, Mickey ?

— Oui, et maintenant, je pense qu'on peut passer à autre chose.

— D'accord. Mickey ?

— Oui ?

— Tu ne crois pas qu'il est temps de me parler d'Abeona ?

C'est vrai : il avait largement gagné ses galons d'enquêteur.

— Tu as raison. Il va peut-être falloir qu'on parle.

— En marchant. Il faut que je rentre, tu sais.

— Ah oui, la réunion du club est finie.

— Oui. Tu veux être vice-président du COMUCU ?

— Bien sûr, pourquoi pas ? Ça fera bien dans mon dossier quand j'essaierai d'entrer à la fac. Un truc, tout de même...

— Oui ?

J'ai passé un bras sur ses épaules.

— On doit vraiment réfléchir à un nouveau nom.

14

Je ne savais pas quoi faire de ce que je venais d'apprendre.

Ema était ma meilleure amie. Je me rends compte à quel point ça peut sembler pathétique – nous ne nous connaissions que depuis quelques semaines –, mais c'était la vérité. Nous étions même plus que des amis, bien que je ne parvienne pas encore à définir ce que ça signifiait.

Et si elle était en danger… ? Si quelqu'un lui faisait du mal… ?

Elle m'avait demandé de lui lâcher les baskets.

Mais le pouvais-je ?

À trois maisons de distance, j'ai repéré Myron devant notre porte. Pendant un instant, je suis resté là à l'observer, en tentant de démêler les sentiments qu'il m'inspirait. Mais ils étaient trop compliqués.

Lorsqu'il m'a vu, mon oncle a agité la main. J'ai répondu à son salut et pressé le pas.

— Tout va bien ? m'a-t-il demandé. Comment te sens-tu ?

Je savais qu'il était plein de bonnes intentions, mais j'aurais préféré qu'il n'en fasse pas trop.

— Tout va bien.

— D'après les infos, la vie de Rachel ne serait pas en danger.

— Oui, c'est ce que j'ai entendu dire au lycée, ai-je menti.

— Tu as beaucoup de devoirs ?

— Un peu.

Myron m'a fait signe de le suivre vers la voiture.

— Viens. Je veux t'emmener quelque part.

— Où ?

— C'est une surprise. Et ça t'expliquera pourquoi je ne serai pas très présent pendant les prochaines semaines.

Pas très présent ? Tant mieux. Ne vous méprenez pas. Je comprenais pourquoi je devais cohabiter avec mon oncle. Il faisait des efforts. J'en faisais aussi. Mais je voulais que ma mère revienne. Mon père... mon père était mort. On n'y pouvait rien. Mais maman était seulement... brisée. Quand quelque chose est brisé, on peut le réparer, pas vrai ?

La photo du nazi qui ressemblait tant à l'ambulancier m'est revenue à l'esprit. Pendant une seconde – pas plus – j'ai envisagé d'en parler à Myron. Mais à quoi bon ? Il me prendrait pour un fou. Et même dans le cas contraire, avais-je envie de le mêler à tout ça ? Lui faisais-je assez confiance ? Le Chauve ne m'avait-il pas exhorté à me taire ?

Bonnes questions.

Je me suis glissé sur le siège passager. Myron conduisait une Ford Taurus. Pendant les deux premières minutes, nous avons roulé dans un silence inconfortable. Moi, les silences inconfortables ne me dérangent pas. Myron, si.

— Bon, bon, bon, a-t-il commencé. Les cours se sont bien passés aujourd'hui ?

J'ai retenu un soupir.

— Oui.

— Je suis content que tu aies Mme Friedman. C'était ma prof préférée, autrefois.

— Ah.

— Avec elle, l'histoire devient vivante, tu ne trouves pas ?

— Si, je trouve aussi.

J'ai regardé par la fenêtre.

— C'est lundi, la sélection de basket, n'est-ce pas ?

Lâche-moi, ai-je pensé.

— Ouais.

— J'espère que ça va bien se passer.

— Moi aussi.

Alors que nous roulions devant le centre de désintoxication Coddington, j'ai senti Myron se crisper. Il a appuyé un peu plus fort sur l'accélérateur, s'efforçant de faire preuve de tact. Ma mère était internée là. Après sa dernière rechute – une violente rechute –, on m'avait signifié que je ne pourrais pas lui rendre visite pendant au moins deux semaines. Ça ne me plaisait pas. Je craignais que le traitement soit trop dur. Mais j'obéissais. En regardant par la vitre, je n'ai pu m'empêcher d'imaginer ce qui se passait sur cette petite colline. Ma mère était en sevrage. Je me la suis représentée, toute seule dans une pièce obscure, pliée en deux de douleur à cause du manque, tandis que le poison quittait ses veines.

— Elle s'en sortira, a dit Myron.

Comme si j'étais d'humeur à supporter ses platitudes.

— On va où ? ai-je demandé pour changer de sujet.

— Attends encore une minute et tu verras.

Il a tourné pour s'engager sur une petite route. Tout au bout, j'ai aperçu un grand portail noir ouvragé, comme on en voit dans les vieux films d'horreur. Deux lions de pierre gardaient l'entrée. Myron s'est arrêté et a fait signe au gardien. Le portail s'est ouvert lentement en grinçant.

— On est toujours à Kasselton ? ai-je demandé.

— À la limite, oui.

Je m'attendais à découvrir une maison, mais l'allée serpentait le long d'une colline. On a roulé presque un kilomètre avant qu'apparaisse... non pas une « maison », ni même un « manoir », mais plutôt un château, un château sombre et lugubre – avec ses tours et ses flèches, on aurait dit le jumeau maléfique de celui de Disneyland.

— Un célèbre gangster a vécu ici pendant presque cinquante ans, a expliqué Myron. Quand nous étions petits, ton père et moi, on entendait plein de rumeurs à propos de cet endroit.

— Quoi par exemple ?

Myron a haussé les épaules.

— Tout un tas d'histoires. Comme avec la maison de la femme chauve-souris. Des bêtises, probablement.

S'il savait !

— Et qui y vit, maintenant ?

— Tu verras.

Il a garé la voiture. Le château était même entouré de douves. Je n'avais jamais vu ça. Un garde du corps baraqué nous a adressé un signe de tête auquel Myron a répondu. Nous avons passé le pont et Myron a frappé à la porte.

Quelques secondes plus tard, un homme en queue-de-pie noire, les cheveux plaqués en arrière, nous a accueillis.

— Bonsoir, monsieur Bolitar.

Il parlait avec un fort accent anglais et paraissait tout droit sorti d'un de ces ennuyeux films historiques britanniques.

— Bonsoir, Niles.

C'était qui ? Le majordome ?

— Voici mon neveu, Mickey.

Niles m'a souri, mais sans beaucoup de chaleur.

— Enchanté.

— Euh... enchanté aussi.

— Si vous voulez bien attendre dans le boudoir, a-t-il dit.

J'ignore l'origine du mot boudoir, même si je parie que Spoon aurait pu éclairer ma lanterne. Niles nous a introduits dans un petit salon aux fauteuils de velours rouge. Comme ils paraissaient trop vieux pour supporter mon poids, j'ai préféré rester debout. Myron a fait comme moi. Il y avait aussi une antique mappemonde et beaucoup de bois foncé.

Niles nous a apporté deux cannettes de Yoo-hoo. De quoi réjouir Myron. Pour ceux qui l'ignoreraient, le Yoo-hoo est une espèce de breuvage au chocolat. Mon oncle adore ça. Moi, je trouve que ça a un goût de terre.

Myron a pris une cannette et commencé à la secouer. J'ai refusé poliment celle que me proposait Niles.

Puis le majordome est ressorti.

Je me suis tourné vers Myron. Il contemplait son Yoo-hoo comme si c'était sa nouvelle petite amie.

— Alors ? ai-je demandé.

Myron a montré les fauteuils, et nous nous sommes assis avec beaucoup de précautions.

— Tu te souviens d'hier, quand mon ami m'a appelé ?

— Oui.

— Il m'a demandé de lui rendre service en veillant sur quelqu'un.

Je lui ai lancé un regard interrogateur.

Et c'est alors qu'elle est entrée dans la pièce.

De la même façon que le mot « maison » ne convenait pas pour qualifier cet endroit, dire qu'elle était « entrée » paraissait bien trop faible pour décrire la scène.

Elle n'est pas entrée : elle a *fait* son entrée.

Je n'aurais pas été plus impressionné si elle avait surgi sur un cheval blanc.

Je me suis retenu de m'exclamer : « Ouah ! »

Myron et moi nous sommes levés, non pas parce que nous sommes des gentlemen, mais parce que son apparition l'exigeait. Là, en chair et en os devant moi, se tenait le principal sujet de conversation de la ville, l'affiche de cinéma faite femme : Angelica Wyatt.

— Tu dois être Mickey, a-t-elle dit.

En un mot, Angelica Wyatt était sublime. Elle s'est avancée vers moi et a pris mes mains dans les siennes.

— Quel beau jeune homme.

J'ai lancé un coup d'œil à Myron, qui souriait comme un benêt, et je me suis rendu compte que je faisais la même chose.

— Euh... merci.

Même avec des stars de cinéma, je reste le mec super à l'aise.

— Je suis tellement heureuse de te rencontrer.

— Euh... moi aussi.

Il fallait que j'arrête de l'impressionner comme ça.

— Asseyons-nous, a-t-elle suggéré.

C'est ce que nous avons fait. Myron et moi nous sommes installés sur le canapé, tandis qu'Angelica Wyatt prenait place dans un fauteuil face à nous. Elle a croisé les jambes, consciente de son effet. Son sourire était électrisant.

— Merci de me prêter ton oncle, a-t-elle dit. Certains estiment que je vais avoir besoin d'une protection supplémentaire pendant ce tournage.

J'ai regardé Myron sans comprendre. Il est agent artistique. Comment était-il censé protéger une star ? À moins que, comme mon père, il ait eu des talents cachés ?

Angelica Wyatt examinait mon visage.

— La ressemblance avec ton oncle est évidente. Mais je retrouve aussi beaucoup de Kitty en toi. Tu as ses yeux.

À la mention de ma mère, j'ai senti une boule se former dans ma gorge.

— Vous la connaissez ?

— Je l'ai connue. Il y a des années. À l'époque, elle était un petit prodige du tennis tandis que moi, eh bien, j'étais ce qu'on appelle une jeune starlette.

Je ne savais pas quoi dire.

— Comment va-t-elle ? a poursuivi Angelica.

J'ai lancé un coup d'œil à Myron, mais il a détourné la tête. Donc, il ne lui avait rien dit.

— Elle traverse une période difficile, ai-je répondu.

— Je suis désolée de l'entendre. Quand j'ai appris la nouvelle concernant ton père... (Elle a marqué une pause.) Ils étaient tellement fusionnels... Je suis sincèrement désolée.

— Vous connaissiez aussi mon père ?

Cette fois, c'est elle qui a cherché le regard de Myron. J'avais l'impression d'avoir le cœur compressé, comme s'il était pris dans un étau et qu'on serrait, serrait.

— Oui, je l'ai connu.

— Vous pouvez me dire comment ?

Myron a remué sur son siège. Angelica Wyatt a regardé ailleurs. Un petit sourire a frémi sur ses lèvres. Ma mère n'avait que 33 ans. L'actrice devait avoir un ou deux ans de plus.

— C'était une période délirante. Un peu trop, même, si tu vois ce que je veux dire.

— Non, je ne vois pas.

— Nous étions de jeunes célébrités. Ta mère faisait l'objet de beaucoup d'attention en raison de ses performances au tennis – sans parler de son physique. Je jouais le rôle d'une étudiante dans une série télé. (Elle avait un sourire nostalgique.) Ta mère... Elle était tellement drôle. Elle avait un rire extraordinaire, et ce charme incroyable. Tout le monde était attiré par elle. Tout le monde voulait être proche de Kitty Hammer.

Elle s'est interrompue. Myron avait la tête baissée. Je me rappelais le rire de ma mère. Avant, il faisait tellement partie de ma vie que je ne le remarquais même pas. Aujourd'hui, j'aurais donné n'importe quoi pour l'entendre de nouveau.

— Et mon père ?

— Eh bien, il est arrivé et tout a changé.

— Comment ?

Elle a réfléchi une seconde.

— On prétend que l'amour est une réaction chimique. Tu as déjà entendu cela ?

— Oui, je crois.

— C'est exactement ce qui s'est passé avec tes parents. Ta mère était une personne et, après leur rencontre, comme ça (Angelica Wyatt a claqué des doigts), elle est devenue quelqu'un d'autre. (Elle a souri.) Nous étions tous si jeunes. Trop jeunes, en fait. C'était trop, trop vite.

— Que voulez-vous dire ?

— Quel âge as-tu, Mickey ?

— Bientôt 16 ans.

— À 16 ans, ta mère faisait déjà la couverture des magazines. On parlait d'elle comme de la future star du tennis mondial. Les journaux à sensation écrivaient des articles sur elle. Et ensuite, elle est tombée amoureuse de ton père.

Nous nous sommes figés tous les trois. La pièce était silencieuse. Angelica Wyatt a laissé de côté le gros morceau de l'histoire – mais tout le monde avait compris.

Quelques mois plus tard, Kitty Hammer était enceinte. De moi. Elle avait dû arrêter l'entraînement au faîte de sa carrière. Plus jamais elle ne rejouerait au tennis. Elle allait tout perdre.

Pourquoi ?

Parce qu'elle était enceinte, oui, mais aussi parce que les personnes les plus proches de mes parents s'étaient opposées à leur mariage. Ils avaient fait pression sur le jeune couple. Ils leur répétaient qu'ils étaient trop jeunes, que tout ça était ridicule, qu'ils se connaissaient à peine. Certains avaient même tenu des propos horribles, dit des choses immondes à propos de ma mère dans l'espoir que mon père verrait « la vérité ».

J'ai lancé un regard noir à Myron, sentant ma vieille colère remonter à la surface.

— Excusez-moi.

C'était Niles, le majordome.

— Madame Wyatt, vous avez un rendez-vous téléphonique avec *Variety*.

Elle a soupiré et s'est levée. Myron et moi l'avons imitée. Elle a pris ma main et m'a regardé. Il y avait quelque chose de rassurant dans ses yeux, de la chaleur et de la sincérité.

— On en reparlera, d'accord ?

— Ça me ferait plaisir, ai-je répondu.

Et elle a disparu.

15

Le trajet de retour a lui aussi débuté dans le silence. Silence que Myron s'est encore cru obligé de rompre.

— Alors, c'est à quelle heure, la sélection ?

— Je ne pige pas, ai-je dit en tentant de garder mon calme. Pourquoi toi ?

— De quoi parles-tu ?

— Pourquoi est-ce à toi de « veiller » (j'ai esquissé des guillemets avec mes doigts) sur Angelica Wyatt ?

— C'est parfois comme ça que je récupère des clients. Angelica Wyatt est en train de quitter son agence. J'espérais…

— Je croyais que tu avais vendu la tienne.

— Oui, c'est vrai.

— Alors ?

— Alors, c'est compliqué.

— Explique-moi. Tu es engagé comme quoi ? Comme garde du corps ?

— Non.

— Alors à quel titre ?

On s'est arrêtés à un feu. Myron s'est tourné vers moi.

— J'aide les gens.

— De quelle manière ?

— Je m'occupe d'eux. Je résous les problèmes épineux. Et parfois…

— Parfois, quoi ?

— Parfois, je viens à leur secours.

Myron a redémarré.

— C'est ce que tu penses être en train de faire avec moi ? Venir à mon secours ?

— Non. Toi, tu fais partie de la famille.

— Ton frère aussi. Pourquoi tu n'es pas venu à son secours ?

J'ai vu une expression de douleur se peindre sur son visage. Mais je n'en avais pas terminé. Et une fois lancé, je n'ai pas pu m'arrêter, comme si un barrage avait cédé.

— Tu aurais pu, tu sais. Tu aurais pu les sauver tous les deux. Papa et maman. Dès le début. Tu aurais pu comprendre qu'ils étaient jeunes et effrayés. Tu aurais pu admettre qu'ils s'aimaient au lieu d'essayer de les séparer. Maman aurait pu reprendre le tennis après son accouchement. Elle aurait pu devenir la grande star qu'on lui promettait d'être. Mes parents n'auraient pas été obligés de s'enfuir. On aurait pu vivre ici tous les trois. J'aurais pu avoir des relations normales avec mes grands-parents. Toi et moi, on aurait pu être oncle et neveu. On aurait pu jouer au basket ensemble.

Myron gardait les yeux braqués droit devant lui. Une larme roulait sur sa joue. Mes yeux à moi aussi se sont embués, mais il n'était pas question que je verse la moindre larme.

— Et si tu avais fait ça, Myron, ai-je poursuivi, impitoyable, ma mère ne serait pas devenue une épave. Elle serait encore en train de rire de son rire si spécial. Papa serait encore en vie, et on serait tous ensemble. Ça t'arrive de penser à ça, Myron ? Ça t'arrive de regarder en arrière et de te demander ce qui se serait passé si tu avais cru en eux ?

Soudain, je me suis senti vidé, épuisé. J'ai fermé les yeux. Ma tête est retombée en arrière.

— J'y pense, oui. J'y pense chaque jour.

— Alors pourquoi ? Pourquoi tu ne les as pas aidés ?

— Tu pourras peut-être apprendre de mes erreurs.

— Apprendre quoi ?

— Je te l'ai déjà dit. (Myron a pénétré dans l'allée, le visage sombre.) Quand on joue les héros, on doit être prêt à en payer le prix. Surtout quand on est persuadé de faire le bien.

16

Une fois de retour à la maison, Myron et moi sommes partis chacun de notre côté. J'ai fait mes devoirs devant la télé, espérant en apprendre davantage sur la fusillade dans la maison de Rachel, mais il n'en a pas été fait mention au journal.

J'ai pensé à elle, assise dans son lit d'hôpital. J'ai pensé à Ema et aux rumeurs que m'avait rapportées Spoon. J'ai pensé à ma mère, en pleine cure de désintoxication. J'ai pensé à mon père, qui était mort, et aux paroles énigmatiques de la femme chauve-souris. J'ai pensé aux mises en garde de Myron sur les dangers de se conduire en héros.

J'avais l'intention de faire une recherche Internet en tapant le nom d'Ema, mais avant, j'ai zappé sur les chaînes régionales. Sur la Cinq, un flash spécial était diffusé avant les infos : « Il est 22 heures, savez-vous où sont vos enfants ? »

Les cheveux noirs du présentateur ressemblaient à une perruque en plastique recouverte de peinture encore humide, et il portait plus de fond de teint qu'un clown du cirque Barnum.

« Le Président rend visite à nos troupes stationnées à l'étranger. Une mère trouve la mort dans une fusillade à Kasselton ; sa fille est hospitalisée. Et si le soda que vous êtes en train de boire était empoisonné ? Nous reviendrons sur cette alerte au soda et sur les précautions à prendre après une page de publicité. »

J'ai baissé les yeux vers mon verre d'eau : au moins, il n'y avait pas de risque.

Quand le présentateur au visage plâtreux est réapparu sur l'écran, il a parlé du voyage du Président puis a enchaîné sur « l'alerte au soda empoisonné ». Apparemment, quelqu'un avait découvert un asticot dans un Coca acheté dans un fast-food de West Nyack ; en guise de précaution, il recommandait de vérifier le contenu de son soda si on l'avait acheté dans un fast-food de West Nyack.

Enfin : « Une mère a été tuée et sa fille adolescente blessée à la tête lors d'une fusillade qui a eu lieu hier soir dans un quartier huppé de Kasselton, New Jersey. »

Une image de la maison de Rachel accompagnait le commentaire.

« Nora Caldwell et sa fille, Rachel, ont été victimes d'une fusillade dans cette demeure cossue. Les enquêteurs estiment qu'il pourrait s'agir d'un cambriolage qui aurait mal tourné mais précisent que les investigations n'en sont encore qu'à leurs débuts. »

J'en ai conclu qu'ils ne savaient rien.

Il y avait plein de choses qui me turlupinaient à propos de cette enquête. Pour commencer, j'étais allé chez Rachel la veille du drame. Elle m'avait raconté que ses parents étaient divorcés, qu'elle vivait avec son père, absent la plupart du temps (il voyageait beaucoup avec son épouse numéro 3, son dernier « trophée de chasse », pour reprendre l'expression de Rachel), et que sa mère habitait en Floride. Pourquoi n'avait-elle pas mentionné que celle-ci était en ville et qu'elle s'était apparemment installée chez son ex-mari ?

N'était-ce pas étrange ?

Rachel avait-elle seulement jugé inutile de m'en parler – ou y avait-il autre chose ?

Je l'ignorais. Mais ça me gênait.

Que penser aussi de l'étrange visite du commissaire Taylor à l'hôpital ? Il connaissait sûrement Rachel par son fils, Troy – et j'ai essayé de ne pas m'énerver tout seul en y songeant –, mais pourquoi avait-il insisté pour qu'elle ne dise rien à l'inspectrice Dunleavy avant de lui avoir parlé à lui ? Avait-il peur de ce qu'elle risquait de révéler ? Ou, plus vraisemblablement, le commissaire Taylor était-il un crétin qui voulait tout savoir le premier ?

Je me suis couché en songeant que Rachel et moi avions tous deux perdu un de nos parents. Quand on est dans ce cas, on a l'impression de se tenir en permanence sur un terrain mouvant, comme si la terre pouvait s'ouvrir à n'importe quel moment et vous engloutir sans que personne puisse vous retenir.

J'ai repensé à Ema et aux rumeurs. Je me suis demandé où elle était à cet instant précis, et si elle allait bien. J'ai pris mon portable et tapé : **Juste pour dire bonsoir.**

Deux minutes plus tard, elle a répondu : **Gentille fifille !**

J'ai souri et envoyé : **OK. Dors bien.**

Ema : **J'ai des infos sur ton ambu-nazi.**

Moi : **Quoi ?**

Ema : **On se retrouve avant les cours lundi. Je te montrerai.**

17

À mon arrivée, Ema attendait au fond du parking des élèves. Les places de stationnement étaient très convoitées, et j'imaginais qu'à une époque, les jeunes se les disputaient à coups de poing. Maintenant, le lycée avait eu la judicieuse idée de collecter de l'argent en les louant. Si on en voulait une pour la durée de l'année scolaire, il fallait sortir le chéquier. Ce que je trouvais dingue, c'est que non seulement les places partaient à une vitesse record, mais qu'il y avait même une liste d'attente.

Je transportais un sac de sport avec mes affaires de basket. Les sélections commençaient aujourd'hui. Malgré le grand bazar qu'était ma vie en ce moment, cette perspective me nouait l'estomac.

J'allais au lycée à pied. Ema aussi, probablement. En tout cas, je n'avais jamais vu son père ou sa mère la déposer en voiture. En général, elle arrivait par les bois derrière le terrain de sport. En m'approchant, je n'ai pas pu m'empêcher de remarquer qu'elle paraissait… différente. En quoi ? Impossible de mettre le doigt dessus. Comme d'habitude, elle était habillée tout en noir et avait le teint livide. Seule touche de couleur : un rouge à lèvres d'une nuance un petit peu plus agressive qu'à l'ordinaire.

— Quoi ? a attaqué Ema.

— Tu as l'air différente.

— En quoi ?

Difficile à dire... peut-être le tatouage sur son bras ? Ce n'était de toute façon pas le moment de s'appesantir là-dessus. J'ai haussé les épaules.

— Laisse tomber. Tu m'as dit que tu avais trouvé quelque chose à propos du Boucher de Łódź ?

Ema a soudain paru méfiante.

— Tu dois d'abord me promettre de ne pas m'interroger sur mes sources.

— Tu rigoles, hein ?

— Ouais, tu as raison, c'est super drôle. (Elle s'est mordu la lèvre inférieure.) Tu dois me donner ta parole. Aucune question.

— Pourquoi ?

— Contente-toi de promettre.

— Je ne comprends même pas ce que je promets. Mais d'accord, je te jure de ne pas te poser de questions sur tes sources.

Ema a hésité, me dévisageant pour s'assurer que ma promesse était sincère. Puis elle s'est lancée :

— J'ai bidouillé un peu ta photo du Boucher sur l'ordinateur. Si j'avais envoyé le portrait d'un gars en uniforme nazi, en demandant s'il avait travaillé comme ambulancier, on m'aurait prise pour une folle.

Pas faux.

— J'ai utilisé Photoshop pour lui mettre des vêtements plus récents. Et j'ai envoyé deux clichés : l'un en noir et blanc comme l'original, et un autre que j'ai colorisé.

— À qui tu les as envoyés ?

Ema m'a lancé un regard noir.

— OK, pigé. À la source dont tu ne veux pas parler. Celle sur laquelle je n'ai pas le droit de poser de questions.

— Non, même pas, en fait.

Une fois encore, elle a hésité. Autour de nous, des groupes se formaient. Les élèves papotaient, riaient ou, comme nous, se plongeaient dans des discussions sérieuses. Je me suis demandé combien, parmi eux, parlaient de vieux nazis de la Seconde Guerre mondiale. Sûrement pas beaucoup.

— J'ai envoyé les photos au directeur des urgences de San Diego. Ma source m'a mise en relation avec lui. Mais peu importe.

— Et qu'est-ce que le directeur t'a répondu ?

— Salut, collègues !

Je me suis retourné. C'était Spoon. Ema n'a pas paru ravie.

Spoon a remonté ses lunettes sur son nez.

— Je suis en retard ?

— On vient juste de commencer, ai-je répondu.

On s'est tous deux retournés vers Ema. Elle faisait une tête de six pieds de long.

— Qu'est-ce qu'il fait là, lui ? a-t-elle demandé en montrant Spoon.

— Il est dans le coup avec nous, Ema.

Spoon a remué les sourcils et écarté les bras.

— Je te plais ?

— Je rêve ou tu portes des protège-poches ?

— Quoi, tu voudrais que mes stylos abîment ma chemise ?

— Cette chemise-là ? Oui.

— Mais l'écossais vert est revenu à la mode !

— OK, ça suffit, vous deux. On peut revenir à nos moutons ?

Ema m'a défié du regard.

— Il est dans le coup, ai-je répété.

— Bon, comme tu veux ; après tout, c'est ton nazi.

— Continue, s'il te plaît, a dit Spoon.

Ema l'a ignoré.

— J'ai donc envoyé les photos au bureau des urgences de San Diego. Ce sont eux qui interviennent lorsqu'il y a un accident de voiture dans cette zone. J'ai donné la date du tien.

— Une question, a demandé Spoon en se grattant le menton. Qui est ta source ?

Ema l'a fusillé du regard.

— Spoon ? l'ai-je interpellé.

Et j'ai secoué la tête pour lui faire signe de se taire.

— Les photos ont été transmises au service des ressources humaines. Ils ont passé en revue leurs fichiers pour comparer. Et les clichés ont été montrés à tous les employés. Ensuite, par précaution, ils m'ont envoyé un lien vers un site Web où figurent les photos d'identité de tous les ambulanciers brevetés qui ont travaillé pour le comté durant les trois dernières années.

Elle a marqué une pause, mais je devinais ce qui allait suivre.

— Il n'apparaît nulle part. Personne ne le reconnaît. D'après eux, ce type n'a jamais bossé pour eux.

Silence.

— Il existe des compagnies d'ambulances privées, non ? Peut-être que l'une d'elles...

— C'est possible, a acquiescé Ema, mais elles n'interviennent pas en cas d'accident sur l'autoroute. Ça, c'est du ressort des urgences du comté.

J'ai essayé d'assimiler ce qu'elle venait de dire... Mais qu'avais-je espéré découvrir ? Qu'un vieux nazi de 90 ans, qui en paraissait 30, travaillait aux urgences de San Diego ? Quoi qu'il en soit, l'infirmier blond devait au moins *ressembler* au Boucher de Łódź. Quelqu'un aurait dû reconnaître le gars, non ? Si la photo avait circulé, que les dossiers du personnel avaient été vérifiés, quelqu'un n'aurait-il pas dû dire : « Eh, ce gars ressemble à... Machin » ou quel que soit son nom ?

— Donc, on est dans une impasse, ai-je conclu.

Ema me contemplait de ce regard bienveillant qui n'appartenait qu'à elle.

— Mais alors, qui est ce type blond aux yeux verts que j'ai vu sur le lieu de l'accident ? Et qui a embarqué mon père ?

Elle a fait un pas en avant et posé la main sur mon bras.

— On vient juste de commencer les recherches. Ce n'est que la première étape.

Spoon a acquiescé d'un mouvement de tête.

— Un rapport a forcément été écrit après l'accident. Les noms de toutes les personnes qui sont intervenues doivent figurer dessus. Il faudrait nous en procurer une copie.

— Bonne idée, Spoon, a commenté Ema.

Il a gonflé la poitrine.

— Je ne suis pas juste un beau mec, tu sais ?

Nous. Ils n'arrêtaient pas de dire *nous*. Ça paraissait un peu ridicule – *nous* n'étions qu'une bande d'ados –, et en même temps, c'était ridiculement réconfortant d'avoir ces deux-là de mon côté.

— Je vais mettre ma source sur l'affaire, a annoncé Ema.

— La source à propos de laquelle on ne doit pas poser de questions ?

— C'est ça.

La cloche a sonné. Le flot des élèves s'est dirigé vers le lycée. Nous sommes entrés dans le bâtiment et nous nous sommes séparés.

Les trois premières heures de cours ont passé lentement. Il n'y a pas pire ennui que celui qu'on ressent dans une salle de classe. On contemple la pendule en essayant de faire avancer les aiguilles plus vite par télépathie. Ça ne marche jamais.

J'avais Mme Friedman en quatrième heure, la dernière avant le déjeuner. Désolé si je me répète, mais c'était ma prof préférée. Alors qu'elle enseignait depuis très longtemps – même Myron l'avait eue autrefois –, elle était toujours aussi enthousiaste. Et cet enthousiasme était communicatif. Pour elle, aucune question n'était indigne d'une réponse. Toute période de l'histoire méritait d'être étudiée.

Mme Friedman vivait dans une joyeuse boule à neige historique.

Sauf que, aujourd'hui, même elle paraissait un peu éteinte. Le sourire était toujours à sa place, mais il ne resplendissait pas comme d'habitude. Je savais pourquoi, bien sûr. Et mes camarades aussi, sans doute. Les yeux de Mme Friedman revenaient sans cesse se poser sur le bureau vide.

Celui de Rachel.

C'est dans ce cours que nous avions fait connaissance, tous les deux. Eh oui, la bombe du lycée m'avait souri et avait engagé la conversation avec votre serviteur dans cette même salle de classe. J'étais à la fois abasourdi et assez content de moi. En quelques semaines, moi, le nouveau, j'avais réussi à attirer l'attention de cette fille-là.

Je devais être super cool et doté d'un charme irrésistible, non ?

Non. Je n'avais pas tardé à apprendre que Rachel avait des raisons cachées de flirter avec moi.

Avec tout ce qui était arrivé, je l'avais presque oublié. Au départ, Rachel n'avait pas été sincère. Maintenant que j'y réfléchissais, est-ce que je lui faisais entièrement confiance, comme à Spoon et Ema ? Elle était avec nous quand nous avions fait tomber un groupe de truands. Elle s'était montrée courageuse, débrouillarde, et n'avait pas hésité à prendre des risques.

Néanmoins, elle n'avait pas été tout à fait honnête quand elle avait rejoint notre petit groupe.

Pouvais-je passer là-dessus ? Et comment interpréter ses propos mystérieux à l'hôpital ? Comment expliquer le papillon Abeona sur sa porte ?

Avait-elle encore des secrets ?

— Pour demain, a dit Mme Friedman à la fin du cours, vous lirez le chapitre 17 de votre manuel.

J'ai ouvert mon livre pour voir si le chapitre en question était long, et, en le feuilletant, je suis tombé sur le titre du chapitre 36, que nous n'étudierions pas avant le dernier trimestre.

La Seconde Guerre mondiale et l'Holocauste

Alors que la sonnerie venait de retentir, je suis resté assis à ma place. Mme Friedman était une spécialiste de ces sujets. Peut-être que si je lui montrais la vieille photo en noir et blanc... Non, ça ne servirait à rien. En revanche, si je l'interrogeais sur le Boucher de Łódź, elle pourrait peut-être m'éclairer un peu.

Je ne voyais pas trop comment, mais je ne risquais rien à lui poser la question.

Mme Friedman effaçait le tableau noir avec le tampon. C'était la seule prof qui utilisait encore le tableau et des craies. Elle était « de la vieille école », comme elle disait, et ça me plaisait bien.

— Madame Friedman ?

Elle s'est retournée et m'a souri.

— Monsieur Bolitar ?

Mme Friedman s'adressait toujours à nous en nous appelant « monsieur » ou « mademoiselle ». Venant d'autres profs, ça aurait suscité railleries et grincements de dents. Mais pas avec elle.

— Je voudrais vous poser une question d'histoire.

Elle est restée là à attendre. Comme je tardais à poursuivre, hésitant sur mon entrée en matière, elle m'a encouragé.

— Je me doute que vous n'allez pas me parler de maths ! De quoi s'agit-il, monsieur Bolitar ?

— Euh... est-ce que vous savez quelque chose à propos du Boucher de Łódź ?

Mme Friedman a ouvert des yeux ronds.

— Hans Zeidner ? Le Boucher de Łódź de la Seconde Guerre mondiale ?

— Oui.

La seule mention de ce nom a semblé l'ébranler.

— Pourquoi me posez-vous cette question ? C'est pour un autre cours ?

— Non.

— Pourquoi, alors ?

Bien que Mme Friedman soit beaucoup plus petite que moi, je me suis senti me ratatiner sous son regard. J'essayais de trouver une réponse crédible. Une seconde a encore passé, puis la prof a levé la main, comme pour me signifier qu'elle comprenait, et que je n'avais pas à me justifier.

— Łódź est une ville de Pologne, a-t-elle expliqué. Il y avait là un ghetto juif dans les années 1940. Hans Zeidner, un officier nazi, y a été en poste. Il faisait partie de la Waffen-SS : ceux-là étaient les pires. Responsables du massacre de millions de gens. Mais le Boucher est surtout connu pour le temps qu'il a passé à Auschwitz.

Auschwitz. Ce nom seul a paru plomber l'atmosphère.

— Vous avez entendu parler d'Auschwitz ? m'a demandé Mme Friedman.

— Oui.

Elle a retiré ses lunettes.

— Dites-moi ce que vous en savez.

— Auschwitz était un camp de concentration nazi.

Elle a hoché la tête.

— La plupart des gens disent « camp de concentration ». Je préfère utiliser un terme plus précis : camp d'extermination. Plus d'un million de personnes y ont été assassinées, dont quatre-vingt-dix pour cent étaient des juifs. Le camp était dirigé par Rudolph Höss, mais le Boucher de Łódź était un de ses hommes de main les plus impitoyables. Vous connaissez la légende de Lizzy Sobek ?

Une fois encore, hésitant sur la réponse à donner, j'ai préféré rester vague.

— C'est une petite fille qui a survécu à l'Holocauste, n'est-ce pas ?

— Oui. Une petite fille originaire de Łódź.
— Łódź. Comme le Boucher.
— Exactement.
— Est-ce qu'elle a vécu dans ce ghetto ?
— Oui, pendant un certain temps.
Les yeux de Mme Friedman se sont égarés un instant, et je me suis demandé où son esprit l'emmenait.
— Son histoire est mal connue. Les sources fiables manquent. Il est difficile de démêler le vrai de la légende.
J'ai dégluti avec difficulté
— Ça va ? m'a-t-elle demandé. Vous m'avez l'air un peu pâle.
— C'est un sujet difficile. Mais je veux savoir.
Mme Friedman a examiné mon visage. J'ignorais ce qu'elle y cherchait – peut-être à comprendre pourquoi je m'intéressais à une période aussi sombre, pourquoi je paraissais avoir un lien personnel avec ces gens.
— D'après ce que nous savons, les Sobek étaient une famille très unie. Les parents s'appelaient Esther et Samuel. Au milieu de la guerre, les enfants, Emmanuel et Lizzy, avaient respectivement 16 et 13 ans. Ils étaient juifs et vivaient dans le ghetto de Łódź, avant d'être déportés à Auschwitz. Dès leur arrivée, la mère et le frère de Lizzy ont été tués dans les chambres à gaz. Son père a été placé dans le camp de travail.
— Et Lizzy ?
Mme Friedman a haussé les épaules.
— Laissez-moi en terminer avec ce que l'on sait précisément, d'accord ?
— D'accord.
— Samuel a réussi à s'échapper avec une douzaine d'autres prisonniers. Ils ont essayé de se cacher dans les bois, mais les SS, menés par le Boucher, ont fini par les retrouver. Ils n'ont pas pris la peine de les ramener au camp. Ils les ont alignés, fusillés et jetés

dans une fosse commune. Comme ça. Le père de Lizzy Sobek était du nombre.

Un grand froid est tombé sur la salle. Soudain, il n'y avait plus un bruit nulle part. C'était comme si mes camarades de classe avaient déserté le bâtiment.

— Qu'est-il arrivé à Lizzy ? ai-je demandé.

— Là-dessus, on manque de sources fiables, m'a expliqué la prof en se dirigeant vers la bibliothèque. Les archives prouvent que Lizzy Sobek est arrivée à Auschwitz avec sa famille en septembre 1942, mais nous n'avons pas de documents permettant de savoir ce qu'il est advenu d'elle ensuite. Nous n'avons que les légendes.

— Et que disent ces légendes ?

— Que Lizzy Sobek a elle aussi réussi à s'évader d'Auschwitz. Qu'elle a, on ne sait comment, rejoint la Résistance. Que malgré son jeune âge, elle s'est battue contre les nazis. D'après l'histoire la plus répandue, elle aurait participé à une mission de sauvetage dans le sud de la Pologne.

— Quel genre de mission de sauvetage ?

Mme Friedman a pris un livre sur une étagère.

— Un groupe de résistants est parvenu à stopper un train transportant des juifs à Auschwitz. Un court moment seulement. Ils ont placé des troncs d'arbre sur la voie. Les gardes ont dû descendre pour les retirer. Mais dans ce convoi, il y avait un wagon rempli d'enfants.

En entendant ça, je me suis figé. Des enfants. Lizzy Sobek avait tenté de sauver des enfants.

— Quelqu'un a forcé la porte du wagon, et les enfants ont pu s'échapper dans les bois. Ils étaient plus de cinquante. Et ils affirment que la personne qui leur a ouvert la porte, la personne qui a mené l'assaut, était une petite fille.

— Lizzy Sobek, ai-je dit.

Mme Friedman a acquiescé d'un mouvement de tête. Elle a ouvert le livre. Je n'ai aperçu qu'une partie du titre

– il était question d'illustrations de l'Holocauste – car elle s'était mise à le feuilleter rapidement.

— Vous croyez à la légende ? lui ai-je demandé.

— Il existe des preuves attestant cette histoire, a-t-elle répondu d'un ton un peu trop prudent, comme si elle lisait un script auquel elle ne croyait pas complètement. Nous savons que des enfants ont bien été sauvés. La plupart ont affirmé que le groupe de résistants était dirigé par une jeune fille correspondant à la description de Lizzy. Mais, d'un autre côté, aucun de ces enfants n'a rencontré Lizzy Sobek ou ne lui a parlé. Si l'on en croit cette histoire, elle les a sauvés, les a guidés jusqu'en haut d'une colline, puis est repartie de son côté.

— D'accord, mais avec autant de témoins…

— Oui, c'est vrai, a admis Mme Friedman. Mais il y a d'autres éléments à prendre en compte, qui jettent le doute sur toute l'histoire.

— Lesquels ?

Elle feuilletait toujours les illustrations.

— Eh bien, tous ces témoins étaient des enfants. Ils étaient jeunes. Ils étaient terrorisés. Ils étaient affamés. Il faisait noir, dehors.

— Ce n'était peut-être donc pas Lizzy Sobek qu'ils ont vue.

Mme Friedman a hoché la tête, mais j'ai surpris une ombre traverser son visage.

— Il y a autre chose.

— Quoi ?

— Ça se passait en février. En Pologne. Le sol était couvert de neige.

— Il faisait froid.

— Un froid glacial.

— Et vous pensez quoi ? Que cela affectait leur jugement ?

Mme Friedman s'est arrêtée sur une page. Elle a retiré ses lunettes, et j'ai vu des larmes briller dans ses yeux.

— Ceci, a-t-elle dit en pointant le doigt sur la page, a été dessiné par l'un des enfants sauvés ce jour-là.

Elle a tourné le livre pour me montrer le dessin. Quand je l'ai vu, mon cœur s'est arrêté.

On voyait des enfants gravir en courant une colline dans la nuit. Ils fuyaient un train et se précipitaient vers la forêt. La figure centrale du dessin était une jeune fille qui se tenait, seule, au sommet, attendant les autres. Et autour de cette jeune fille solitaire, il y avait des dizaines et des dizaines de…

— Des papillons, ai-je dit à voix haute.

18

J'examinais le dessin.

— D'après les enfants, a repris Mme Friedman, les papillons les ont guidés vers un lieu sûr. Des papillons. En plein hiver.

Abeona, ai-je pensé, tout en sachant que c'était impossible.

— Vous y croyez, madame ?

— À quoi ? Au fait qu'il y ait eu des papillons ? En Pologne ? Au cœur de l'hiver ? Non, c'est invraisemblable.

— Donc, ce sauvetage...

— Je ne sais pas. (Elle a penché la tête de côté.) Au cours de l'histoire, on recense de nombreux cas d'hallucination de masse lors d'épisodes d'hystérie collective, en particulier quand des enfants se sont retrouvés confrontés au mal. Beaucoup de ce que nous jugeons « inexpliqué » relève d'un traumatisme psychologique. Et les papillons sont courants dans ce genre d'hallucination. Nous savons avec certitude que le train a été arrêté et que ces enfants ont été sauvés.

— Mais en ce qui concerne Lizzy Sobek ou les papillons, on n'est sûr de rien, ai-je conclu à sa place.

En contemplant le dessin, je me disais que, moi, je savais peut-être.

— Et les gens qui croient à la légende... ? D'après eux, qu'est-il finalement arrivé à Lizzy Sobek ?

— Ils pensent qu'elle a continué la lutte dans la Résistance. Et qu'elle a été tuée plus tard. (Mme Friedman a levé les yeux du dessin.) Au cours d'une attaque menée par le Boucher de Łódź.

Le même homme qui avait tué son père. Le même homme qui – quoi ? – n'avait jamais vieilli et avait attendu soixante-dix ans avant d'emporter le mien sur un brancard ?

Quelque chose m'échappait.

— Et qu'est devenu le Boucher ?

— C'est un des mystères de la Seconde Guerre mondiale, a-t-elle répondu. Personne ne le sait.

Au loin, j'ai entendu des élèves rire et le bruit se répercuter dans les couloirs. Alors même que nous parlions d'un criminel, coupable d'avoir éliminé des milliers de gens, nous étions entourés de rires.

— Certains disent que le Boucher est mort durant la guerre. D'autres, qu'il a échappé aux forces alliées et s'est enfui au bout du monde. Simon Wiesenthal et les chasseurs de nazis ont essayé de le retrouver après guerre – des rumeurs prétendaient qu'il s'était réfugié en Argentine –, mais ils n'ont jamais réussi à l'attraper.

La sonnerie m'a fait sursauter. Pendant un instant, nous sommes restés là tous les deux, mais le moment était venu de mettre un terme à cette discussion, de laisser de côté ce passé abominable pour retourner à la vie lycéenne.

— Ça va, monsieur Bolitar ?

Encore un peu étourdi, j'ai répondu :

— Ça va, je vous remercie.

Je suis sorti de la salle de cours en chancelant légèrement et j'ai descendu le couloir. Quand je suis arrivé au réfectoire, Ema s'est tout de suite aperçue que quelque chose ne tournait pas rond. Spoon... non, bien sûr. Je leur ai rapporté ma conversation avec la prof d'histoire.

— Qu'est-ce que ça veut dire, à votre avis ? a demandé Ema.

Aucun de nous n'avait de réponse. Spoon mangeait un sandwich à la confiture et au beurre de cacahouète, dont la croûte avait été retirée avec le plus grand soin, en formant des angles droits parfaits, comme tracés à l'équerre. Il m'a donné un coup de coude et a changé de sujet :

— Tu vas aux sélections de l'équipe de basket, aujourd'hui ?

Ema a levé les yeux, attendant ma réponse.

— Oui.

Quelque chose a traversé son visage. Je n'aurais su dire quoi exactement. Elle savait l'importance que revêtait le basket pour moi. Toute ma vie, j'avais attendu qu'on reste suffisamment longtemps au même endroit pour pouvoir intégrer une équipe. C'était une des principales raisons pour lesquelles ma famille était rentrée aux États-Unis. Mes parents voulaient que je mène une existence normale, pour changer, que je joue dans une équipe de basket de lycée, voire que je décroche une bourse pour aller à l'université. C'était ça, le plan.

— Tu te rends compte, a dit Spoon en avalant une bouchée de son sandwich, que certains matchs risquent d'interférer avec tes obligations en tant que nouveau vice-président de notre club. Il pourra y avoir des conflits.

— Oui, je m'en rends compte, Spoon, mais c'est un risque que je dois prendre.

Ma réponse ne lui a pas fait plaisir.

— Est-ce que tu sous-entends que le basket est plus important pour toi que le COMUCU ?

Ema a laissé tomber sa fourchette.

— Le quoi ?

— T'inquiète pas, on va changer le nom, ai-je précisé.

Dans la « loge du propriétaire », l'humeur semblait plus réjouie aujourd'hui. Ces gars-là ne restaient pas abattus très longtemps. Troy Taylor frimait en faisant tournoyer un ballon de basket sur son doigt. Puis il l'a passé d'une main à l'autre en le faisant rouler sur son torse. Quand il a eu fini son numéro, tout le monde a applaudi. Il a salué, puis regardé vers moi comme pour juger ma réaction. Je ne lui ai même pas fait la grâce d'un coup d'œil.

— Vous comptez passer les auditions pour le nouveau film d'Angelica Wyatt ? nous a demandé Spoon.

— Sans moi, ai-je répondu.

Ema a froncé les sourcils.

— Ça va pas la tête ?

— Moi, j'y pense, mais...

— Mais quoi ?

— Eh bien, imaginez qu'Angelica Wyatt tombe raide amoureuse de moi. Comment je lui expliquerais que je n'ai pas l'âge ?

Ema en avait assez entendu. Elle s'est levée et s'est éloignée.

J'ai supporté tant bien que mal les cours de l'après-midi, puis je me suis rendu aux vestiaires pour me changer avant les sélections. Ils étaient bondés. Dès que je suis entré, Troy et Buck m'ont repéré et lancé leurs regards qui tuent.

Eh ben, ça promettait.

Je me sentais stressé. Très stressé.

J'ai enfilé un short et lacé mes baskets.

— Nases, a fait une voix dans mon dos.

Je me suis retourné. C'était Buck.

— Pardon ?

— Tes baskets. (Il les a pointées du doigt.) Tu les as trouvées où ? Dans une benne à ordures ?

Reniflement. Ricanement. Reniflement.

— Ouais, c'est ça, ai-je répondu.

Ma repartie n'était pas franchement percutante, mais Buck a paru tout déconcerté.

— Eh ben, elles sont nulles.

— Merci. (J'ai montré les siennes.) Les tiennes sont très jolies.

Buck s'est penché vers moi. Sa bouche se trouvait à quelques centimètres de la mienne.

— Tu rendrais service à tout le monde en rentrant chez toi, a-t-il dit.

Je me suis écarté.

— Tu rendrais service à tout le monde en suçant des pastilles à la menthe.

Et je me suis dépêché de rejoindre le gymnase avant qu'il puisse réagir. Des dizaines de lycéens s'échauffaient ou se faisaient des passes. Je me suis éloigné au maximum des vestiaires. Après quelques étirements, j'ai tenté des shoots. Mais j'étais crispé. Mes tirs rebondissaient contre le cercle.

De l'autre côté du terrain, j'ai entendu des rires moqueurs. Puis Buck a crié :

— Beaux rebonds !

Bon sang, il fallait que je me détende.

Un coup de sifflet a retenti. Quelqu'un a crié :

— Tout le monde sur les gradins.

On a tous obéi. Troy et Buck s'étant installés au premier rang, je suis allé m'asseoir très loin derrière. Le coach Grady est entré et le silence est tombé sur le gymnase.

— Bienvenue aux épreuves de sélection, messieurs. Pour ceux qui ne me connaissent pas encore, je suis le coach Grady, l'entraîneur de Kasselton. Et voici le coach Stashower. Il s'occupera de l'équipe des juniors.

Le coach Grady portait un pantalon de survêtement gris et un sweat-shirt noir à capuche et poche sur le devant. Il avait le crâne dégarni, à l'exception de quelques longues mèches de cheveux plaquées en arrière.

— Dans quelques minutes, nous allons vous diviser en deux groupes. Les troisièmes et les secondes iront dans le gymnase 2. (Il a montré du doigt la salle un peu plus petite adjacente à celle où nous nous trouvions.) Les premières et les terminales restent ici.

La voix du coach a résonné comme les voix résonnent toujours dans un gymnase de lycée. Ils se ressemblent tous, avec leurs rangées de sièges rabattables en brique et bois, leur odeur de vieilles chaussettes et de désinfectant. J'ai parcouru des yeux cette salle, dont je voulais tant faire mon chez-moi. Un immense poster a attiré mon regard : il recensait les joueurs du lycée ayant marqué plus de 1 000 points au cours de leur carrière. Seuls onze avaient atteint cet objectif. Neuf garçons, deux filles.

L'un des joueurs avait même accumulé plus de 2 000 points.

Devinez qui ?

Eh oui, tonton Myron : le meilleur marqueur de toute l'histoire de ce bahut. Mes yeux se sont arrêtés sur le nom figurant juste en dessous : EDWARD TAYLOR – le père de Troy, autrement dit le commissaire Taylor. Il se plaçait en deuxième position, avec un total de 1758 points marqués durant sa carrière. J'ai regardé les autres noms. Troy Taylor était là aussi – le dernier entré au palmarès –, avec 1 322 points et un astérisque, signifiant qu'il jouait encore et que le nombre allait donc augmenter.

J'ai soupiré. On aurait dit une liste de mes ennemis. J'étais surpris que le Boucher de Łódź n'ait pas marqué ses 1 000 points !

— Comme la plupart d'entre vous le savent, nous avons un brillant groupe de seniors qui reviennent cette année. L'année dernière, notre équipe a même remporté le championnat du comté, pour la première fois en dix ans.

Le coach a fait un geste vers la nouvelle bannière CHAMPIONS DU COMTÉ, accrochée sur le mur du fond. J'ai dénombré six autres victoires dans ce championnat, la première remontant à 1968.

— Les cinq majeurs de cette équipe sont de retour avec nous cette année, a poursuivi Grady. Et à la fin de la saison, nous comptons enfin fixer une nouvelle bannière de champions de l'État sur ce mur.

Cette fois, il a montré les deux grands drapeaux CHAMPIONS DE L'ÉTAT, à côté desquels les sept précédents faisaient pâle figure. Eh oui, dans son histoire, le lycée de Kasselton n'avait gagné que deux fois le championnat du New Jersey, et ce environ vingt-cinq ans plus tôt. J'ai fait le calcul, mais je connaissais déjà la réponse. Devinez qui jouait dans ces deux équipes ? Allez, un petit effort !

Dingue, comment vous avez su ?

Myron.

Pas facile de passer après.

— C'est notre objectif, a dit le coach. Une victoire au championnat de l'État. Rien de moins.

Une déclaration accueillie par des applaudissements, les plus enthousiastes venant de Troy, Buck et des autres vétérans assis au premier rang. Nous autres, qui nous sentions soudain comme des intrus dans ce groupe « d'élus », avons fait preuve d'un peu plus de retenue.

— Avant de constituer les groupes et de commencer les épreuves de sélection, le capitaine de l'équipe, Troy Taylor, souhaiterait s'adresser à vous. C'est important, donc écoutez-le. Troy ?

Troy s'est levé lentement. Il s'est tourné vers nous et a baissé la tête, comme s'il faisait sa prière. Pendant un instant, il est resté immobile. C'était quoi, ce sketch ? Il semblait essayer de puiser dans quelque force intérieure.

À moins qu'il ne prenne son souffle pour beugler « Ema ! Meuuuh ! »

Putain, je détestais ce mec.

Enfin, il a rompu le silence.

— Comme vous le savez tous, c'est une période douloureuse pour le lycée de Kasselton, et pour moi en particulier. Une fille merveilleuse a été blessée par balle. Elle a frôlé la mort.

Oh, non ! Il n'allait pas s'engager sur ce terrain-là...

— Une fille à laquelle je tiens énormément. Une fille qui soutenait cette équipe et, bon... son petit ami, le veinard...

Il y allait !

— Une fille qui a tenu une telle place dans la vie de Troy Taylor...

Je rêvais, là, ou il parlait de lui-même à la troisième personne ? J'avais trop envie de me lever pour aller lui en coller une. Quel crétin prétentieux ! J'ai regardé mes camarades candidats aux sélections, m'attendant à les voir bâiller d'ennui ou afficher des mines moqueuses. Mais pas du tout. Ils buvaient ses paroles, comme envoûtés.

— Eh bien, cette fille extraordinaire, qui m'a volé mon cœur, est en ce moment sur un lit d'hôpital, entre la vie et la mort.

Troy a fait une pause, et je me suis demandé quand il avait fait appel à un prof de théâtre. J'ai levé les yeux au ciel à l'intention d'un autre gars dans les gradins, mais il m'a fusillé du regard.

Ils y croyaient !

— Malgré son état, Rachel et moi avons pu communiquer.

Quoi ? Quel menteur ! À moins que... Eh, attendez deux secondes...

— Je veux que vous le sachiez tous. Rachel s'en sortira. Elle me l'a promis. Elle m'a promis qu'elle reviendrait. Elle enfilera de nouveau sa tenue de pom-pom girl et poussera des cris d'encouragement quand Troy Taylor marquera le fameux panier à 3 points dont il a le secret.

Jamais, de ma vie entière, ça ne m'avait autant démangé de frapper quelqu'un.

— Je veux donc que Rachel reste dans nos pensées à tous. Nous lui dédions notre saison. Tous nos maillots porteront ceci.

Il a montré les lettres RC – Rachel Caldwell – brodées sur sa poitrine.

N'importe quoi.

— Et je veux que vous soyez fiers de porter ces initiales. Je veux que vous pensiez à Rachel, dans son lit d'hôpital, et que ça vous pousse à jouer encore mieux, à vous donner encore plus à fond…

Troy s'est mordu la lèvre, comme s'il luttait contre les larmes. Buck s'est levé pour aller le réconforter, mais l'autre l'a écarté et a pointé le doigt vers le ciel.

— Prends soin de ma Rachel, Vieux. Fais en sorte qu'elle me revienne.

Un instant de silence a suivi. Ensuite, les gars assis avec moi se sont mis à applaudir comme des malades. À pousser des cris et des beuglements, puis une clameur est montée : « Troy ! Troy ! Troy ! » Et – je n'y croyais pas – Troy a levé la main pour accueillir l'ovation, comme s'il venait d'être appelé pour remettre un oscar. Assis là, je me disais que j'allais peut-être vomir le premier jour des sélections.

Le coach Grady a donné un coup de sifflet.

— OK, ça suffit, a-t-il déclaré d'un ton qui m'a fait espérer que lui, au moins, n'était pas dupe. Cinq tours de gymnase pour tout le monde. Ensuite, les postulants à l'équipe junior rejoignent le terrain numéro 2, et on commence par des exercices de tir en mouvement.

19

Il y a des tas de choses que je n'aime pas trop dans le sport. Je n'aime pas trop voir des athlètes adulés parce qu'ils sont capables de lancer une balle plus vite ou d'envoyer un ballon à travers un cercle de métal avec plus de précision que la plupart des gens. Je n'aime pas trop l'importance qu'on donne aux matchs, en les comparant à des batailles, voire même à des guerres. Je n'aime pas trop que, dans certaines villes comme Kasselton, on ne parle que de ça. Je n'aime pas (ou plutôt, je déteste), le *trash talking*, ces provocations verbales sur le terrain, ni les congratulations exagérées. (Comme mon père disait : « Fais comme si tu en avais vu d'autres. ») Je n'aime pas la façon dont les spectateurs chahutent les arbitres et se plaignent des entraîneurs. Je n'aime pas le côté obsessionnel et égoïste des compétiteurs, moi y compris. Et enfin, je n'aime pas tout ce blabla sur les possibilités de devenir un athlète pro, quand on a huit fois plus de chances de faire une chute mortelle dans sa baignoire (véridique !).

Mais il y a plein de choses que j'adore. Même si ça peut paraître ringard, j'adore l'esprit sportif. J'adore serrer la main de mes adversaires après un match, en leur adressant un hochement de tête entendu. J'adore partager un moment fort avec mes coéquipiers, j'adore la joie que procure cette relation unique.

J'adore être en sueur. J'adore l'effort, même s'il ne donne pas les résultats escomptés. J'adore cette sensation d'être au cœur de la mêlée – et en même temps complètement seul. J'adore le bruit du ballon qui rebondit sur le parquet du gymnase. J'adore le sentiment d'évasion que l'on ne trouve que sur un terrain de basket. J'adore la pureté du jeu lui-même. J'adore la compétition – et par là, j'entends « gagner », pas « battre », « vaincre » ou « écraser » l'adversaire, même si je comprends comment on peut tout mélanger. J'adore le hasard de la contre-attaque. J'adore ne pas savoir du tout comment le ballon va rebondir. Et j'adore l'honnêteté. Le fait que même si votre papa est l'entraîneur de l'équipe de base-ball catégorie poussins et qu'il vous nomme lanceur ou quarterback, à la fin, si vous n'avez pas le talent nécessaire, cette réalité s'imposera.

Où je veux en venir ?

Il m'a fallu un peu de temps pour prendre mes marques. Au début, j'étais en panique. J'ai raté plus de tirs que d'habitude. Mes coéquipiers potentiels me battaient froid, parce que j'étais le nouveau, l'intrus, et que je m'étais déjà mis à dos des gars comme Troy et Buck. Mais quand le scrimmage a commencé, quand on s'est mis à courir d'un bout à l'autre du terrain et à libérer notre énergie nerveuse, quand je suis entré dans la zone « magique » où le reste du monde disparaît – l'endroit que j'aime plus que tout –, j'ai effectué des passes et des tirs impressionnants.

Le coach Stashower, par ailleurs un jeune prof d'anglais, n'a fait aucun commentaire, mais au bout d'une heure d'entraînement, je l'ai vu aller dans le gymnase numéro 1 pour dire un mot au coach Grady. Celui-ci est venu nous observer, adossé au chambranle de la porte, les bras croisés. J'ai élevé mon niveau de jeu. J'ai enchaîné deux paniers à 3 points, dribblé à toute vitesse vers le panier et servi un de mes coéquipiers, qui a facilement marqué. J'attrapais les rebonds. Je distançais mon défenseur. J'étais complètement concentré sur mon jeu et, pendant un moment, j'en ai même oublié que l'entraîneur de l'équipe du lycée me regardait.

Mais je savais.

C'est ce que j'avais en tête quand je parlais de l'honnêteté du jeu. Sur le terrain, on peut courir, mais pas se cacher. Dans la même veine, vous pouvez essayer d'écarter quelqu'un, mais s'il est doué, il finira par s'imposer. Le coach Grady s'attendait sûrement à ce que ce soit simple et sans surprise. Mais le sport en général n'est jamais simple ni sans surprise. Sinon, on n'aurait pas besoin de regarder, ni même de jouer, pas vrai ?

— OK, a crié Stashower, c'est bon pour aujourd'hui. Allez vous doucher. Les sélections reprennent demain à 17 heures. Bonne soirée et à demain.

Alors qu'on commençait à se disperser, de nombreux mecs sont venus me féliciter. Ils m'ont demandé où j'avais appris à jouer, d'où je venais, quels cours je suivais. Je vous ai dit que j'adorais les poignées de mains de fin de match. C'est vrai. J'apprécie les marques de respect données à un adversaire ou à un coéquipier. Par contre, ça m'énerve que tout le monde veuille soudain devenir votre pote, sous prétexte que vous sautez haut ou que vous avez une coordination au-dessus de la moyenne.

Mais bon, ça ne veut pas dire que je n'ai pas apprécié toute cette attention.

Certains y verront de l'hypocrisie. Ils n'ont peut-être pas tort.

Les juniors avaient fini avant les autres, si bien que j'allais pouvoir me doucher et me rhabiller sans tomber sur Buck et Troy. Alors que ma tension redescendait, j'ai repensé au petit discours du capitaine. Même si ça me faisait mal de l'envisager, peut-être qu'il était réglo. Rachel et lui étaient déjà sortis ensemble. Il n'était pas impossible qu'ils se soient rabibochés. Qu'après avoir frôlé la mort de si près, elle ait eu envie de se rapprocher de lui.

J'aurais aimé que cette pensée ne me donne pas un tel haut-le-cœur.

Je me suis séché et j'ai repris mon souffle un instant. Quand j'ai consulté mon téléphone, mon cœur est reparti à cent à l'heure. J'avais un bref SMS de Rachel : **Salut.**

Elle avait dû fréquenter l'École Supérieure des Grandes Entrées en Matière de Mickey Bolitar. J'ai vérifié le détail de son message. Elle l'avait envoyé une heure plus tôt. J'ai vite tapé une réponse qui tue : **Salut, t'es tjs là ?**

J'ai posé mon portable à côté de moi et j'ai commencé à me rhabiller sans le quitter des yeux, attendant qu'il se mette à vibrer. J'enfilais mes baskets quand il l'a fait.

Rachel : **Oui. T'es où ?**

Moi : **Sélections aujourd'hui.**

Rachel : **Ça s'est bien passé ?**

Moi : **Oui. On s'en fout. Comment ça va, toi ???**

Rachel : **Mieux. La balle a frôlé ma tête, mais sans faire de dégâts. Sors demain AM.**

Aussi immature que ça puisse sembler, j'avais envie de lui demander si elle avait été en contact avec Troy, mais a) ça ne me regardait pas, et b) ç'aurait été franchement minable. D'autant que son blabla m'est revenu en mémoire :

Eh bien, cette fille extraordinaire, qui m'a volé mon cœur, est en ce moment sur un lit d'hôpital, entre la vie et la mort.

Celle qui allait sortir de l'hôpital le lendemain ? Beau pipeau !

Rachel : **Tu peux passer chez moi demain après les cours ?**

Bon, j'avoue : j'ai senti ma poitrine se dilater et j'avais un grand sourire aux lèvres. Les cours se terminaient à 15 heures. Les sélections reprenaient à 17 heures.

Moi : **Pas de pb.**

Rachel : **Mon père sera là à 16 heures. Je veux pas qu'il te voie donc faudra se grouiller.**

Je ne savais pas comment interpréter ça.

Moi : **Un pb ?**

Rachel : **Dois y aller. Ne dis à personne que je t'ai envoyé un SMS. Personne. A 2main.**

J'ai contemplé mon portable pendant une minute ou deux, avant de finir de m'habiller. Quand je suis sorti, le coach Stashower m'attendait.

— Vous avez une minute, Mickey ?

— Bien sûr.

Stashower avait d'épais cheveux bouclés et portait un polo décoré du chameau de Kasselton, la mascotte du lycée. Nous sommes entrés dans le bureau des profs de sport, dont il a refermé la porte.

— Vous êtes un sacré joueur, Mickey, a-t-il déclaré.

Il paraissait presque impressionné. Ne sachant pas trop quoi répondre, je me suis contenté d'un :

— Merci.

— Enfin, nous n'en sommes qu'au premier jour. Les sélections durent toute la semaine. C'était peut-être seulement un coup de chance.

Je n'ai pas fait de commentaire. Je savais. Il savait. Une fois encore, n'allez pas croire que je me la raconte. C'est juste la vérité. Je ne supporte pas les jolies filles qui font mine de ne pas savoir qu'elles sont belles. C'est malhonnête. Ce genre de fausse modestie peut être aussi agaçant que la vantardise. Donc, je n'ai rien dit – c'était inutile parce que tout est dit sur le terrain –, mais Stashower savait très bien que la chance n'avait rien à voir là-dedans.

— Le coach Grady va encore travailler une heure avec l'équipe d'élite, et il ne voulait pas vous obliger à l'attendre. Il lui faut aussi réfléchir à certaines choses.

(Stashower s'est interrompu, hésitant sur la façon de poursuivre.) Bref, il voudrait que vous passiez le voir à son bureau demain à l'heure du déjeuner. C'est possible ?

Je me suis efforcé de ne pas sourire.

— Oui, coach.

— Très bien. Maintenant, rentrez chez vous et reposez-vous.

20

Mais je n'avais aucune envie de me reposer. Je flottais encore sur mon petit nuage. Ce que je voulais vraiment, c'était continuer à jouer au basket. Au risque d'enfoncer une porte ouverte : plus on joue, mieux on joue. Et puis j'adorais ça.

J'ai consulté l'heure. Les matchs amicaux de Newark n'étaient peut-être pas encore finis. Si je sautais dans le prochain bus, je pouvais y être en une demi-heure.

J'ai envoyé un message à Tyrell Waters, qui était en première au lycée Weequahic de Newark et passait son temps sur les terrains de basket : **Ça joue tjs ?**

Je doutais d'obtenir une réponse – à cet instant même, Tyrell était sûrement en pleine partie –, mais mon portable a vibré aussitôt.

Tyrell : **Ouais, ramène-toi.**

J'ai pris le bus à l'arrêt de l'avenue Northfield. Il était rempli de femmes de ménage, de nounous et autres domestiques à l'air fatigué, qui lançaient toujours des regards étonnés au jeune Blanc que j'étais. Dix kilomètres seulement séparaient la banlieue verte et riante de Kasselton des rues plus crasseuses de Newark, et pourtant, c'était le jour et la nuit.

Les matchs se jouaient sur un terrain au bitume craquelé, aux cercles rouillés. J'avais commencé à y venir environ un mois plus tôt, parce que c'est ici que le niveau de jeu est le meilleur. Vous pouvez m'accuser d'être bourré de préjugés, mais c'est comme ce truc sur la fausse modestie. Si on veut progresser – et ne pas trop montrer son jeu avant les sélections –, c'est là qu'il faut venir.

En me voyant arriver, Tyrell m'a souri.

— J'ai laissé passer un match pour qu'on puisse être dans la même équipe.

— Merci.

J'étais quasiment le seul ado des banlieues aisées à faire ce trajet seul. La première fois, j'avais été accueilli par des regards dubitatifs et un peu moqueurs. Mais c'est justement ça, la beauté du sport : dès que j'étais entré sur le terrain, tout avait été oublié. J'ai joué au basket dans le monde entier, la plupart du temps dans des pays dont je ne connaissais pas la langue. Mais ça n'avait aucune importance. Les liens se créent sur le terrain. On parle tous le même langage, ou du moins on le comprend. Tout le reste disparaît.

— Alors, quoi de neuf ? m'a demandé Tyrell.

— Les sélections ont commencé aujourd'hui.

— Ça s'est bien passé ?

— Plutôt pas mal, oui.

Tyrell a souri.

— Tu m'étonnes. Au fait, Weequahic joue contre Kasselton, cette année. Ça va être marrant.

— J'ai hâte.

Sur le terrain, un joueur a fait un dunk, donnant la victoire à son équipe. Il y avait toujours des spectateurs ici. À droite, un groupe de SDF nous encourageaient ou nous huaient, et pariaient des bouteilles sur le résultat des matchs. Quelques entraîneurs et des parents se tenaient plus près, adossés aux grilles, scrutant chaque mouvement.

La règle est simple : l'équipe gagnante reste sur le terrain, les perdants vont s'asseoir. Comme personne n'aime rester sur la touche, les matchs sont très disputés. Tyrell est un excellent meneur. Un seul coup d'œil lui suffit pour visualiser le terrain tout entier. Deux fois, il m'a passé le ballon au poste bas, et on a vite pris la tête. À partir de là, on s'est baladés. Je ne sais plus combien de temps ni combien de matchs nous avons joués. C'était juste une formidable évasion. Pendant un moment, j'ai cessé de penser à mon père, à ma mère, à Rachel et à tout le reste.

Quand la nuit est tombée, quelqu'un a allumé les projecteurs et nous avons continué à jouer. L'heure tournait, mais je m'en fichais. Après avoir gagné un nouveau match – Tyrell avait dribblé d'un bout à l'autre du terrain avant de marquer le dernier panier –, j'ai consulté mon portable. Myron m'avait appelé trois fois et envoyé un texto pour savoir où j'étais. J'ai préféré le rappeler.

— Où es-tu ?

— Sur le terrain à Newark.

— Les sélections ne te suffisaient pas pour aujourd'hui, hein ?

Sur ce point – c'était bien le seul –, Myron me comprenait parfaitement.

— Je voulais m'entraîner encore un peu.

— Comment ça s'est passé aujourd'hui ?

— Bien.

Je me doutais qu'il aurait voulu des détails, mais comme je l'ai dit, je préfère laisser parler mon jeu. Myron comprenait sûrement ça aussi.

— Je vais rentrer tard, a-t-il repris. Angelica tourne ce soir, et je dois être présent. Tu te débrouilleras ?

— Sans problème, ne t'inquiète pas.

Tyrell et moi avons réussi à réunir assez de joueurs pour un dernier match, puis tout le monde s'est dispersé petit à petit, jusqu'à ce qu'il ne reste plus que nous deux. On a continué à faire des tirs et à rigoler. Je l'ai battu d'une lettre à une partie de H.O.R.S.E. et il a exigé une revanche immédiate. On a fait des trick shots, en ajoutant des contraintes de plus en plus tordues, puis, parce que c'était un autre pouvoir magique du sport, on s'est mis à parler de trucs sérieux.

— Une amie s'est fait tirer dessus, lui ai-je dit. Sa mère a été tuée.

Tyrell s'est immobilisé.

— Sans blague ?

Il a demandé des détails. Je lui ai parlé de Rachel, d'Ema et de Spoon, du discours de Troy avant les sélections, et lui ai raconté tout ce qui s'était passé dans cette boîte appelée le Plan B.

Quand j'ai eu fini, Tyrell a secoué la tête.

— Eh ben, mon vieux, tu as le chic pour te retrouver dans les embrouilles.

— Je préfère penser que ce sont les embrouilles qui me retrouvent.

— Et moi, je préfère penser que toutes les nanas du lycée sont folles de mon corps, a répliqué Tyrell. C'est pas vrai pour autant. Enfin, mon père m'a dit que tu étais impliqué dans toutes ces arrestations au night-club. Il ne savait pas trop quoi en penser.

J'aurais dû le deviner. Le père de Tyrell était enquêteur pour le comté d'Essex.

— En fait, c'est probablement lui qui aurait dû t'interroger, s'il ne bossait pas sur une grosse affaire de trafic de drogue dans ta ville.

Comme on parlait du loup, une voix s'est exclamée :

— Ça fait plaisir de vous voir travailler votre jeu, les garçons.

Le père de Tyrell s'est approché en souriant. Il avait retiré sa veste, si bien que j'ai vu son insigne et son pistolet accrochés à sa ceinture. M. Waters a serré son fils dans ses bras. Si Tyrell était embarrassé, il n'en a rien montré. Il lui a rendu son étreinte, et j'ai ressenti un pincement de jalousie.

M. Water s'est tourné vers moi.

— Bonsoir, Mickey.

— Bonsoir, monsieur.

— Comment ça va ?

La dernière fois que j'étais venu jouer ici, M. Waters m'avait raccompagné en voiture. Il avait repéré le Chauve qui me suivait et s'en était inquiété. Une fois arrivé devant la maison de Myron, il m'avait donné sa carte et m'avait dit de l'appeler en cas de problème.

— Ça va.

Il ne me quittait pas des yeux. En tant qu'inspecteur du comté, il devait sans doute travailler dans le même service qu'Anne Marie Dunleavy. Savait-il que j'avais été interrogé à propos de la fusillade chez les Caldwell ?

— Et si nous allions manger un morceau, les garçons ? Ensuite, je pourrai ramener Mickey chez lui.

— Je vous remercie, mais je peux rentrer en bus.

— Ça ne me dérange pas. Je dois retourner à Kasselton pour une affaire en cours. Je ne serai pas mécontent d'avoir de la compagnie.

C'était aussi ce qu'il avait dit la fois précédente, mais il avait une autre raison de vouloir me raccompagner. L'autre raison, c'est qu'il se faisait du souci pour moi.

— Il est tard et je suis affamé, a-t-il repris. Qu'est-ce que vous en dites ?

Tyrell s'est tourné vers moi :

— Allez, viens. Il faut bien que tu manges, de toute façon, non ?

Une logique imparable. Nous sommes allés au Hobby's Deli. Installés dans un coin, nous avons commandé des sandwichs à trois étages, qui faisaient pratiquement la taille de gants de base-ball. Jamais je n'en avais mangé d'aussi bon. Sur une échelle de 1 à 10, je lui mettais un 10, sachant que mon deuxième meilleur sandwich n'aurait obtenu qu'un 3.

— Les flics connaissent toujours les meilleurs endroits où dîner, a expliqué M. Waters.

Il nous a interrogés sur notre journée, sur nos cours, sur notre basket. Il nous écoutait, et je voyais bien qu'il était ravi. Moi aussi, je passais un bon moment, même si la pointe de jalousie ne me quittait pas.

Ensuite, il a déposé Tyrell devant leur maison de l'avenue Pomona. Mon ami a embrassé son père avant de sortir de la voiture.

Quand je suis passé à l'avant, Tyrell m'a donné une bourrade dans le bras.

— Et n'oublie pas de mettre la pâtée à ce mec, là, Troy !

— Compte sur moi.

M. Waters a attendu que Tyrell soit entré dans la maison avant de redémarrer. Pendant quelques minutes, aucun de nous deux n'a parlé. Enfin, il a rompu le silence.

— J'ai appris que tu avais été interrogé par ma collègue, l'inspectrice Dunleavy.

Exactement ce que j'avais soupçonné.

— Oui, monsieur.

Le fait d'entendre son nom m'a rappelé autre chose : dans la chambre d'hôpital de Rachel, alors que j'étais caché sous le lit, la voix du commissaire Taylor...

Une inspectrice de la brigade criminelle, nommée Anne Marie Dunleavy, va venir t'interroger. Ne te sens pas obligée de lui répondre avant que nous nous soyons reparlé, d'accord ?

Que fallait-il en déduire ?

— Tu n'as pas de problème, Mickey, si ?

— Non, ça va. Je suis un ami de Rachel Caldwell, c'est tout.

— Je vois.

— Nous nous sommes parlé au téléphone avant la fusillade, ai-je expliqué.

M. Waters a hoché la tête. Les deux mains sur le volant, il avait le regard braqué droit devant lui.

— C'est terrible, ce qui est arrivé à sa mère. Se faire tuer de cette façon.

Je n'ai rien dit.

— Tu la connaissais ?

— La mère de Rachel ?

— Oui.

— Non, je ne l'ai jamais vue.

— Rachel tient-elle le coup ?

J'ai remué sur mon siège. Je ne voulais pas lui avouer que j'étais entré clandestinement à l'hôpital, mais je n'avais pas non plus envie de lui mentir.

— Elle a l'air d'aller mieux.

— Bien. Et Henry ?

— Qui ?

— Henry Caldwell. Son père.

M. Waters s'est arrêté à un feu rouge. Il s'est tourné pour croiser mon regard.

— Comment va-t-il ?

— Je ne connais pas M. Caldwell.

— Ah bon ? (M. Waters a haussé un sourcil.) Comme tu as l'air d'être un ami proche de Rachel, je pensais que tu aurais rencontré l'un ou l'autre de ses parents.

— Non. Et je ne la connais pas si bien que ça.

— Mais vous vous êtes parlé au téléphone juste avant la fusillade.

Ça ressemblait de moins en moins à une conversation anodine.

— On devait travailler ensemble sur un dossier d'histoire.

Il a attendu. Comme je n'ajoutais rien, il a repris :

— Et vous étiez tous les deux impliqués dans cette sombre histoire au Plan B ?

— Oui.

Nous nous sommes arrêtés devant la maison de Myron et M. Waters a coupé le moteur.

— Mickey ?

— Oui.

— Tu es sûr que tu n'as rien à me dire ?

— Je ne comprends pas.

— Vraiment ? Un, il y a ce chauve bizarre qui te suit dans une voiture noire. Deux, tu es partie prenante d'un vaste coup de filet dans un club pour adultes. Et maintenant, cette fusillade...

J'aimais bien M. Waters. Sincèrement. Et j'étais sûr qu'il avait mon intérêt à cœur. Mais je ne savais pas quoi lui dire, ni même par où commencer. Il s'était passé trop de choses la semaine précédente, et la femme chauve-souris m'avait averti de n'en parler à personne. Et quand bien même je lui aurais désobéi, qu'aurais-je pu dire exactement ?

— Mickey ?

— Je vous assure que je ne sais rien de plus.

Il s'est frictionné le visage pendant un instant.

— Tu as toujours ma carte ?

— Oui.

— Enregistre mon numéro en raccourci. J'ai l'intuition que tu vas en avoir besoin.

21

Comme je n'avais pas de devoirs, je suis allé sur Internet pour faire une recherche d'images liées à Hans Zeidner, *alias* le Boucher de Łódź. De nombreuses photos du ghetto sont apparues, toutes en noir et blanc, tristes ou angoissantes. Je pourrais dire qu'elles semblaient sorties d'un cauchemar, mais je ne crois pas que mes pires cauchemars aient pu être comparés à ça. Nombre de clichés montraient des enfants affamés et terrorisés. Songeant à Lizzy Sobek, je me suis demandé à quoi ressemblait sa vie dans ce ghetto.

Il n'y avait qu'une seule photographie qui aurait pu représenter le Boucher.

C'était la scène la plus horrible que j'avais jamais vue. Elle s'était déroulée en novembre 1941, sur la place du marché de Bałuty à Łódź. Dix-huit juifs avaient été exécutés par pendaison ce jour-là, pour tentative d'évasion. Sur l'image, on voyait trois d'entre eux qui se balançaient au bout d'une corde, pendus à ce qui ressemblait à un portique. En arrière-plan, on distinguait une foule – dans laquelle figuraient des enfants –, qui avait été rassemblée et contrainte de contempler ce sinistre spectacle en guise d'avertissement. Et là, debout à côté des cadavres, le dos tourné à l'appareil photo, se tenait un homme en uniforme de SS.

J'avais soudain du mal à respirer.

J'ai éteint l'ordinateur. Je n'avais rien trouvé d'autre : il n'y avait aucune photo du visage du Boucher.

Comment la femme chauve-souris s'en était-elle procuré une ?

On en revenait toujours à elle, n'est-ce pas ? La femme chauve-souris m'avait entraîné sur cette route la première fois que je l'avais vue, lorsqu'elle avait ouvert sa porte, était sortie sur le seuil de sa maison, ses longs cheveux gris déployés sur sa robe blanche, et qu'elle avait pointé vers moi son doigt décharné...

Mickey ? Ton père n'est pas mort. Il est bien vivant...

Oh oh, attendez une seconde.

Un souvenir me revenait. Lorsque j'avais vu Ema plus tôt dans la journée, elle m'avait semblé différente. Je n'avais pas réussi à mettre le doigt sur ce que c'était, mais maintenant...

J'ai attrapé mon portable et lui ai envoyé un SMS. J'ai juste demandé : **T'es là ?**, au cas où, je ne sais pas, quelqu'un d'autre aurait été chez elle, aurait vérifié ses textos et se serait mis en colère si on lui avait posé des questions plus personnelles.

Ema a répondu très vite : **Ké ce ki se passe ?**

Moi : **Vais chez la c-s. Tu viens ?**

Ema : **Peux pas.**

C'était bizarre. D'habitude, Ema pouvait sortir à n'importe quelle heure.

J'ai tapé : **Tt va bien ?**

Ema : **Oui. Allons-y demain après les cours.**

J'ai failli expliquer que Rachel sortait de l'hôpital, puis je me suis rappelé les avertissements de cette dernière : je ne devais en parler à personne.

Est-ce que ça incluait Ema ? Le mot *personne* semblait assez clair.

J'ai donc répondu : **Peux pas.**

J'ai hésité à mentionner la différence que j'avais remarquée dans son apparence, mais je préférais vérifier *de visu.*

Songeant une fois encore aux rumeurs entendues par Spoon, j'ai ajouté : **Ça va bien ?**

Ema : **Oui. Et toi ?**

Moi : **Bien.**

Il y a eu une pause, puis Ema a écrit : **Profond, comme dialogue !**

J'ai éclaté de rire.

Ema : **Tu vas chez la c-s sans moi ce soir ?**

J'y ai réfléchi, mais pas très longtemps. Je n'allais pas rester assis ici sans rien faire. Je devais agir.

Moi : **Oui.**

Au bout de dix secondes, Ema a répondu : **Fais gaffe. J'ai 1 mauvais pressentiment.**

22

Personne ne sait quand la femme chauve-souris s'est installée dans cette ville.

On pourrait probablement le découvrir en faisant des recherches dans les registres fonciers ou les archives, mais interrogez quiconque à Kasselton et il vous répondra qu'elle a toujours vécu dans cette baraque sinistre. Même Myron a gardé des souvenirs d'enfance de cette vieille dame effrayante. Il m'a dit qu'à son époque déjà, les enfants pressaient le pas en passant devant chez elle. Il m'a aussi raconté qu'un jour, alors que mon père avait 12 ou 13 ans, il était entré dans sa maison pour relever un défi lancé par ses copains...

Et qu'après en être sorti, il n'avait plus jamais été le même.

J'y croyais. Moi aussi, j'ai pénétré dans cette maison. J'ai rencontré la femme chauve-souris. Et j'ai le sentiment que je ne serai plus jamais le même.

Toutes les rumeurs qui fichaient la frousse aux gamins étaient fausses, je le savais. D'après la légende, elle kidnappait des enfants. On prétendait que certaines nuits, si on s'aventurait à proximité de chez elle, on les entendait pleurer. Certains affirmaient même les avoir vus, des dizaines d'enfants enfermés dans cette maison, prêts à être... quoi ? Tués, violés, mangés...

Ou sauvés, peut-être, qui sait ?

Il faisait nuit noire quand je suis arrivé devant la maison. Le vent mugissait. J'avais toujours l'impression qu'il se levait quand on pénétrait sur son territoire – sûrement un effet de mon imagination (et de celle de presque tous ceux qui passaient par ici). Il n'empêche que le saule s'agitait et que, même de mon poste d'observation sur le trottoir, j'entendais le porche craquer.

Toutes les lumières étaient éteintes, à l'exception d'une unique lampe dans la chambre à l'étage. C'était bon signe. La dernière fois que j'étais venu, le jour où personne ne m'avait répondu, la maison était plongée dans le noir.

La femme chauve-souris devait être de retour.

La nuit était calme, presque trop silencieuse, quand je me suis approché. J'ai frappé à la porte. Le bruit a résonné. Un frisson glacé m'a parcouru. J'ai écouté. Rien. J'ai frappé une nouvelle fois, puis collé mon oreille contre la porte. Et soudain, le silence a été rompu.

Par de la musique.

J'ai fait un bond en arrière. Puis je me suis souvenu de la platine dans le salon. Il était difficile d'imaginer une vieille dame en train d'écouter les albums que j'avais vus entassés là-bas : *My Generation* des Who, *Pet Sounds* des Beach Boys, *Abbey Road* des Beatles, ainsi que celui qui passait à l'instant même, et qu'elle semblait écouter tout le temps, *Aspect de Junon* de HorsePower.

J'ai de nouveau frappé.

— Ouvrez !

Mais toujours pas de réponse, seulement la voix de Gabriel Wire, le chanteur du groupe, qui me disait : « Le temps reste immobile. »

Tu parles, qu'il reste immobile !

Je me suis mis à tambouriner. Sans résultat. Je ne pouvais tout de même pas continuer à m'acharner sur la porte – la dernière chose que je voulais était d'attirer l'attention –, mais je n'avais pas non plus l'intention de m'en aller.

J'ai essayé de regarder par une fenêtre, mais celles de devant étaient obstruées par des planches. À travers une fente, j'ai réussi à apercevoir le salon. Il était plongé dans l'obscurité. J'ai laissé mon œil collé là pendant une seconde.

Et c'est alors qu'une ombre est passée.

— Eh oh ! Ouvrez !

Retournant à la porte, j'ai recommencé à frapper. J'envisageais presque de la défoncer, quand je me suis souvenu du garage. La dernière fois que j'étais venu dans cette maison – quand le Chauve m'avait amené ici pour que je rencontre la femme chauve-souris –, il s'était garé dans le garage et m'avait fait entrer par un tunnel souterrain.

Je pouvais peut-être essayer par là ?

J'ai contourné la maison. Celle-ci était adossée à la forêt – non pas à côté, mais littéralement collée aux arbres, comme si sa structure faisait partie des bois. J'ai essayé d'ouvrir la porte de derrière, mais le verrou tout neuf a résisté.

J'ai sorti une torche miniature de ma poche. L'atmosphère était encore plus sinistre ici, à l'arrière. Il m'a fallu me frayer un passage dans un enchevêtrement de végétation pour atteindre le garage. À l'intérieur, je savais qu'il y avait une trappe donnant sur ce tunnel. Sauf que la porte du garage était verrouillée. Alors que faire ?

Sans pouvoir expliquer pourquoi, je me suis dirigé vers le jardin luxuriant derrière le garage. Quelque chose m'y attirait. Ema et moi l'avions découvert lors de notre dernière visite nocturne ici. J'ignorais comment la femme chauve-souris réussissait à avoir des fleurs aussi vivaces à cette période de l'année, et franchement c'était le cadet de mes soucis. Un sentier traversait le jardin. Je savais ce qu'il y avait au bout.

J'ai levé ma torche. Le faisceau lumineux a trouvé la pierre tombale. J'ai lu l'inscription à présent familière :

ŒUVRONS À FAIRE GRANDIR NOTRE CŒUR
À MESURE QUE NOUS VIEILLISSONS
COMME LE CHÊNE EN ÉTENDANT SES BRANCHES OFFRE
UN MEILLEUR REFUGE
ICI REPOSE E. S.
UNE ENFANCE PERDUE POUR LES ENFANTS
A30432

J'avais toujours supposé que les initiales E. S. étaient celles d'Elizabeth « Lizzy » Sobek, mais je me rendais compte maintenant que ça aurait aussi bien pu être celles de son frère, Emmanuel, ou de sa mère, Esther. Sauf qu'ils étaient tous les deux morts en Pologne plus d'un demi-siècle plus tôt. Comment auraient-ils donc pu « reposer » ici ?

Quant à Elizabeth elle-même...

Non, madame Friedman, Lizzy Sobek n'avait pas été tuée par le Boucher de Łódź. Lizzy Sobek avait survécu à la guerre. À un moment, elle était devenue une hippie, et aujourd'hui, tout le monde la connaissait en ville sous le nom de « femme chauve-souris », l'inquiétante vieille dame vivant dans une inquiétante vieille maison.

Comment réagirait ma prof d'histoire si elle apprenait que Lizzy Sobek, la « fille aux papillons », la légendaire résistante dont la famille avait péri à Auschwitz, vivait à moins de cinq cents mètres du lycée de Kasselton ?

Je me suis approché de la tombe. Dans le lointain, la chanson de HorsePower a laissé place à la suivante. Je savais ce qui figurait au dos de la pierre : le papillon Abeona aux ailes ornées d'yeux d'animaux. Je l'avais vu lors de ma précédente visite. Mais quelque chose m'avait poussé à revenir ici ce soir, je devais donc en avoir le cœur net.

Le bruit de mes pas résonnait dans le noir. Braquant le faisceau de ma lampe sur la pierre, j'ai eu un coup au cœur. Le papillon était bien là, mais quelqu'un l'avait barré d'une croix : un grand X tracé à la bombe de peinture.

J'ai fait volte-face vers la maison et entendu un ricanement moqueur retentir dans la nuit.

Son écho sinistre s'est répercuté le long de ma colonne vertébrale.

Va-t'en, Mickey, me suis-je dit.

Le danger était là. Perceptible. Presque palpable. Le danger possède une texture particulière. En cet instant, j'aurais pratiquement pu tendre la main pour le toucher. Je savais que j'aurais dû partir. Battre en retraite et réfléchir à une nouvelle stratégie. Et pourtant, je ne pouvais pas m'y résoudre – non pas que je sois particulièrement courageux, ou plutôt téméraire, ni aussi débile que ces ados dans les films d'horreur, qui entrent dans la maison du serial killer.

Seulement, je ne voulais pas que ce qui me hantait m'échappe une nouvelle fois. Si ça tournait mal, tant pis, je l'acceptais, et je vivrais (ou mourrais) avec. Mais j'avais besoin d'obtenir des réponses, et je n'avais pas du tout l'intention de laisser filer la personne susceptible de me les fournir.

J'ai couru jusqu'à la porte de derrière et frappé. Stupide. Personne n'avait répondu avant. Pourquoi en serait-il autrement maintenant ?

Plaçant les mains autour de mes yeux, j'ai scruté la cuisine à travers la fenêtre. Il faisait sombre. C'est alors que j'ai distingué une ombre qui passait au fond. Quelqu'un avait traversé pour se diriger vers l'escalier.

J'ai essayé d'imaginer la femme chauve-souris filant aussi vite que cette ombre. Impossible.

Il y avait quelqu'un d'autre dans cette maison. Quelqu'un qui avait peint ce X à la bombe sur la tombe. Quelqu'un qui avait mis de la musique et ricané.

J'ai fait le tour de la bâtisse en courant et levé les yeux vers la fenêtre éclairée. Penchant la tête pour trouver le bon angle, j'ai tenté d'apercevoir quelque chose – un mouvement, une silhouette, n'importe quoi – et à cet instant, la lumière s'est éteinte.

Le noir total.

Oh, non !

J'ai envisagé de forcer la porte, mais ensuite ? Si ça se trouve, il s'agissait seulement d'un visiteur, ou de la femme chauve-souris elle-même qui avait éteint avant d'aller se coucher. N'empêche, mon cœur tambourinait dans ma poitrine. Je devais agir.

Je réfléchissais à mon initiative suivante quand la lumière s'est rallumée. J'ai reculé sur la pelouse pour mieux voir. Plaçant les mains en porte-voix, j'ai crié :

— Eh oh !

Je ne savais pas comment m'adresser à elle. Son identité étant secrète, je ne pouvais pas appeler : « Mademoiselle Sobek ! » Je n'allais pas non plus hurler : « Ohé, la chauve-souris ! »

— Eh ! Vous m'entendez ?

Rien.

— C'est Mickey ! Ouh, ouh ! Vous pouvez m'ouvrir ? S'il vous plaît ?

J'ai vu quelque chose bouger à la fenêtre. Une main a écarté le fin voilage, et un visage est apparu.

Cette fois, j'ai poussé un cri.

Là-haut, de la fenêtre à l'étage, le Boucher de Łódź me contemplait.

23

J'en ai eu le souffle coupé.

Le doute n'était plus permis : c'était le même homme que sur la photo, et il n'avait pas vieilli d'un jour.

L'espace d'un instant, mon esprit a cessé de fonctionner. Je ne me suis pas demandé comment c'était possible. Je ne me suis pas demandé si je rêvais. Je n'ai pas pensé à me précipiter dans la maison, ni à appeler, ni à faire quoi que ce soit. Je suis resté là, tétanisé, le regard braqué sur ces yeux verts aux cercles jaunes, les mêmes yeux que j'avais vus le jour de la mort de mon père.

Quand l'homme s'est écarté de la fenêtre, mon esprit s'est remis en marche. Pendant une seconde, pas plus, j'ai envisagé la possibilité que mon cerveau me joue des tours.

Mais non, sûrement pas.

Je me suis rué vers la maison et, cette fois, je n'ai pas hésité. Utilisant mon épaule comme un bélier, j'ai enfoncé la porte, qui n'a pas simplement cédé mais volé en éclats. Prenant garde aux éclisses, j'ai pénétré à l'intérieur. À gauche se trouvait le salon. La platine marchait toujours. Sur la cheminée, j'ai aperçu la même vieille photo des hippies avec leur tee-shirt décoré du papillon.

J'ai entendu du bruit au-dessus de ma tête.

Il était encore en haut.

OK, et maintenant ?

Rien ne m'empêchait de l'attendre ici. Il finirait forcément par redescendre, et à ce moment-là, je le confronterais.

Est-ce que ça pouvait marcher ?

Je l'ignorais, mais dans tous les cas, j'allais avoir besoin d'aide. Une personne m'est aussitôt venue à l'esprit : Myron.

Ça m'a surpris, mais sur qui d'autre pouvais-je compter ? Ema et Spoon ne me seraient d'aucun secours ici. Et si j'appelais M. Waters... Bon, c'était délicat, vu que je venais de défoncer une porte pour entrer par effraction dans une maison.

Un nouveau bruit a retenti là-haut.

J'ai sorti mon portable et appuyé sur le raccourci du numéro de Myron. Deux sonneries plus tard, il a répondu.

— Mickey ?

— Je suis chez la femme chauve-souris.

Ma voix n'était qu'un murmure.

— Quoi ? Pourquoi ?

— Pas le temps de t'expliquer. Viens, s'il te plaît. J'ai besoin d'aide.

Je m'attendais à de nouvelles questions. Mais non.

— Ça me prendra un quart d'heure, a dit Myron.

J'ai raccroché.

Et ensuite ?

Attendre. Rester en bas des marches et attendre. Soit Myron arriverait à temps et nous monterions ensemble, soit le Boucher redescendrait.

Mais supposons que la femme chauve-souris soit là-haut ? Supposons qu'il l'ait agressée, ou pire ?

Et si, à cet instant même, il était en train de l'étrangler ? Est-ce que j'allais le laisser faire sans réagir ?

J'ai examiné le vieil escalier, hésitant encore. Il semblait à peine en état de supporter mon poids.

Finalement, un nouveau bruit a résonné, qui a décidé à ma place.

Le grincement d'une fenêtre qui s'ouvre.

Le Boucher tentait-il de s'enfuir en douce ?

Ah, non ! Il n'était pas question que je laisse filer ce type alors qu'il était si près.

Je me suis précipité dans l'escalier. Une partie de moi m'incitait à ralentir, à me tenir sur mes gardes, à ne pas sous-estimer l'adversaire. J'étais encore jeune, c'est vrai, mais j'avais appris des techniques de combat dans tous les coins du globe.

Qu'est-ce que cet entraînement me disait en cet instant ?

Peu importait, car quand j'ai atteint le palier du premier étage, ce que j'ai découvert m'a stoppé net, comme si mes pieds avaient soudain été cloués au sol.

Qu'est-ce que... ?

J'ignore ce que je m'attendais à trouver, sans doute la même chose qu'au rez-de-chaussée, un intérieur miteux et sombre, avec peut-être du vieux papier peint et des candélabres aux murs. Ce n'est pas du tout ce que j'ai vu.

J'ai vu des photos. Des centaines. Non, des milliers de photos.

Le couloir était entièrement tapissé de portraits d'enfants et d'adolescents. Il y en avait partout, sur chaque centimètre carré disponible, pas seulement du haut en bas des murs, mais même collés au plafond.

J'ai tendu la main pour les toucher. Des photos en recouvraient d'autres, formant des couches et des couches – je n'aurais su dire combien. Il y en avait de toutes les tailles. Certaines en noir et blanc, d'autres en couleurs, certaines passées, d'autres aux teintes éclatantes. Certains visages souriaient, d'autres étaient sévères. Il y avait des enfants de toutes les couleurs, de toutes les origines, et même de différentes époques.

Les portes des deux chambres étaient entrouvertes, ce qui expliquait peut-être l'impression de courant d'air dans le couloir. Des clichés ont commencé à se détacher et à tomber autour de moi. L'un d'eux montrait un petit garçon, âgé de 8 ou 9 ans, aux cheveux bouclés et aux yeux tristes. Il m'a paru vaguement familier.

Quelque chose dans son visage...

Une autre photo a atterri doucement à côté. Puis encore une autre. En voyant l'un des visages à mes pieds, j'ai failli pousser un cri.

C'était celui d'Ashley, mon ex-petite amie, que nous avions sauvée à la boîte de strip-tease.

Le cliché avait été pris au lycée. Je l'ai contemplé une seconde, troublé.

Un bruit au fond du couloir m'a tiré de ma stupeur. Pas le temps de s'interroger sur cette étrange galerie de portraits. Pas tout de suite en tout cas, parce que, au bout de ce couloir, il y avait la chambre de la femme chauve-souris.

L'homme – le Boucher, l'ambulancier, peu importe – se trouvait dans cette chambre.

Je m'y suis dirigé. Les images continuaient de se détacher. On aurait dit que les murs et le plafond pelaient. Plusieurs photos ont atterri sur mon visage. J'ai levé la main comme un bouclier, puis, une fois au bout du couloir, j'ai poussé la porte entrouverte.

La chambre était vide.

Le vent était tombé parce que quelqu'un venait de fermer la fenêtre.

Je m'y suis précipité, claquant la porte derrière moi. S'il avait réussi à sauter, il n'avait pas pu aller bien loin. Il devait encore se trouver dans le jardin. J'ai regardé dehors. Rien.

Une sueur froide m'a coulé dans le dos. Cela signifiait qu'il était encore là, dans cette chambre. Je me suis retourné lentement.

Les murs étaient revêtus d'un papier peint jaune, ou jauni par l'âge, je n'aurais su trancher. Deux photos trônaient sur la table de chevet. J'avais déjà vu la première, une vieille image sépia : la famille Sobek, avant le début de la Seconde Guerre mondiale. Samuel, Esther, Emmanuel et la petite Lizzy. Sur l'autre, les couleurs avaient passé : on y voyait la femme chauve-souris, âgée d'une cinquantaine ou d'une soixantaine d'années, posant à côté d'un arbre en compagnie du même petit garçon aux yeux tristes et aux cheveux bouclés dont je venais de voir le portrait dans le couloir.

Me tenant parfaitement immobile, j'ai tendu l'oreille, à l'affût du moindre bruit.

Où se cachait le Boucher ?

J'étais tout près du lit. Avait-il pu se dissimuler dessous ? J'ai baissé les yeux, me disant que ce serait une cachette trop évidente, quand deux mains ont jailli de sous le sommier, m'ont saisi les chevilles et ont tiré de toutes leurs forces.

J'ai crié et perdu l'équilibre. Mon coude a heurté la table de nuit, renversant la lampe et plongeant la chambre dans le noir alors que j'atterrissais lourdement sur le parquet.

Les mains tiraient toujours, m'entraînant sous le lit.

Dans un accès de panique, je me suis mis à donner des coups de pied pour lui faire lâcher prise. Mais il tenait bon. Je ne voyais rien. Je me sentais seulement glisser.

J'étais aux trois quarts sous le lit.

Qu'est-ce qu'il essayait de faire ?

Je ne savais pas et peu m'importait. Je voulais me libérer. J'ai continué à ruer, à me débattre et à hurler jusqu'à réussir à dégager une cheville puis l'autre. À quatre pattes, j'ai traversé la pièce pour aller me réfugier dans le coin opposé. Recroquevillé, les genoux contre la poitrine, j'ai attendu.

Mes yeux ne s'étaient pas encore habitués à l'obscurité. J'avais les mains levées en position défensive. Mon adversaire se trouvait toujours dans la pièce, mais j'ignorais où. Je devais me tenir prêt. Une fois encore, j'ai essayé de rester complètement immobile pour percevoir le moindre bruit, mais ma respiration haletante me remplissait les oreilles.

Puis la porte s'est ouverte et refermée très vite.

Je me suis relevé et jeté dessus. Cherchant la poignée à tâtons, j'ai voulu la tourner...

Sans résultat.

J'avais beau secouer, elle ne bougeait pas. De l'autre côté du battant, j'ai perçu un bruit de papier froissé. Puis j'ai senti une odeur qui m'a fait écarquiller les yeux. Prenant mon élan, j'ai une fois encore utilisé mon épaule pour enfoncer la porte.

Elle a cédé au deuxième essai. J'ai trébuché et suis tombé au milieu du couloir aux photos.

Elles étaient en feu.

Les flammes se propageaient à une vitesse stupéfiante le long des murs et jusqu'au plafond, le papier photo les nourrissant comme du kérosène. Les portraits se racornissaient, se craquelaient et noircissaient en dégageant une épaisse fumée. Utilisant le creux du coude pour me protéger la bouche, j'ai cherché une issue.

J'étais encerclé par des murs de flammes.

Je me suis rappelé les consignes de sécurité qu'on nous avait données en CM1 : rester par terre et ramper. C'est ce que j'ai fait, même si je n'étais pas sûr que ça servait à grand-chose. Les flammes étaient partout, la chaleur insupportable. La fumée commençait à m'étouffer. Le feu empêchait toute fuite par la chambre ou par l'escalier.

Tandis que les flammes se rapprochaient, j'ai vu une ouverture sur ma droite.

Une porte.

J'ai roulé dans ce qui devait être une chambre d'amis. Malgré la fumée dense qui m'empêchait de distinguer vraiment ce qui m'entourait, je me suis rendu compte que la pièce était peinte de couleurs vives : rouge, jaune, bleu. Tentant de retenir ma respiration, j'ai continué de ramper. Ma main a heurté quelque chose de... de mou ? Du caoutchouc ? J'ai entendu un couinement.

C'était un canard en plastique. Le sol était jonché de jouets.

Je n'avais pas le temps de m'étonner. Le feu s'est engouffré dans la chambre en grondant, comme s'il me suivait. J'ai roulé sur le dos et rampé en marche arrière, tandis que les flammes me léchaient les pieds. Mon dos est entré en contact avec un mur.

J'étais coincé.

En quelques secondes, l'incendie allait m'avaler tout entier. J'aimerais pouvoir vous raconter ce que j'ai ressenti à cet instant, alors que la mort m'encerclait. Je ne crois pas que ma vie soit repassée en accéléré devant mes yeux. Je ne crois même pas avoir imaginé ma mère dans son centre de désintox ou revu mon père lors de l'accident, non. La terreur – la terreur pure – a annihilé toute pensée à l'exception d'une seule.

Je devais trouver un moyen de sortir d'ici.

J'ai réussi à entrouvrir les yeux et, à travers la fumée, j'ai distingué une fenêtre.

J'ai lu quelque part qu'aucun ordinateur ne peut rivaliser avec le cerveau humain pour ce qui est de la vitesse de certains calculs. Ce qui s'est passé ensuite a pris un dixième de seconde, peut-être même moins. Une image de la façade s'est imprimée en un flash dans mon esprit. J'ai compris où j'étais, à quelle hauteur, et su que si je sortais par là, je me retrouverais sur le toit du porche au-dessus de la porte d'entrée.

Alors que les flammes étaient sur le point de me dévorer, j'ai bondi sur la fenêtre à guillotine et tenté de la soulever.

Elle n'a pas bougé.

Faisant volte-face, j'ai donné un grand coup dans la vitre avec mon dos. Le verre a explosé. J'ai basculé à l'extérieur et je me suis retrouvé sur le toit du porche. L'oxygène a nourri le feu, qui a jailli au-dessus de moi comme d'un lance-flammes.

Le toit était pentu, et je me suis laissé glisser, attiré par la gravité. J'ai atterri lourdement dans le jardin et roulé sur moi-même. Alors seulement je me suis relevé et j'ai regardé la maison.

Elle n'était plus qu'un immense brasier.

Au loin, des sirènes hurlaient. J'ai tourné la tête et là, sur ma droite, j'ai vu le Boucher, qui contemplait l'incendie.

Pendant un instant, je n'ai pas pu faire le moindre mouvement. Physiquement, j'allais bien. J'avais sans doute des égratignures, voire des légères brûlures, mais rien de grave. J'avais peut-être besoin de reprendre mon souffle. Ou alors, j'étais seulement sous le choc. Mais je restais là, à quinze mètres de l'homme qui avait emporté mon père et tenté de me tuer, et je ne bougeais pas.

Les sirènes se sont rapprochées. Soudain, le Boucher s'est retourné et il est parti en courant.

Aussitôt, je suis sorti de ma torpeur. Oh non, pas question ! Pas question de le laisser s'échapper. L'homme courait vite, mais moins que moi, et j'avais la volonté de mon côté.

Au lieu de se diriger vers la forêt, comme je l'avais cru, il a obliqué vers le jardin derrière la maison des voisins. Sans hésiter, je me suis élancé à sa suite, donnant tout ce que j'avais. Nous avons sprinté à travers un jardin, un deuxième, un troisième.

Je comblais la distance entre nous.

Dans mon dos, j'ai entendu des voix. Quelqu'un a crié :

— Stop !

J'ai encore accéléré l'allure. Je ne m'arrêterais pas tant que le Boucher ne s'arrêterait pas non plus. Il a sauté par-dessus une haie, que j'ai enjambée à mon tour.

Trois mètres seulement nous séparaient quand il a bifurqué vers les bois. Il ne s'en sortirait pas. J'étais là, tout près. J'allais le rattraper, le clouer au sol et...

Je me suis étalé par terre.

Quelqu'un m'avait plaqué par-derrière et se tenait sur moi.

— Stop ! Police !

J'ai reconnu la voix du commissaire Taylor.

— On ne bouge plus !

— Lâchez-moi ! Il faut que je le rattrape !

Mais Taylor ne m'écoutait pas.

— Je t'ai dit de ne pas bouger. Reste couché et pose les mains sur la tête.

— Il s'enfuit !

— Tout de suite !

Taylor a commencé à me retourner sur le ventre. Je l'ai laissé faire, et j'ai profité du mouvement pour le repousser et me redresser.

— On ne peut pas le laisser filer ! ai-je crié.

Mais un autre policier nous avait rejoints puis un deuxième, qui ont fondu sur moi. Je me suis de nouveau retrouvé immobilisé par terre. Taylor s'est penché au-dessus de moi, le visage rouge de colère. Il s'apprêtait à me décocher un coup de pied quand une voix a crié :

— Éloigne-toi de lui, Ed !

C'était Myron.

Taylor s'est retourné. J'ai essayé de me relever pour repartir à la poursuite du Boucher ; je n'avais pas le temps de leur expliquer. Mais quand j'ai regardé vers les bois, il n'y avait plus personne. Pas un bruit. J'ai hésité, le cherchant des yeux, donnant aux flics le temps de m'empoigner.

Il ne servait à rien de continuer à se débattre.

Le silence a envahi la nuit. La maison de la femme chauve-souris avait été entièrement détruite par le feu. Et le Boucher s'était enfui.

24

J'ai essayé de parler du type blond à tous ceux qui étaient là, mais personne ne m'écoutait. Le visage encore rouge, le commissaire Taylor a sorti ses menottes.

— Tu es en état d'arrestation, m'a-t-il dit. Tourne-toi et mets les mains dans le dos.

Il a voulu m'attraper le bras, mais Myron s'est interposé.

— Pour quel motif ?

— Tu te fiches de moi ? Que penses-tu d'incendie volontaire, pour commencer ?

— Tu l'as vu allumer cet incendie ?

— Non, mais je l'ai vu s'enfuir.

— Peut-être, je ne sais pas, moi... pour se protéger du feu ? a rétorqué Myron. Qu'est-ce que tu aurais voulu qu'il fasse ? Qu'il l'éteigne ?

Taylor a serré les poings.

— Et le reste, Bolitar ? Résistance aux forces de l'ordre, agression d'un officier de police...

— Tu lui as sauté dessus dans le noir, a répondu Myron. Tout ce qu'il a fait, c'est rouler sur lui-même pour se dégager. Il ne t'a pas frappé. Si tu as honte qu'un adolescent ait eu le dessus...

Le visage de Taylor était cramoisi, à présent. Oh, ça n'allait pas arranger mes affaires.

— Je l'embarque, Bolitar. Écarte-toi de mon chemin.

— Où est-ce que tu l'emmènes ?

— Au poste pour l'enregistrement du procès-verbal, puis devant le tribunal de Newark pour fixer une caution.

— Une caution ? Ce n'est pas un peu excessif ?

— Il pourrait s'enfuir.

— C'est un gosse, bon sang ! (Myron a posé la main sur mon épaule.) Ne dis pas un mot, Mickey, tu m'entends ? Pas un mot. (Il s'est retourné vers Taylor.) Je vais suivre ton véhicule. Je suis son avocat et, à ce titre, je t'interdis de l'interroger.

Taylor a brandi les menottes.

— Les mains derrière le dos.

— Tu n'es pas sérieux, Ed ?

— C'est la procédure. Sauf si tu considères que ton neveu a droit à un traitement de faveur.

— C'est bon, ai-je dit en mettant les mains derrière mon dos.

Taylor m'a passé les menottes. L'un de ses hommes m'a emmené vers une voiture de police et m'a fait asseoir à l'arrière, avant de s'installer à côté de moi. Le commissaire a pris place à l'avant.

En contemplant la maison en flammes, j'ai repensé aux photos – celle d'Ashley, celle du petit garçon aux yeux tristes et aux cheveux bouclés. J'ai repensé à tout ce que j'avais vu et entendu dans cet endroit, et je me suis demandé ce que ça signifiait. Cette maison avait dû être le quartier général du refuge Abeona. À présent, elle avait disparu, incendiée par…

Par qui ? Le Boucher de Łódź ? Un homme qui aurait 90 ans et en paraîtrait 30 ? Comment croire une chose pareille ?

Une autre question revenait sans cesse : qu'avait-il fait de mon père ?

— J'y crois pas ! a dit Taylor.

J'ai croisé son regard dans le rétroviseur. Malgré mon envie de lui demander de quoi il parlait, je me suis tu en me souvenant des consignes de Myron.

Le policier assis à côté de moi m'a facilité la tâche.

— Qu'est-ce que vous ne croyez pas ?

— Il nous suit dans une limousine.

Entravé par les menottes, je me suis retourné tant bien que mal. Taylor avait raison. Nous étions suivis par une immense limousine noire.

— Alors, Mickey, c'est la deuxième fois que je te surprends à côté de cette vieille maison. Tu veux bien m'expliquer pourquoi ?

— Non, monsieur.

— Tu as peut-être un penchant pour les dames d'un certain âge ? (Dans sa voix moqueuse, j'ai perçu un écho du « Ema, meuhhh ! » de son fils.) C'est ça, Mickey ? Tu es attiré par les mamies ?

Je n'ai pas mordu à l'hameçon. Même le flic à côté de moi plissait le front devant une approche aussi lamentable.

Le commissariat de Kasselton se trouvait en face du lycée. Quelques heures plus tôt, je fêtais mes débuts sur le terrain de basket situé à quelques mètres du poste où les policiers m'emmenaient à présent. La vie était faite de frontières invisibles.

Taylor est sorti de la voiture. Quelques secondes plus tard, mon voisin m'aidait à m'extraire du véhicule. La limousine était garée juste derrière nous. J'ai vu la portière s'ouvrir, et Myron est descendu.

— Tu as une limo, maintenant, Bolitar ? a demandé Taylor. (Il a passé la main sur le toit du véhicule.) Tu ne te prends pas pour n'importe qui, hein ?

— Elle n'est pas à moi.

— Ah bon ? À qui, alors ?

— En fait... (Et là, j'ai cru voir l'ombre d'un sourire passer sur le visage de Myron.) Elle appartient à Angelica Wyatt.

Taylor a ricané.

— C'est ça, et moi, je suis George Clooney.

La vitre teintée s'est baissée. Quand Angelica Wyatt a penché son visage sublime par la fenêtre et souri en déclarant : « C'est vous, le chef de la police de cette ville ? Quel plaisir de vous rencontrer », j'ai cru que Taylor allait nous faire une attaque.

— Euh, madame Wyatt… oh, c'est vraiment vous ? Nous sommes tous de grands fans, n'est-ce pas, les gars ?

Les cinq flics entouraient maintenant la limousine. Tous agitaient la tête comme des pantins. Angelica Wyatt les a gratifiés d'un autre sourire. Elle a dit quelque chose que je n'ai pas entendu, mais j'ai vu plusieurs de ces messieurs se mettre à pouffer. Myron a levé les yeux au ciel.

Angelica Wyatt a fait un commentaire sur l'élégance des hommes en uniforme. À ces mots, le commissaire s'est recoiffé tout en bombant le torse. Je n'en revenais pas. Les hommes étaient-ils si faciles à embobiner ? Puis j'ai repensé à Rachel Caldwell. Ne m'avait-elle pas fait un petit numéro assez semblable la première fois que nous nous étions rencontrés ? Et n'étais-je pas tombé dans le panneau ?

J'aurais parié que la scène aurait inspiré à Ema une remarque bien saignante, drôle et surtout très juste.

Myron et moi nous tenions à l'écart. J'avais toujours les mains menottées derrière le dos. Angelica Wyatt continuait de parler à Taylor, qui continuait de glousser comme une écolière.

— Qu'est-ce qui se passe ? ai-je demandé à Myron.

Son petit sourire narquois était revenu.

— Attends, tu vas voir.

Trois minutes plus tard, le commissaire nous a rejoints et m'a retiré les menottes. Puis il s'est tourné vers Myron.

— Tu vas devoir m'accompagner à l'intérieur pour signer les papiers, te porter garant afin qu'il se présente quand on aura besoin de lui.

Qu'était-il advenu de la comparution au tribunal de Newark ? Myron et moi nous sommes abstenus de poser la question car nous connaissions la réponse : Angelica Wyatt.

— Va m'attendre dans la voiture, m'a dit mon oncle.

Un chauffeur, coiffé de la casquette de rigueur, m'a ouvert la portière. Je suis monté et me suis assis à côté d'Angelica Wyatt. Si c'était bizarre pour moi, ce devait sûrement l'être pour elle aussi. Vous imaginez ce que ça fait de se retrouver en présence d'une immense star de cinéma ? C'était un truc énorme et en même temps complètement irréel. Elle n'y était pour rien. Et moi non plus. C'était bizarre, point. Je me suis demandé comment elle le vivait au quotidien. Son statut lui donnait beaucoup de pouvoir – il suffisait de voir comment j'avais été libéré –, mais ça devait parfois être assez lourd à porter.

— Tu vas bien ? m'a-t-elle demandé.

— Oui, madame. Merci pour votre intervention.

C'était la première fois de ma vie que je me retrouvais dans une limousine. La banquette était en cuir. Il y avait un écran de télévision et des verres en cristal.

— Que s'est-il passé ? Tu étais dans cette maison ?

Une fois encore, je n'avais pas envie de mentir, mais je n'étais pas prêt non plus à raconter la vérité. Je la connaissais à peine, cette femme.

— J'ai cru voir des flammes, j'ai voulu aider.

Angelica Wyatt a paru sceptique.

— En entrant dans la maison ?

— Oui… Euh… au cas où il y aurait eu quelqu'un à l'intérieur.

— Pourquoi n'as-tu pas plutôt alerté les pompiers ?

Oups.

— Pourquoi avoir téléphoné à ton oncle en lui disant que tu avais besoin d'aide ?

— Franchement, si j'avais eu quelqu'un d'autre à appeler…

Je me suis arrêté net, regrettant d'en avoir dit autant.

— Mickey ?

Je me suis tourné vers elle. Elle posait sur moi un regard à la fois réconfortant et étrangement familier. J'aimais bien ses yeux : d'un brun magnifique, ils dégageaient beaucoup de chaleur.

— Je sais que ça ne me regarde pas, mais ton oncle fait de son mieux.

Je n'ai pas répondu.

— C'est quelqu'un de bien. Tu peux lui faire confiance.

— Sans vouloir vous vexer... (c'est ce qu'on dit en général quand on s'apprête à sortir une remarque vexante) vous ne connaissez pas la situation.

— Si, Mickey, je la connais.

Ce qui m'a donné à réfléchir. Elle m'avait déjà appris qu'elle était amie avec ma mère, à l'époque où celle-ci était tombée enceinte.

— Il a fait une erreur. Tu comprendras un jour. La vie ne ressemble pas à un de mes films. Les jeunes s'imaginent que les adultes ont toutes les réponses, alors que la seule différence entre eux, c'est que les adultes savent qu'il n'existe pas de réponse simple.

— Ne le prenez pas mal, encore une fois, mais ça fait longtemps que je ne crois plus que les adultes ont toutes les réponses.

Elle a presque souri en entendant ça.

— On se plante. Voilà ce que j'essaie de te dire, Mickey. On se plante tous. Nous faisons notre possible, et nous vous aimons énormément, mais nous sommes des êtres faibles et imparfaits.

Angelica Wyatt a baissé les yeux. Son visage s'est décomposé, et pendant un instant, j'ai cru qu'elle allait se mettre à pleurer.

— Madame Wyatt ?

— Nous commettons tous des erreurs. Ton oncle n'a pas été le seul à en faire.

La portière de la limousine s'est ouverte. Myron a passé la tête à l'intérieur et demandé :

— Tout va bien, là-dedans ?

Aussitôt, le visage d'Angelica Wyatt s'est illuminé. Et là, j'ai compris pourquoi elle était une si grande actrice. Jamais on n'aurait cru que, une seconde plus tôt, elle avait été si accablée.

— Très bien, a-t-elle répondu, glissant sur la banquette pour lui faire de la place. Mickey et moi étions en train de papoter.

25

Comme vous pouvez l'imaginer, Myron m'a soumis à un interrogatoire en règle. Mais Angelica Wyatt avait eu beau plaider sa cause, je ne lui faisais toujours pas confiance. J'aurais peut-être dû. Au moment critique, c'est lui que j'avais appelé à l'aide. Je n'oubliais pas cependant que la femme chauve-souris ainsi que le Chauve avaient insisté pour que je ne lui dise rien.

À un moment, j'ai baissé ma garde et failli lui parler. Mais sans le faire exprès, il m'a alors donné une raison supplémentaire de le laisser dans l'ignorance.

— Quand il était petit, ton père est entré dans cette maison, m'a-t-il rappelé. Il ne m'a jamais dit ce qu'il y avait vu.

Précisément. Si mon père avait décidé de se taire, ne devais-je pas en faire autant ?

Découragé, Myron a fini par lever les mains et battre en retraite vers le salon. Je me suis demandé ce que je devais faire. Je ne pouvais pas en rester là, parce qu'à la vérité, j'allais avoir besoin de lui. Je l'ai rejoint dans le salon et me suis assis sur le canapé. Myron avait racheté la maison à mes grands-parents quelques années plus tôt. C'était ici qu'ils avaient grandi, mon père et lui, et j'avoue que ça me faisait une drôle d'impression d'y vivre à mon tour. Les deux frères avaient passé des heures ensemble dans cette pièce à regarder la télé. Je trouvais ça étrange d'imaginer mon père, enfant, à la même place, avec Myron.

Ne sachant pas comment aborder le sujet, je suis d'abord resté sur un terrain familier dont je savais qu'il l'intéresserait.

— Les épreuves de sélection se sont bien passées, aujourd'hui.

— Ah bon ? (Comme je l'avais prévu, il n'en fallait pas plus pour obtenir toute son attention.) Tu t'es entraîné avec les juniors ?

— Oui, mais le coach Grady veut me voir demain.

Myron a fait un grand sourire.

— Tu crois qu'il veut te faire passer dans l'équipe d'élite ?

— Je ne sais pas, ai-je répondu, même si je soupçonnais que c'était le cas.

Mon oncle en a tiré la même conclusion.

— Tu as bien joué ?

— Pas mal, ouais.

— C'est super.

Silence. OK, ça suffisait pour l'échauffement.

— J'ai une faveur à te demander. Je sais que ça va te paraître délirant, mais tu dois me faire confiance.

Myron s'est redressé et penché vers moi.

— Qu'est-ce qui se passe ?

— Je veux... je veux exhumer le corps de papa.

Mes mots lui ont fait l'effet d'une gifle.

— Pardon ?

Bon sang, j'aurais dû réfléchir à deux fois à la manière de lancer ma bombe. J'ai effectué un rétropédalage :

— Je voudrais l'exhumer pour qu'il puisse être enterré plus près d'ici, ai-je menti.

Myron me dévisageait.

— Tu es sûr ?

— Oui.

— Quoi d'autre, Mickey ?

— Rien.

Il a répété d'un ton plus ferme :

— Quoi d'autre, Mickey ?

Comment le formuler... ?

— Je... je ne l'ai pas revu, après l'accident. J'ai besoin... j'ai besoin d'être sûr qu'il est là-dedans.

Myron a marqué un temps de silence. Quand il a repris la parole, sa voix s'était radoucie.

— Tu as besoin de ça pour... enfin... pour pouvoir faire ton deuil ?

— Oui, c'est ça.

— Je ne pense pas que voir son corps t'y aidera.

— Myron, écoute-moi, d'accord ? Juste... écoute.

Il a attendu.

— J'ai besoin de m'assurer que c'est bien lui qui est dans ce cercueil.

Il semblait perplexe.

— Qu'est-ce que ça signifie ?

J'ai fermé les yeux une seconde.

— Je t'ai demandé de me faire confiance. S'il te plaît.

Myron a scruté mon visage. J'ai soutenu son regard sans ciller. Alors que je m'attendais à de nouvelles questions, il m'a surpris.

— D'accord, a-t-il dit. Dès demain, je me renseignerai sur la procédure juridique.

26

La faim et la fatigue me sont tombées dessus d'un coup. Myron a commandé des plats chinois pour douze. J'aurais voulu manger en silence, mais il n'a pas pu s'empêcher de me rappeler, comme il le faisait chaque fois, que c'était le resto chinois préféré de mon père, et qu'il aimait particulièrement les crevettes à la sauce homard.

Après le dîner, j'ai envisagé d'appeler Ema pour lui raconter les derniers événements, mais il était tard et j'étais crevé. Ça pouvait attendre. Depuis que Spoon m'avait rapporté les rumeurs sur la vie familiale d'Ema, j'avais à la fois envie de lui montrer que j'étais présent et peur de lui causer des ennuis.

J'ai reçu un SMS de Rachel : **Tjs OK pour demain ?**

Moi : **Oui. Comment ça va ?**

Rachel : **Bien. A 2main.**

Quand la cloche a sonné le lendemain à 8 h 30, j'étais de retour dans ma salle de classe. C'est drôle, comme le lycée ressemble un peu à un espace capitonné, où toute la fureur du monde extérieur ne parvient que de manière assourdie. À l'intérieur de ce bâtiment de briques, la vie semblait normale. Les cours étaient ennuyeux, bien sûr, mais ils représentaient aussi un point d'ancrage. Le reste de mon existence avait beau partir dans tous les sens, ici, tout était merveilleusement banal.

D'habitude, je déjeunais avec Ema et Spoon, mais aujourd'hui, je devais passer voir le coach Grady. Ça tombait plutôt bien. Ne vous méprenez pas. J'avais une confiance totale en eux, et je leur devais l'entière vérité, mais Rachel m'avait demandé de ne parler à personne de notre rendez-vous. Je ne pouvais pas la trahir, si ?

Bref, face à ce dilemme, la réponse la plus simple était sans doute aussi la plus lâche : les éviter.

Alors que je me dirigeais vers le bureau de M. Grady, je suis passé devant un endroit familier et j'ai ressenti un drôle de manque. C'était le casier d'Ashley. Ashley et moi sortions plus ou moins ensemble, avant qu'elle disparaisse. Le refuge Abeona – c'est-à-dire, Ema, Spoon, Rachel et moi – l'avait sauvée. La dernière fois que je l'avais vue, elle agitait la main dans ma direction en montant dans une camionnette conduite par un autre membre du refuge.

Quelques jours seulement avaient passé, et il ne restait aucune trace d'Ashley. Un cadenas tout neuf fermait son casier, qu'un nouvel élève avait dû investir. C'était comme si elle n'avait jamais été là. Je me suis demandé où elle se trouvait. Je me suis demandé si tout allait bien pour elle.

J'ai frappé à la porte du coach.

— Entrez.

En général, ce n'était pas un bureau où l'on aimait aller. M. Grady était aussi le proviseur adjoint, responsable de la discipline. Quand on se faisait convoquer ici, c'était pour recevoir une heure de colle ou un avis d'exclusion.

Il m'a regardé par-dessus ses lunettes en demi-lune.

— Ferme la porte.

J'ai obéi. Il m'a invité à m'asseoir. J'ai balayé des yeux son bureau. Il n'y avait aucune photo de famille, pas de trophées ni de clichés d'anciennes équipes de basket – rien de personnel.

— Bon, a-t-il commencé, croisant les mains. Comment as-tu trouvé les sélections d'hier ?

Faute de mieux, j'ai répondu :

— C'était sympa.

— Apparemment, tu joues au basket depuis longtemps.

— Oui.

— J'ai cru comprendre que tu avais pas mal voyagé durant ton enfance, n'est-ce pas ?

J'ai hoché la tête.

— Tu as passé beaucoup de temps à l'étranger et joué dans beaucoup d'équipes différentes.

— Oui.

— Quel est le maximum de temps que tu as passé avec les mêmes coéquipiers ?

— Deux mois.

Il a fait une grimace, comme s'il s'attendait à une réponse de ce genre.

— C'est en partie pour ça qu'on est revenus aux États-Unis, lui ai-je expliqué. Mon père voulait que je vive cette expérience : que je reste assez longtemps quelque part pour pouvoir faire partie d'une véritable équipe.

— Comme notre groupe senior, par exemple ?

Je n'ai rien répondu.

— Ces garçons jouent ensemble depuis la classe de sixième. Ils ont gagné des matchs ensemble à tous les niveaux et là, ils arrivent à la fin d'un cycle. L'année prochaine, chacun partira de son côté.

Il n'y avait rien à ajouter, donc je suis resté silencieux.

— Je t'ai aussi expliqué récemment que je n'aimais pas recruter des troisièmes ou des secondes dans l'équipe d'élite. Ça fait douze ans que je dirige les entraînements ici, et je n'ai jamais pris un élève de seconde. Cette année, en plus, avec mes cinq majeurs de l'année dernière qui reviennent...

Il a fait une pause. La conversation ne prenait pas la tournure escomptée.

— Cela dit, j'ai vu ton oncle jouer lorsqu'il était ici. Ce genre de talent, on n'en trouve qu'un par génération. Après t'avoir regardé hier, je me dis que tu es peut-être celui-là. Je ne suis sûr de rien. Je ne veux pas m'emballer. En tant qu'entraîneur, mon job est de me montrer juste et de donner sa chance à chacun. Si ce que j'ai vu hier n'était qu'un coup de veine, ou si la concurrence n'était simplement pas au niveau, eh bien, on s'en rendra vite compte. En attendant, je ne vois pas comment je pourrais te refuser une chance de passer la sélection pour l'équipe d'élite.

J'ai eu envie de hurler « Oui ! », mais j'ai réussi à maîtriser mes émotions.

— Merci, coach.

— Ne me remercie pas. Ce sera à toi de gagner ta place. (Il a baissé les yeux et s'est mis à écrire.) Les épreuves reprennent à 16 h 30. On se verra là-bas.

Je me suis levé pour partir.

— Mickey ?

Je me suis retourné.

— Je sais que tu as déjà eu maille à partir avec certains seniors. Troy et Buck, pour ne pas les nommer.

— Oui, monsieur.

— C'est un groupe très soudé : Troy, Buck, Brandon, Alec. Ils ne seront pas ravis de ma décision. Si tu rejoins l'équipe, tu prendras la place d'un de leurs meilleurs amis.

J'ai haussé les épaules.

— Je n'y peux pas grand-chose.

— Si, Mickey, justement. On aura besoin de cohésion pour gagner sur le terrain. Essaie de t'en souvenir. Sois le plus malin.

27

Quand je suis arrivé à la cafèt, Mme Owens, la prof que j'aime le moins (un euphémisme pour dire que je la déteste), m'a lancé un regard noir et réclamé mon billet de retard.

Je le lui ai montré. Elle l'a examiné comme si j'étais un terroriste muni d'un faux passeport. Au bout de plusieurs longues secondes, elle m'a laissé passer à contrecœur. Je me suis dirigé vers ma table habituelle. Spoon et Ema y étaient encore, même si deux chaises les séparaient.

— Tu étais où ? m'a demandé Ema.

— Grady voulait me voir.

— Un problème ? a demandé Spoon.

— Non, au contraire.

Tandis que je leur expliquais que j'allais passer les épreuves pour intégrer l'équipe d'élite, j'ai repéré Troy et Buck. Ils avaient changé de table et s'étaient installés entre mecs : l'équipe de basket au grand complet. Étaient-ils au courant que je m'entraînerais avec eux cet après-midi ? Mon regard s'est attardé sur leur groupe une seconde de trop.

— Tes futurs coéquipiers, m'a fait remarquer Spoon.

— Ouais.

— On ne te présente plus Buck et Troy. Mais tu connais les autres ?

— Non.

— Au bout de la table, tu as Brandon Foley. C'est l'autre capitaine de l'équipe. Et aussi le plus grand. Il mesure deux mètres.

Je l'avais croisé dans les couloirs et j'avais entendu sa voix lors des annonces du matin.

— Il est président du conseil des élèves.

— Et c'est le meilleur ami de Troy Taylor, a ajouté Ema. Ils habitent dans la même rue depuis toujours et ils ont commencé à jouer ensemble quand ils portaient encore des couches, c'est-à-dire l'année dernière, dans leur cas.

Génial.

À ce moment-là, j'ai croisé son regard. Au lieu d'esquisser la grimace narquoise attendue, Brandon Foley a hoché la tête d'un mouvement aimable, presque encourageant.

Troy était assis à côté de lui. Comme il se tournait pour voir qui son ami saluait, j'ai vite regardé ailleurs.

— Ça va ? m'a demandé Ema.

— Bien, mais j'ai plein de trucs à vous raconter.

Je leur ai alors parlé de l'incendie chez la femme chauve-souris. Ils m'ont écouté, bouche bée. Lorsque j'ai mentionné les portraits dans le couloir, Spoon a commenté :

— C'est évident.

— Quoi donc ?

— Ces photos. C'est une galerie des enfants sauvés par le refuge Abeona.

J'ai enchaîné sur mon arrestation, l'apparition de Myron et l'intervention d'Angelica Wyatt, qui m'avait épargné une nuit en prison. Ema a paru agacée.

— Attends, d'où ton oncle connaît Angelica Wyatt ?

— Elle est super sexy, a commenté Spoon.

Nos yeux ont convergé vers lui.

— Je parle d'Angelica Wyatt, a-t-il précisé.

— Ouais, on avait compris, a rétorqué Ema. (Elle s'est tournée vers moi.) Donc ?

— Je ne sais pas. Je crois que Myron est son garde du corps, ou quelque chose comme ça.

— Tu ne m'avais pas dit qu'il était agent de sportifs ?

— Si, c'est ce qu'il est. Je ne comprends pas non plus. Mais apparemment, Angelica Wyatt a aussi connu ma mère.

— Qu'est-ce que tu racontes ? Comment elle aurait pu la rencontrer ?

— Je crois qu'elles traînaient ensemble à l'époque où elles étaient deux jeunes célébrités. Ma mère était championne de tennis, Angelica débutait sa carrière d'actrice. Qu'est-ce que ça peut faire ?

Ema s'est contentée d'afficher une mine renfrognée.

— Je pense à un truc, a dit Spoon.

Ce qui lui a valu un regard cinglant de la part d'Ema.

— On a trop hâte de savoir à quoi.

— Ce type aux cheveux blond vénitien. Appelons-le le Boucher, d'accord ?

— Eh bien ?

Spoon a remonté ses lunettes.

— Il a essayé de te tuer. Si ça se trouve, c'est peut-être aussi lui qui a tenté de tuer Rachel.

Silence.

— Et si c'est le cas, est-ce qu'on ne devrait pas en déduire qu'il va peut-être essayer de nous éliminer tous ?

Silence persistant.

— Ça me fait mal de l'admettre, a fini par répondre Ema, mais Spoon n'a peut-être pas tort.

— Merci. Je te l'ai déjà dit, il y en a, là-dedans. Je ne suis pas qu'une gueule d'ange.

— On va devoir être sur nos gardes, ai-je conclu.

— Quelqu'un a eu des nouvelles de Rachel depuis notre visite à l'hôpital ? a demandé Spoon.

Et voilà ! J'avais le choix entre leur mentir ou trahir la confiance de Rachel. J'ai choisi un entre-deux.

— Oui, moi, ai-je répondu, et la cloche a sonné comme par miracle à ce moment-là. Mais on va en rester là pour le moment.

— Et ça veut dire quoi ? m'a demandé Ema.

— Ouais, a renchéri Spoon. Est-ce qu'on n'est pas tous ensemble sur le coup ?

— Juste… faites-moi confiance.

Je me suis souvenu de mon programme : cours, visite à Rachel, épreuves de sélection. Humm. Ils m'observaient toujours, attendant la suite.

— Voici ce que je propose : on se retrouve après le basket. Je devrais pouvoir vous en dire plus à ce moment-là.

28

Quand la dernière sonnerie a retenti, je suis allé récupérer mon sac à dos dans mon casier. J'étais en train de le fermer quand j'ai entendu Mme Friedman m'appeler :

— Monsieur Bolitar ? J'aimerais vous dire un mot, s'il vous plaît.

Des élèves qui passaient ont commenté :

— Oh, oh, tu es mal, mon vieux !

Malin, hein ?

Après m'avoir fait entrer dans sa salle de classe, la prof d'histoire a refermé la porte derrière nous.

— J'ai trouvé quelque chose qui risque de vous intéresser, m'a-t-elle dit.

— Ah ?

— J'ai une collègue qui travaille au mémorial de l'Holocauste à Washington DC. Vous êtes déjà allé là-bas ?

— Non, madame

— Vous devriez. Tout le monde devrait y aller. C'est terrible, et en même temps nécessaire. Après une visite de ce musée, on n'est plus le même. Du moins, si l'on a une conscience. Bref, j'ai parlé à ma collègue et je l'ai interrogée sur Hans Zeidner, le Boucher de Łódź.

J'ai attendu qu'elle poursuive. Comme elle ne le faisait pas, j'ai dit :

— Merci.

Mme Friedman m'a regardé avec une intensité telle que je n'ai plus osé bouger.

— Voulez-vous m'expliquer pourquoi vous vous intéressez autant à ce sujet ?

Pendant deux secondes, j'ai eu la tentation de lui répondre. J'ai songé à tout ce que je savais, à Lizzy Sobek, connue ici sous le nom de « femme chauve-souris », qui vivait si près de l'endroit d'où nous nous trouvions en ce moment même. J'ai songé au Boucher, à mon père et à l'incendie. Mais en définitive, je savais que je devais me taire.

— Je ne peux pas, ai-je dit. En tout cas, pas tout de suite.

J'ai eu peur qu'elle me pose d'autres questions, mais non. Ouvrant le tiroir de son bureau, elle en a sorti quelque chose.

— Tenez.

C'était une photo. Encore un vieux cliché en noir et blanc d'un homme en uniforme de SS. Il avait les cheveux noirs et une fine moustache, le nez pointu et un visage de souris. Ses yeux ressemblaient à deux billes noires.

— Qui est-ce ?

Mme Friedman a fait la moue.

— Qui est-ce ?

— Oui. Qui est cet homme sur la photo ?

— À votre avis ? C'est Hans Zeidner. Le Boucher de Łódź.

29

Le rasoir d'Ockham.

Mon père m'a souvent répété ce principe, selon lequel « toutes choses étant égales par ailleurs, une explication simple vaut mieux qu'une justification plus complexe ». Autrement dit, la réponse évidente est le plus souvent la meilleure.

Sachant cela, pourquoi n'avais-je pas envisagé la possibilité que la photo de la femme chauve-souris ne soit qu'un montage ?

Pendant tout le trajet jusque chez Rachel, j'ai fulminé, ruminant ma colère contre la femme chauve-souris et surtout contre moi-même. Comment avais-je pu être si crédule ? À une époque où n'importe quel crétin muni d'un ordinateur est capable de bidouiller une image, comment avais-je pu conclure qu'un nazi de la Seconde Guerre mondiale s'était reconverti en urgentiste à San Diego, sans vieillir d'un poil dans l'intervalle ?

Ce n'était même plus de la naïveté de ma part, c'était de la débilité profonde.

L'ambulancier aux yeux verts n'était pas le Boucher de Łódź. Il n'avait pas 90 ans. Ce n'était pas lui qui avait torturé et tué un nombre incalculable de gens en Pologne dans les années 1940, dont le père de Lizzy Sobek. Grâce à Photoshop, Ema avait plaqué le visage du type sur une photo récente pour l'envoyer à San Diego, pas vrai ? Pourquoi quelqu'un n'aurait-il pas fait l'inverse – intégrer le visage d'un homme de 30 ans dans un vieux cliché en noir et blanc ?

Quelqu'un – la femme chauve-souris, le Chauve, ou qui sais-je encore – avait réussi à me berner avec une simple photo numérique.

Pourquoi ? Et que pouvais-je faire ?

Ce problème devrait attendre. Pour l'instant, je devais me concentrer sur Rachel. En approchant de chez elle, j'ai vu une voiture de police quitter l'allée de sa maison. Je me suis planqué derrière un arbre. Le commissaire Taylor était au volant. Il était seul. Lorsqu'il est passé devant moi, je lui ai trouvé l'air distrait et... effrayé ?

Sans trop savoir comment interpréter ce que je venais de voir, j'ai attendu qu'il ait disparu pour m'approcher. Le portail des Caldwell s'était refermé après son passage. J'ai appuyé sur le bouton de l'Interphone et levé les yeux vers la caméra.

— Je t'ouvre, a dit Rachel.

Elle m'attendait sur le seuil. S'il n'y avait pas eu le pansement sur le côté de sa tête, on n'aurait jamais deviné qu'elle s'était fait tirer dessus. Bien sûr, la balle lui avait juste effleuré le crâne, mais ça me semblait d'autant plus poignant. Un demi-centimètre : voilà la différence entre une blessure sans gravité et la mort.

Cette pensée m'a donné envie de la serrer dans mes bras, mais ç'aurait été déplacé.

— Je suis content de voir que tu vas bien, ai-je dit.

Rachel m'a adressé un sourire un peu crispé et m'a fait la bise. Elle portait un tee-shirt à manches courtes, laissant apparaître la marque de brûlure sur son bras. Cela faisait longtemps que je voulais lui demander comment elle s'était fait ça, mais ce n'était évidemment pas le moment. À en juger par ses yeux rouges, elle avait dû pas mal pleurer.

— Je suis vraiment désolé pour ta mère.

— Merci.

— C'est bien le commissaire Taylor que je viens de voir sortir d'ici ?

Elle a hoché la tête.

— Qu'est-ce qu'il voulait ?

— Voir mon père. Ils se parlent beaucoup en ce moment. Mais chaque fois que je les surprends en plein conciliabule, ils me disent qu'il n'y a rien de nouveau. Oh, et le commissaire n'arrête pas de me demander ce dont je me souviens.

Il l'avait déjà interrogée à l'hôpital.

— J'imagine que c'est normal. Il doit faire une enquête sur ce qui s'est passé.

— Sûrement, a répondu Rachel sans conviction. Mais c'est bizarre.

— Qu'est-ce qui est bizarre ?

— J'ai l'impression qu'il est à cran.

Elle a haussé les épaules et m'a fait entrer dans le vestibule. Nous nous sommes arrêtés devant une porte ouverte, barrée du ruban adhésif jaune des scènes de crime. C'était là que s'était déroulée la fusillade. Il y avait encore des traces de sang par terre. Voyant Rachel se mettre à trembler, j'ai passé un bras autour d'elle et l'ai attirée contre moi.

— Et si on allait ailleurs ? ai-je proposé.

— Non, ça ira. Je voulais te montrer.

La maison était plongée dans le silence.

— Tu es toute seule ici ?

— Oui.

Ça m'a surpris.

— Où sont ton père et ta belle-mère ?

— Ma belle-mère avait besoin de vacances – tant mieux. Elle est dans un spa en Arizona. Mon père est parti travailler.

Voyant mon air inquiet, elle a ajouté :

— Ça vaut mieux, je t'assure.

Pendant un instant, nous sommes restés là à contempler les taches de sang par terre. Les yeux de Rachel se sont emplis de larmes.

— Tu veux me raconter ce qui s'est passé ?

— J'ai causé la mort de ma mère. C'est aussi simple que ça.

Comment réagir à ce genre de déclaration ? Très doucement, j'ai répondu :

— Je ne vois pas comment ce serait possible.

— C'est moi qui l'ai amenée ici. C'est à cause de moi qu'elle s'est retrouvée au milieu des tirs.

— Qui a tiré ?

Rachel a secoué la tête.

— Ça n'a plus d'importance.

— Bien sûr que si. Quelqu'un a essayé de te tuer, et hier soir...

Je me suis arrêté.

— Quoi, hier soir ?

— Hier soir, quelqu'un a essayé de me tuer, moi aussi.

Elle s'est raidie.

— Qu'est-ce que tu racontes ?

Je lui ai rapporté l'épisode de l'incendie dans la maison de la femme chauve-souris. Rachel semblait abasourdie.

— Elle va bien ?

— La femme chauve-souris ? Je ne sais pas. Je ne l'ai pas vue.

On s'est tous deux tournés vers la pièce où avait eu lieu la fusillade.

— Raconte-moi la scène, ai-je dit.

— Je ne me souviens pas de tout.

— Dis-moi ce dont tu te souviens.

La faible lumière imprimait une ombre sur le ravissant visage de Rachel. J'avais une envie folle de tendre la main, de lui effleurer la joue et de l'attirer contre moi, mais je ne l'ai pas fait. Je suis resté là, immobile, et j'ai attendu.

— Je dois revenir un peu en arrière. Il faut que je t'explique pourquoi ma mère était là.

— D'accord. On n'est pas pressés.

— Si, un peu quand même. (Elle a presque souri.) Tu n'as pas les sélections ?

— J'ai le temps.

Rachel a baissé les yeux sur la tache de sang sur la moquette.

— Pendant longtemps, j'en ai voulu à ma mère. Je croyais qu'elle m'avait abandonnée.

Moi aussi, j'ai regardé la tache.

— Ma mère est partie quand j'avais 10 ans. Mon père m'a dit qu'elle m'aimait, mais qu'elle était obligée de « se reposer ». (Rachel a imprimé des guillemets dans l'air avec ses doigts.) Je ne comprenais pas ce que ça voulait dire. D'une certaine façon, je ne comprends toujours pas. Tout ce que je savais, c'est qu'elle m'avait abandonnée. Mes parents ont divorcé, et je n'ai pas vu ma mère pendant trois ans.

— Trois ans ? C'est fou !

— Je ne savais même pas où elle était.

— L'autre jour, tu m'as dit qu'elle vivait en Floride.

— Ce n'était pas complètement vrai. Enfin, elle y était bien, au moins une partie du temps... (Rachel a secoué la tête.) Je raconte tout de travers.

— Ce n'est pas grave. Prends ton temps.

— J'en étais où ? Le divorce. Quand j'ai revu ma mère, j'avais 13 ans. Elle a débarqué un jour à la sortie de l'école. J'ai halluciné. Elle était là, à attendre au milieu des autres mères, elle souriait comme... comme quelqu'un qui n'a pas toute sa tête. Elle avait les cheveux en pétard et un rouge à lèvres trop rouge, qui débordait. On aurait dit une folle. Elle a voulu me ramener chez moi en voiture, mais elle me faisait peur. J'ai appelé mon père. Quand il est arrivé, il y a eu une scène monstrueuse. Ma mère a pété les plombs. Elle s'est mise à lui hurler dessus, l'a accusé de l'avoir fait enfermer, disant qu'elle connaissait la vérité sur lui.

La température dans la pièce semblait avoir chuté de dix degrés.

— Et après ?

— Mon père s'est calmé d'un coup. Il l'a laissée déblatérer sans rien dire jusqu'à l'arrivée de la police. C'était horrible. Ma mère avait les yeux exorbités… J'avais l'impression qu'elle ne me voyait même plus. Plus tard, après son départ, mon père m'a expliqué qu'elle ne s'était pas seulement enfuie ; elle avait fait une grave dépression. Il m'a dit qu'elle avait toujours eu des problèmes psychologiques, mais que, quand j'avais 10 ans, elle avait été atteinte de crises de démence et qu'elle était même devenue dangereuse. C'est là qu'il m'a avoué que, pendant les trois années précédentes, elle avait enchaîné les séjours en hôpital psychiatrique.

— Quand tu dis dangereuse…

— Je ne sais pas ce qu'il entendait par là, a-t-elle répondu trop vite. Papa m'a dit qu'elle était incontrôlable. Qu'il avait dû la mettre sous tutelle pour la faire soigner. Moi, j'étais paumée. J'étais en colère, j'avais peur et j'étais triste. D'un certain côté, c'était possible… (Elle a secoué la tête.) Peu importe. Je me disais, bon, ma mère est folle. Mon père fait ce qu'il peut, mais il est distant. Ce n'était pas grave. J'avais mes amis et le collège.

Rachel s'est enfin arrachée à la contemplation de la tache de sang.

— Il y a deux semaines, ma mère est ressortie. À ce moment-là, il y avait tout un tas d'injonctions du tribunal pour l'éloigner de nous. Elle n'avait pas le droit de me rendre visite sans la présence d'une assistante sociale, et ce genre de choses. Mais j'avais envie de la voir. Donc, quand elle m'a appelée, nous nous sommes retrouvées en cachette. Je n'en ai pas parlé à mon père. Je n'en ai parlé à personne. (Elle a levé les yeux, et le petit sourire est réapparu sur ses lèvres.) Quand on s'est revues pour la première fois, maman m'a serrée dans ses bras et, ça va te sembler bizarre, mais d'un seul coup, je suis redevenue la petite fille heureuse que j'étais autrefois. Tu comprends ce que je veux dire ?

J'ai pensé à la façon dont ma mère me prenait dans ses bras.

— Oui.

— Je me suis rendu compte d'un truc : je n'ai plus personne pour me faire des câlins. C'est bête, hein ? Mon père, non, je suis trop grande pour ça, et les garçons... Enfin, ce n'est pas ça qu'ils recherchent, si tu vois ce que je veux dire.

J'aurais préféré ne pas voir. J'ai hoché la tête, sentant une boule se former dans ma gorge. J'ai pensé à Troy Taylor et, trouvant ma réaction égoïste, je me suis obligé à le chasser de mon esprit.

— Donc, c'était sympa de revoir ta mère.

— Pendant quelques jours, ça a été merveilleux. Et puis, ça s'est dégradé.

— Comment ?

— Elle a recommencé à faire des crises, à accuser mon père d'être un monstre, de l'avoir empoisonnée et d'avoir menti en racontant à tout le monde qu'elle était folle uniquement pour se protéger. Elle était complètement paranoïaque. Elle me demandait si papa était au courant qu'on se voyait. J'essayais de la rassurer, mais elle répétait qu'il la tuerait s'il savait.

Silence.

— Qu'est-ce que tu as fait ?

Rachel a haussé les épaules.

— J'ai essayé de la calmer. Je l'ai interrogée sur son traitement. D'un côté, je n'étais pas surprise. Je l'avais déjà vue comme ça. Et je culpabilisais.

— Pourquoi ?

— Eh bien, si j'avais été une meilleure fille, peut-être que...

— Tu sais bien que ce n'est pas le cas.

— Je sais, oui. Mon père me l'a expliqué cent fois. Elle était malade. Ce n'était pas ma faute, ce n'était pas la faute de mon père ; et ce n'était pas sa faute à elle. La mère de Cynthia Cooper a un cancer, la mienne avait une maladie qui lui attaquait le cerveau. Elle n'y pouvait rien.

J'ai pensé à ma propre mère, enfermée dans une clinique de désintoxication. On m'avait seriné la même chose : que son addiction à la drogue était une maladie. Ça n'avait rien à voir avec un manque de volonté, et ça n'avait rien à voir avec moi, m'avaient dit les experts. N'empêche, j'avais beau me répéter tout ça, j'avais beau l'aimer très fort et compatir à tout ce qui lui était arrivé, j'avais toujours la vague sensation qu'entre la drogue et son fils, ma mère avait choisi la drogue.

— Donc, en regardant cette femme qui m'avait élevée, la dernière personne à m'avoir témoigné une affection sincère, je me suis soudain mise à envisager une chose étrange – une chose que je n'avais jamais considérée avant.

— Quoi ?

Rachel s'est tournée vers moi : cette fois, elle avait les yeux secs et clairs.

— Et si elle n'était pas folle ? Si elle me disait la vérité ? Et si mon père lui avait vraiment *fait* quelque chose ?

— Comme quoi ?

— Je ne sais pas. Elle n'arrêtait pas de répéter qu'elle savait des choses sur lui. Et si c'était vrai ? Enfin, mon père ne l'avait pas seulement fait interner, il avait aussi divorcé et s'était remarié. Il me l'avait expliqué : ils ne s'aimaient plus depuis des années, lui aussi il avait droit au bonheur, etc. Malgré tout, est-ce qu'il était obligé de la faire enfermer dans un hôpital psychiatrique ? Est-ce qu'il n'aurait pas pu trouver un autre moyen ? C'était ma mère, la seule femme qui m'avait jamais aimée. Est-ce que je ne pouvais pas lui accorder au moins le bénéfice du doute ? Si moi, je ne la croyais pas, qui la croirait ?

— Alors, qu'as-tu fait ?

— Je me suis mise à observer mon père de plus près.

— Comment ça ?

Elle a secoué la tête.

— Peu importe. De toute façon, la police dit que c'était un intrus, ou peut-être deux. Sans doute des cambrioleurs. Comme mon père était censé être absent cette nuit-là, j'avais proposé à ma mère de venir à la maison. Il aurait été furieux s'il l'avait appris. J'étais dans ma chambre. Ma mère était en bas, en train de regarder la télévision. Il était tard. J'étais au téléphone avec toi quand j'ai entendu des voix. Je me suis dit que mon père était peut-être rentré à l'improviste. Donc, je suis descendue. J'ai pris le couloir et...

— Et quoi ?

Rachel a haussé les épaules.

— C'est tout ce dont je me souviens. Je me suis réveillée à l'hôpital.

— Tu m'as dit que tu avais entendu des voix.

— Oui.

— Plusieurs, donc ?

— Oui.

— D'hommes ou de femmes ?

— Les deux. L'une était celle de ma mère.

— Et les autres ?

— J'ai dit aux policiers que je ne les avais pas reconnues.

— Mais ?

— Je ne suis pas sûre. Mais je crois que l'une d'elle... était peut-être celle de mon père.

Silence.

— Mais ton père ne t'aurait jamais tiré dessus.

Elle n'a pas répondu.

— Rachel ?

— Bien sûr que non.

— Tu m'as dit que tu avais commencé à le surveiller... pour savoir si ta mère avait pu dire la vérité. Tu as trouvé quelque chose ?

— Ça n'a pas d'importance. Les policiers affirment que c'était un cambriolage. J'ai sûrement imaginé la voix de mon père.

Mais je me rendais bien compte que son ton était devenu évasif.

— Attends une seconde. À l'hôpital, le commissaire Taylor t'a demandé de ne pas parler à l'inspectrice Dunleavy. Pourquoi ?

— Je n'en sais rien.

Je me suis fait plus insistant.

— Et pourquoi y avait-il ce papillon sur ta porte ?

— À ton avis ?

Je l'ai regardée droit dans les yeux.

— Tu travailles pour Abeona.

Elle n'a pas répondu.

— Comment j'ai pu être aussi stupide ? Tu n'as pas aidé Ashley par hasard. Tu savais pourquoi elle se cachait dans notre lycée, n'est-ce pas ?

Toujours pas de réponse.

— Rachel, après tout ce qu'on a traversé, tu ne me fais toujours pas confiance ?

— À peu près autant que toi, tu me fais confiance, a-t-elle rétorqué d'une voix tranchante.

— Ce qui veut dire ?

— Ose prétendre que tu m'as toujours tout raconté ! Ose affirmer que tu me fais autant confiance qu'à Ema !

— Ema ? Qu'est-ce qu'elle vient faire là-dedans ?

— En qui as-tu le plus confiance, Mickey ? En moi ou en Ema ?

— Ce n'est pas une compète !

— C'est ça, tu as raison, a-t-elle dit, d'une voix dégoulinante de sarcasme. C'est moi qui suis idiote. Je n'aurais jamais dû te raconter quoi que ce soit.

— Rachel, écoute-moi. (J'ai posé les mains sur ses épaules pour l'obliger à me regarder.) Je veux t'aider.

— Je ne veux pas de ton aide.

Elle s'est dégagée.

— Mais...

— Que se passe-t-il, ici ?

J'ai regardé par-dessus mon épaule. Un homme en costume m'observait d'un air menaçant, les poings serrés.

— Papa ?

Comme je me tournais vers lui pour me présenter, le père de Rachel a plongé la main dans sa veste pour en sortir un pistolet. Il l'a pointé droit sur ma poitrine.

Ouah !

— Qui es-tu ?

Mes genoux se sont liquéfiés. J'ai levé les mains. Rachel s'est glissée devant moi.

— Qu'est-ce que tu fais ? C'est un ami ! Range ça !

Son père et ce pistolet me paralysaient. Les mains en l'air, je m'efforçais de ne pas trembler. En cet instant de panique, j'ai eu l'impression d'être un lâche. Je voulais écarter Rachel, mais j'avais peur de faire un mouvement brusque.

Enfin, M. Caldwell a baissé son arme.

— Désolé, je... je crois que je suis encore à cran.

— Depuis quand tu te balades avec un pistolet ? lui a demandé Rachel.

— Depuis que ma fille et mon ex-femme se sont fait tirer dessus dans ma propre maison. Je suis désolé... a-t-il ajouté à mon attention.

Il s'est arrêté, comme s'il cherchait à se rappeler mon nom.

— Mickey, ai-je dit. Mickey Bolitar.

— Je ne me souviens pas que tu m'aies parlé d'un Mickey, Rachel, si ?

— C'est un nouvel ami, a-t-elle répondu, et j'ai cru percevoir une légère tension dans sa voix.

M. Caldwell l'a perçue lui aussi. J'ai cru qu'il allait lui demander autre chose, mais il s'est adressé à moi.

— Mickey, je suis vraiment désolé pour le pistolet. Comme Rachel te l'a sûrement dit, nous avons eu un grave incident ici.

Ne sachant pas ce qu'elle était censée me raconter, je n'ai ni confirmé ni infirmé.

— Quelqu'un s'est introduit chez nous et a tiré sur ma fille et sa mère, a-t-il repris. Rachel vient juste de sortir de l'hôpital, et je lui avais spécifiquement demandé de ne laisser entrer personne dans la maison. Alors, quand je vous ai entendus vous disputer...

— Je comprends, ai-je répondu, même si je n'étais pas sûr que ce soit vrai.

Cet homme portait un pistolet. Il l'avait sorti et braqué sur moi. J'avais du mal à rassembler mes pensées.

— Tu devrais peut-être y aller, m'a dit Rachel. Tu as ton basket.

J'ai hoché la tête, mais je n'aimais pas l'idée de la laisser seule avec... son père ? Comme je scrutais son visage, elle s'est retournée et dirigée vers la porte. Au moment où je passais devant M. Caldwell, il m'a tendu la main. Je l'ai serrée. Il avait de la poigne.

— Ravi de t'avoir rencontré, Mickey.

Ravi au point de me viser avec une arme ! ai-je pensé. Sympa, pour une première rencontre.

— Moi aussi, ai-je répondu.

Rachel a ouvert la porte et m'a laissé partir sans un « au revoir », ni un « on s'appelle plus tard ». Puis elle a refermé, restant seule à l'intérieur avec son père.

Je m'engageais dans la rue, perdu dans mes pensées, quand j'ai entendu une voiture au moteur surgonflé ralentir en s'approchant de moi. Dedans, il y avait deux types louches. Le passager, un bandana sur la tête, avait la joue droite barrée d'une longue cicatrice. Le conducteur avait le regard dissimulé par des lunettes noires. Tout en eux me criait « Danger » ! J'ai pressé le pas. La voiture a accéléré pour se maintenir à ma hauteur.

Je m'apprêtais à changer brusquement de direction quand le Balafré a baissé sa vitre.

— C'est la maison des Caldwell ?

Il l'a montrée du doigt. J'ai hésité à acquiescer, puis je me suis dit qu'avec le portail de sécurité, ça ne risquait rien. J'ai donc hoché la tête.

Le type n'a pas daigné me remercier. La voiture a fait demi-tour et s'est dirigée vers la grille. Comme je restais là à regarder, le Balafré a tourné sa sale tronche vers moi.

— Qu'est-ce que tu mates ?

J'ai préféré ne pas m'attarder ; de toute façon, ils ne passeraient pas le portail.

Mais quand j'ai risqué un coup d'œil par-dessus mon épaule, j'ai vu les battants s'ouvrir. Le Balafré et son pote se sont engagés dans l'allée.

Ça ne me plaisait pas. Pas du tout.

La voiture s'est arrêtée et les deux gars en sont descendus. J'ai sorti mon portable, prêt à composer le numéro d'urgence ou du moins à prévenir Rachel. Mais la prévenir de quoi ? Les deux types se sont avancés vers la maison. Sans réfléchir, je suis revenu sur mes pas. C'est alors que j'ai vu la porte s'ouvrir et M. Caldwell sortir. Il a souri et accueilli les deux hommes. Il était clair qu'ils se connaissaient. Il y a eu échange de sourires et de tapes dans le dos.

Puis j'ai vu M. Caldwell monter dans la voiture, et ils ont démarré.

30

Une demi-heure après m'être retrouvé avec un pistolet braqué sur la poitrine, j'étais dans les vestiaires, où je me changeais avant la reprise des sélections. J'avais plus que jamais besoin de l'évasion que je ne ressens que sur le terrain. Alors que je laçais mes baskets, mon estomac a commencé à faire des saltos.

J'étais en plein stress.

On ne pouvait pas dire que j'avais été accueilli à bras ouverts par mes camarades d'entraînement la veille, mais ces mecs de l'équipe d'élite me détestaient ouvertement. À l'autre bout des vestiaires, je les entendais rigoler, Troy, Buck et leurs potes. Ce bruit m'était étranger. Est-ce qu'un jour, je ferais partie de ce groupe ?

Difficile à imaginer.

J'ai fini de m'habiller et pris une profonde inspiration. En attendant le début de la séance, j'ai envoyé un SMS à Rachel pour vérifier qu'elle allait bien. Elle m'a rassuré et souhaité bonne chance. J'allais ranger mon portable quand il s'est remis à vibrer. Cette fois, c'était Ema, qui voulait m'encourager elle aussi.

J'ai souri. **Merci**, ai-je répondu. Et j'ai ajouté : **Devine quoi ?**

Ema : **Quoi ?**

Moi : **La photo du nazi. Elle est photoshopée. C'était pas le Boucher.**

Ema : **Pas possible !**

Un coup de sifflet a retenti. Je lui ai expliqué vite fait par un dernier message, puis j'ai fourré mon téléphone dans mon sac. Le moment était venu de retourner sur le terrain. Quand j'ai ouvert la porte du gymnase, j'ai cru me retrouver dans une de ces scènes de film où un type entre dans un bar et où tout le monde se tait d'un coup. Les ballons ont arrêté de rebondir. Plus personne n'a tiré. Tous les yeux paraissaient braqués sur moi. Mon visage a viré au rouge.

Tête baissée, je suis allé au pas de course jusqu'au panier libre dans le coin.

Les ballons ont recommencé à rebondir et à claquer contre les planches. Ce que j'avais toujours désiré – faire partie d'une équipe de lycée – était en train de se réaliser, et jamais je ne m'étais senti aussi peu à ma place. J'ai tiré quelques paniers, rattrapé mes propres rebonds, recommencé. Comment Buck et Troy réagissaient-ils à ma présence ? Je n'ai pas pu m'empêcher de couler un regard dans leur direction.

Troy m'a souri d'une manière qui ne m'a pas plu.

— Eh bien, ça, c'est bizarre, a dit quelqu'un derrière moi.

J'ai fait volte-face. C'était Brandon Foley, le deuxième capitaine de l'équipe. Du haut de ses deux mètres, c'était un des rares élèves du lycée qui me dominaient.

— Quoi donc ?

— Troy a l'air content. Je pensais qu'il serait furieux de te voir là.

Je n'ai pas su quoi répondre. Brandon a tendu la main.

— Je m'appelle Brandon Foley.

— Oui, je sais. Mickey Bolitar.

— Bienvenu.

— Merci.

— Troy n'est pas si méchant.

Une fois encore, j'ai jugé préférable de ne pas répondre. Brandon a tiré. Le ballon est rentré dans le panier, et je le lui ai renvoyé. On a trouvé un bon rythme et continué à jouer. On ne parlait pas beaucoup. C'était inutile.

— Mickey ?

C'était le coach Stashower.

— Le coach Grady veut vous voir dans son bureau.

Et il a disparu. J'ai regardé Brandon, qui a haussé les épaules.

— Il veut peut-être te présenter à l'équipe ?

— Ouais. (J'espérais qu'il avait raison.) Merci pour l'échauffement.

— Pas de quoi.

En quittant le terrain, j'ai aperçu Troy du coin de l'œil. Son sourire paraissait plus appuyé encore.

Je me suis dépêché d'aller au bureau de Grady.

— Vous vouliez me voir, coach ?

— Oui, Mickey. Entre et ferme la porte. Assieds-toi.

J'ai obéi. Le coach Grady portait un polo orné du chameau de Kasselton. Il s'est tu un instant. Il avait les yeux baissés vers son bureau.

— Est-ce que tu as lu ça, Mickey ?

— Lu quoi, coach ?

Avec un profond soupir, Grady s'est levé, a contourné le bureau et m'a tendu le règlement intérieur du lycée de Kasselton.

— Tu l'as lu ?

— J'ai dû le parcourir.

Il est retourné s'asseoir à son bureau.

— Et la partie relative au comportement ?

— Oui, je pense.

— L'année dernière, deux membres de l'équipe senior de football ont été surpris en train de boire de la bière à proximité du terrain. Ils ont été suspendus pour six matchs. Un élève de l'équipe de hockey a participé à une bagarre dans un cinéma – en dehors du périmètre du lycée, donc. Il a été renvoyé de l'équipe. Nous avons une politique de tolérance zéro. Tu comprends ?

J'ai hoché la tête, hébété. Repensant au sourire de Troy, j'ai commencé à comprendre ce que cela signifiait.

— Tu as été arrêté, hier soir, n'est-ce pas, Mickey ?

— Mais je n'avais rien fait !

— On n'est pas au tribunal. Ces garçons surpris en train de boire de l'alcool n'ont pas été poursuivis. Le hockeyeur qui s'était battu, non plus. Peu importe. Tu comprends ça, n'est-ce pas ?

— Mais cette arrestation n'était qu'un malentendu.

— Et ta petite bagarre avec Troy Taylor la semaine dernière ?

Je me suis senti complètement découragé.

— On en a déjà parlé, ai-je dit, sentant la pointe de panique dans ma propre voix.

— Exact, et je t'ai accordé le bénéfice du doute. Mais je me suis entretenu avec le commissaire Taylor aujourd'hui. Il m'a dit qu'en l'espace d'une semaine, tu avais commis plusieurs incartades. Tu as conduit une voiture alors que tu n'as même pas l'âge d'avoir le permis. Tu as utilisé de faux papiers d'identité pour entrer dans une boîte de nuit. Un seul de ces incidents aurait suffi à t'exclure de l'équipe.

— S'il vous plaît, coach, je peux tout expliquer !

— Ces faits sont-ils exacts, m'a demandé Grady, ou est-ce que le commissaire Taylor ment ?

— Ce n'est pas si simple.

— Je suis désolé, Mickey, mais j'ai les mains liées.

— Coach, ai-je plaidé d'un ton suppliant. S'il vous plaît, ne...

— Tu ne feras pas partie de l'équipe.

J'ai dégluti.

— Pendant combien de temps ?

— Pour la saison. Je suis désolé, mon gars.

31

Je devais traverser le gymnase pour retourner dans les vestiaires. Troy souriait toujours comme un débile, et j'ai dû faire appel à toute ma volonté pour ne pas lui en coller une. Je me sentais engourdi. Comment cela avait-il pu arriver ? Le basket, c'était ma vie. Mes parents avaient quitté le refuge Abeona et étaient revenus aux États-Unis pour me permettre d'intégrer une équipe de lycée.

Et voilà qu'après m'avoir pris tout le reste, on m'enlevait ça aussi.

J'ai entendu un rire, puis Troy m'a interpellé d'une voix moqueuse :

— Bye, bye, Mickey.

— Ouais, à bientôt, Mickey ! a fait Buck en écho.

La colère m'a submergé, mais frapper ces deux bouffons ne m'avancerait à rien. Pour le moment, j'avais seulement besoin de m'éloigner d'ici. Je me suis changé vite fait et j'ai foncé vers la sortie.

Une fois dehors, j'ai fermé les yeux et aspiré un grand coup. Puis je me suis laissé tomber à genoux. J'avais l'impression de sombrer. Je sais, je sais, ce n'est qu'un sport. Sauf que le basket représentait bien plus que ça à mes yeux. C'était une partie de moi, ma clé de voûte, ce qui me motivait le plus. C'était le seul point d'ancrage qui restait dans ma vie. Si on m'en privait, tout mon monde vacillerait.

— Tu es sorti tôt.

J'ai levé la tête et me suis retrouvé face à Ema. En voyant mon visage, ses yeux se sont agrandis d'inquiétude.

— Qu'est-ce qui ne va pas ?

— Je viens de me faire éjecter de l'équipe.

Ema s'est assise près de moi et je lui ai tout raconté. Je plongeais dans son regard presque... angélique et j'y voyais tant de choses. J'y puisais de la force.

Plus tôt, Rachel m'avait accusé de ne pas lui faire autant confiance qu'à Ema. La vérité était plus simple encore : je ne faisais confiance à *personne* autant qu'à Ema. Je n'avais pas besoin de lui cacher ce que je ressentais. Pas besoin de faire semblant de ne pas être en colère, amer ou anéanti. Je me fichais de l'impression que je donnais. Je lâchais tout ce que j'avais sur le cœur et Ema m'écoutait.

— Tu essaies de faire ce qui est juste, et voilà comment tu es remercié, a-t-elle dit. C'est dégueulasse.

Elle avait tout compris. Ce n'était pas plus compliqué que ça. Ema possédait une autre qualité remarquable : elle savait me réconforter. J'ai revu ce moment atroce au club de strip-tease, où j'avais eu la certitude qu'elle allait mourir. Jamais je n'avais ressenti une telle peur ni un tel sentiment d'impuissance.

Les larmes me sont montées aux yeux. Aussitôt, Ema m'a dit :

— Ça va aller. On va trouver une solution. Il y a forcément un moyen de te faire réintégrer l'équipe...

Sans réfléchir, je l'ai prise dans mes bras et l'ai serrée très fort. Elle a commencé par se crisper, puis elle a glissé les bras autour de moi et m'a serré à son tour. On est restés là, sa tête blottie contre ma poitrine, ne bougeant ni l'un ni l'autre, comme si on avait peur de ce qui allait se passer quand on se lâcherait.

— Euh, vous faites quoi, tous les deux ?

C'était Spoon. Ema et moi nous sommes vite écartés.

— Rien, ai-je répondu.

Spoon m'a regardé, a regardé Ema, puis il a fixé un point entre nous deux.

— Des études scientifiques montrent que les câlins peuvent soigner la dépression, réduire le stress et renforcer le système immunitaire.

Il s'est agenouillé face à nous et a ouvert les bras.

— Et si on faisait un câlin collectif ?

— Ne m'oblige pas encore à te taper, a dit Ema.

Les bras écartés, Spoon n'a pas bougé.

— C'est pour notre santé.

Ema et moi, on a échangé un coup d'œil, puis haussant les épaules en même temps, on lui a tous les deux fait un gros câlin. Il a ronronné de plaisir. Apparemment, on était tous les trois affamés de contact physique.

— Avec mes parents, on fait ça tout le temps, a dit Spoon. C'est chouette, hein ?

C'était le signal pour s'écarter.

— Comment se fait-il que tu ne sois pas aux sélections ? m'a demandé Spoon.

Ema lui a fait signe de se taire, mais je lui ai expliqué la situation en deux mots. Il a eu une drôle de réaction. Au lieu de se lamenter, il s'est fâché tout rouge devant tant d'injustice. C'était comme si le gamin gentil et naïf découvrait soudain la vie.

Ema a changé de sujet.

— Tu es allé voir Rachel, finalement ?

— Oui.

— Elle va bien ? m'a demandé Spoon.

— Ses blessures sont superficielles. Elle a un pansement sur la tête.

— Mais pas sur le visage ? (Spoon a eu l'air soulagé.) Merci, Dieu !

Ema lui a donné un coup de poing dans le bras. Ensuite, on est passés aux choses sérieuses. Je leur ai raconté ma visite chez Rachel, sans omettre le moindre détail. Quand j'ai eu fini, Ema m'a demandé :

— Qu'est-ce que tu en déduis ?

— Je ne sais pas trop. Sa mère lance des accusations dingues contre son père…

— Et elle finit assassinée, a complété Spoon.

Silence.

Ema s'est levée et s'est mise à faire les cent pas.

— Tu as dit que Rachel avait commencé à croire sa mère – à propos de son père, je veux dire ?

J'y ai réfléchi.

— Je ne sais pas si on peut aller jusque-là. Je pense qu'à un moment, Rachel a supposé que si elle ne prenait pas le parti de sa mère, personne ne le ferait.

— OK, partons de là. La mère de Rachel affirme que son ex-mari est un sale type qui l'a fait enfermer parce qu'elle savait des trucs gênants sur son compte. C'est bien ça ?

— Apparemment.

Ema continuait de faire des allers et retours sur le trottoir.

— Rachel décide d'accorder à sa mère le bénéfice du doute. À partir de là, qu'est-ce qu'elle ferait, logiquement ?

— Elle essaierait de voir si les accusations de sa mère sont fondées, ai-je dit.

— Comment ?

— En se renseignant sur son père…

Ma voix s'est éteinte toute seule. Et c'est alors que j'ai eu un déclic.

Ema et Spoon m'ont tous deux vu changer de tête.

— Quoi ? a demandé Ema.

J'ai essayé d'ordonner mes pensées tout en parlant.

— Rachel avait le papillon Abeona sur la porte de sa chambre d'hôpital, ai-je dit.

— Donc ?

— Donc, elle devait travailler pour eux.

— On le savait déjà plus ou moins. Et alors ?

— Quand le type au crâne rasé est venu me voir le lendemain de la fusillade, il m'a posé une question bizarre. Il m'a dit qu'il savait que Rachel et moi étions devenus proches...

Ema s'est un peu agitée en entendant ça.

— Et tout de suite après, il m'a demandé si elle m'avait donné quelque chose.

— Comme quoi ? est intervenu Spoon.

— C'est exactement la question que je lui ai posée. Comme quoi ? Il m'a parlé d'un cadeau ou d'un paquet. Donc, Rachel vient de se faire tirer dessus. Sa mère est morte. Je sors d'un interrogatoire de police, et la première chose que me demande le Chauve, c'est si Rachel m'a donné un cadeau ou un paquet. Vous ne trouvez pas ça étrange ?

Nous sommes tous tombés d'accord sur le fait que ça l'était.

— Alors, c'est quoi, ta théorie ?

— Supposons que Rachel ait trouvé quelque chose. Je ne sais pas quoi. Quelque chose qui prouve que sa mère disait la vérité. Supposons qu'elle ait découvert un truc incriminant son père, qu'elle l'ait emballé dans un sac ou autre chose... ensuite, elle était peut-être censée le faire passer au refuge Abeona.

— Sauf qu'elle se fait tirer dessus entre-temps, a dit Ema.

— Et sa mère, qui a lancé les premières accusations, s'est fait tuer, a conclu Spoon.

Nouveau silence.

— Si ça se trouve, on délire, a dit Ema. D'un côté, ça se tient. Mais d'un autre, pas du tout. Rachel est encore en vie. Même si elle n'a plus ce paquet, elle doit forcément savoir ce qu'il y a dedans.

— Ce qui peut signifier qu'elle est encore en danger, a ajouté Spoon.

Ça m'a donné à réfléchir.

— On passe à côté de quelque chose, ai-je dit.

— Quoi ?

— Je ne sais pas. Son père ne lui tirerait pas dessus. C'est trop énorme. Même pour se protéger, il ne ferait jamais une chose pareille.

Nous avons tous ruminé ça pendant quelques secondes.

— C'était peut-être un accident, a suggéré Ema.

— Mais encore ?

— Il a peut-être tiré sur sa mère et touché Rachel sans faire exprès.

C'était plus logique, en effet, mais pas totalement convaincant. Quelque chose nous échappait encore. Nous avons continué à discuter, alors que le ciel pâlissait. Puis j'ai soudain réalisé que les épreuves de sélection se terminaient bientôt et que tous les seniors allaient sortir. Je n'avais pas envie d'être présent à ce moment-là. J'ai suggéré qu'on s'arrête pour aujourd'hui.

— Mon père finit dans une demi-heure, a dit Spoon en regardant sa montre. Je vais l'attendre pour qu'il me ramène.

Ema et moi sommes partis dans l'avenue Kasselton. Derrière nous, les lourdes portes du gymnase se sont ouvertes à grand bruit et les joueurs ont commencé à sortir. J'ai entendu des rires et, regardant par-dessus mon épaule, j'ai vu les gars, les cheveux mouillés après la douche, marchant un peu courbés, dans la joyeuse fatigue d'après l'entraînement. Ce spectacle m'a retourné l'estomac.

— Allez, on met le turbo, a dit Ema.

Je l'ai suivie : on a tourné à droite, puis à gauche et, quelques minutes plus tard, on est arrivés dans la rue de la femme chauve-souris. De sa maison ne restait plus qu'une carcasse noircie. Après toutes ces années, après toutes les histoires inventées pour faire peur aux enfants, la légendaire demeure hantée de la femme chauve-souris avait été réduite en cendres. Dans le jardin, des enquêteurs prenaient des notes. J'ai repensé à cette vieille platine, aux vinyles des Who, de HorsePower et des Beatles. J'ai repensé à toutes les photos : celle de la femme chauve-souris en tenue hippie dans les années 1960, celle d'Ashley au lycée de Kasselton, celle du petit garçon aux yeux tristes et aux cheveux bouclés, et celles des autres enfants sauvés.

Tout était parti en fumée.

Où était donc Lizzy Sobek, *alias* la femme chauve-souris ? Où était le Chauve, *alias* l'homme sans nom ? Et où était le faux Boucher de Łódź, *alias* l'ambulancier pyromane de San Diego ?

— Tu crois que c'est fini ? m'a demandé Ema.

— Quoi donc ?

— Le refuge Abeona. Tu crois que le Boucher l'a détruit ?

— Je ne sais pas. Ça ne doit pas être si facile de détruire un groupe en activité depuis si longtemps.

Je me suis décalé vers la gauche, afin de distinguer la forêt à l'arrière.

— Qu'est-ce que tu fais ?

— Il y a le garage, là-bas, tu te souviens ? C'est par là que le Chauve m'a fait passer quand il m'a emmené la voir. Par un tunnel. Il y avait des couloirs et d'autres portes.

Les bois étaient trop épais pour qu'on puisse distinguer le garage, surtout à cette distance – ce qui était sûrement intentionnel.

— On doit aller y faire un tour.

— Dans les tunnels, tu veux dire ?

J'ai hoché la tête.

— On ne peut pas y aller maintenant. Peut-être ce soir, quand les pompiers seront repartis et que personne ne nous verra.

Je l'ai regardée, et une fois encore, j'ai eu une impression bizarre.

— Qu'est-ce qu'il y a ? m'a-t-elle demandé.

— Tu n'es pas pareille que d'habitude.

J'ai remarqué une tache sombre sur son bras. Suivant mon regard, elle a baissé sa manche.

— C'est quoi, ça ?

— Rien.

J'ai repensé aux rumeurs que m'avait répétées Spoon.

— Ce ne serait pas... un bleu ?

— Quoi ? Non. (Elle s'est écartée d'un pas.) Il faut que j'y aille.

— Ne me refais pas le coup, Ema.

— Tout va bien, Mickey, je t'assure.

— Alors, comment se fait-il que tu ne m'invites jamais chez toi ?

Ses yeux, d'habitude si francs, ont évité les miens.

— Mes parents n'apprécient pas trop la compagnie.

— Je ne sais même pas où tu habites.

— C'est grave, docteur ? Écoute, il faut vraiment que je rentre. On s'appelle plus tard. Si on peut ressortir tous les deux, on reviendra ici essayer de trouver ces tunnels.

Ema s'est éloignée en vitesse. Une fois arrivée à la lisière de la forêt, elle a regardé derrière elle, comme pour s'assurer que je ne la suivais pas. Puis elle a disparu entre les arbres. Ne sachant pas trop quoi faire, je suis resté là bêtement. Une impression vague continuait de chatouiller mon subconscient. J'ai essayé de me concentrer, de fouiller mes souvenirs récents pour la préciser, puis j'ai compris.

Avez-vous déjà joué au jeu des sept erreurs ? C'est plus ou moins ce que j'ai fait. Fermant les yeux, j'ai tenté de convoquer une image d'Ema quelques jours plus tôt. Puis une image d'elle aujourd'hui. Qu'avaient-elles de différent ? Et pourquoi est-ce que ça me turlupinait ?

Première erreur : l'espèce de bleu sur son bras.

Avais-je vraiment besoin d'une deuxième ?

J'hésitais toujours. Ema s'était montrée très claire : elle voulait que je m'occupe de mes affaires. Mais rien ne m'obligeait à lui obéir. Malgré son jeune âge, elle sortait beaucoup le soir. Moi aussi, mais ma situation était un peu exceptionnelle. Elle portait aussi de nombreux tatouages. Quel parent accepterait ça ? D'accord, ça ne prouvait rien. Ce n'étaient que des soupçons. Mais si on ajoutait le secret, les brusques disparitions dans les bois, un possible bleu, les rumeurs…

Parfois, les appels à l'aide les plus désespérés sont silencieux.

J'ai décidé de la suivre.

Ema avait un peu d'avance, mais elle ne courait pas. Si je gardais mon calme et me dépêchais, je pourrais la rattraper. J'ai essayé de deviner la direction qu'elle avait prise, mais ça ne servait pas à grand-chose. Je n'étais pas un pisteur. J'ai donc couru droit devant, cherchant des signes de… quoi ?

D'Ema, j'imagine.

Ce jeu des sept erreurs m'est revenu alors que j'avançais dans des fourrés de plus en plus épais. J'ai pensé au tatouage sur sa nuque, qui représentait la queue d'un serpent. Le serpent était vert… sauf qu'aujourd'hui il m'avait paru violet.

Est-ce que c'était ça qui me titillait ? Ses tatouages avaient-ils pu changer ?

Et alors ?

Quelques jours plus tôt, nous étions allés au Tatouage dans la peau, où elle m'avait présenté son tatoueur, un dénommé Agent. Il était un brin excentrique, d'accord, mais je l'avais trouvé sympa. Et il nous avait aidés. Ema était peut-être repassée le voir pour quelques retouches ?

Mais dans ce cas, n'aurait-elle pas dû mettre des pansements ? N'y avait-il pas un temps de cicatrisation ?

Je réfléchissais à tout ça en me frayant un passage à travers la végétation, quand j'ai entendu un bruit un peu plus loin. J'ai plongé derrière un arbre et risqué un coup d'œil. Ema se trouvait dans une petite clairière, à environ cinquante mètres devant moi.

Elle suivait un étroit sentier dans la forêt, qui paraissait aller vers l'ouest. Mais bon, je n'avais pas de boussole et je n'étais pas du genre scout, et puis franchement, qui ça intéresse, les points cardinaux ?

Je l'ai suivie, en gardant mes distances. Cette zone boisée faisait partie du périmètre du réservoir de Kasselton. Des pancartes interdisaient de s'y promener, mais la forêt était immense et peu surveillée. Myron ne pouvant s'empêcher de partager ses souvenirs, il m'avait raconté que, à son époque, tous les élèves de CM2, dont, bien sûr, mon père, devaient ramasser des fleurs sauvages, les identifier et les faire sécher entre les pages d'un livre. La plupart des gamins allaient les cueillir dans ces bois. Pour une raison que j'ai du mal à m'expliquer, Myron pensait que je trouverais son histoire passionnante.

Mais pourquoi est-ce que je songeais à ça à cet instant précis ?

Je m'attendais à ce qu'Ema rejoigne une espèce de cabane en tôle rouillée, cachée au milieu des fourrés, sauf que ça ne collait pas… Si je n'avais jamais vu de patrouilles dans les bois, ça ne voulait pas dire que l'endroit n'était pas surveillé. C'était une zone protégée. Il n'était pas possible d'y bâtir une maison, même précaire. Y vivre sous une tente, à la limite, mais en changeant souvent de place et en étant en permanence sur le qui-vive.

Ça n'avait aucun sens.

À mesure que le ciel s'obscurcissait, on s'enfonçait toujours plus profondément dans la forêt. J'aurais sans doute réussi à revenir sur mes pas en plein jour, mais je n'étais pas sûr d'en être capable à la lumière de mon portable. Songeant que je ferais mieux de ne pas me faire semer, j'ai pressé le pas.

Ema a tourné à gauche et commencé à monter une pente abrupte. Pas moyen de la suivre sans être repéré. J'ai donc attendu qu'elle soit pratiquement hors de vue, avant d'entamer l'ascension. Mais maintenant, forcément, j'avais peur de la perdre.

Je ressentais toujours une pointe de culpabilité. Je suivais en cachette ma meilleure amie. Ça craignait un peu, même si c'était pour son bien. *Pour son bien.* Un prétexte qu'on invoque très souvent pour justifier des actions stupides. Comme celle-là.

J'aurais dû m'arrêter et rentrer chez moi. J'étais sur le point de le faire, quand j'ai atteint le haut de la colline. Une clôture grillagée me bloquait le passage.

Mais plus trace d'Ema.

J'ai regardé à droite et à gauche. La clôture s'étendait à perte de vue. Tous les dix mètres, une pancarte DÉFENSE D'ENTRER avertissait les promeneurs ou les vagabonds qu'ils seraient poursuivis devant la justice s'ils violaient cette interdiction.

Où Ema était-elle partie ?

Je me suis collé contre la clôture pour regarder de l'autre côté. Au-delà des arbres, à environ vingt ou trente mètres, j'ai cru distinguer une clairière. Mais comment Ema aurait-elle pu passer de l'autre côté ? Avait-elle pu faire demi-tour pendant que je gravissais la colline ? C'était possible, mais j'en doutais. Peut-être m'avait-elle repéré et s'était-elle cachée derrière un arbre ?

Agacé, j'ai saisi la clôture et secoué. Elle a cédé.

Qu'est-ce que… ?

Le grillage avait été sectionné à l'endroit où il rencontrait un piquet de métal. C'était invisible à l'œil nu, mais si on poussait le grillage, il s'ouvrait comme une porte. Une seconde plus tard, ignorant les panneaux d'interdiction, j'avais franchi la grille.

Bon, je m'étais déjà fait virer de l'équipe de basket pour divers écarts de conduite. Ajouter la violation de propriété privée à la liste ne changerait pas grand-chose.

J'ai continué de marcher, puis ralenti l'allure en arrivant près de la clairière. Une fois que je serais sorti des bois, je me retrouverais à découvert. Ce ne serait pas très malin de foncer tête baissée. D'un autre côté, Ema avait dû prendre une bonne longueur d'avance, je ne pouvais donc pas traîner non plus.

Je me suis avancé jusqu'aux arbres en bordure. Lorsque j'ai regardé la clairière, j'en suis resté bouche bée.

La première chose que j'ai vue, c'est cet immense jardin. Peu de fleurs, mais des arbustes sculptés en forme d'animaux. De l'art topiaire, voilà comment ça s'appelait. Un cygne, un lion, une girafe, un éléphant, tous grandeur nature et taillés dans du buis. Il y avait aussi des statues blanches, semblant provenir de l'Antiquité grecque ou romaine. J'ai repéré une piscine et un kiosque, mais ce qui m'a le plus stupéfié a été la maison qui se dressait un peu plus loin.

Même de derrière, elle ressemblait à un château sorti d'un cauchemar de Disney. J'y étais déjà venu, sauf que, la première fois, j'avais emprunté la longue allée de devant.

Myron m'avait conduit ici pour rencontrer Angelica Wyatt.

Je suis resté là une minute, n'en croyant pas mes yeux. L'hypothèse la plus plausible était qu'Ema avait coupé par là pour prendre un raccourci. Il y avait peut-être une deuxième ouverture dans la clôture, à un autre endroit du domaine, qui conduisait à la cabane crasseuse que j'imaginais. Mais cette supposition m'apparaissait soudain peu convaincante.

Je me suis rapproché de la demeure. La seule façon de procéder discrètement consistait à courir d'une cachette à une autre. J'ai donc piqué un sprint jusqu'à l'éléphant et je me suis planqué derrière ses jambes épaisses. Puis j'ai traversé l'hélisurface et plongé derrière une statue de femme en toge, qui portait une lance dans une main et un bouclier dans l'autre. De là, j'ai filé jusqu'à l'aile du château.

Le dos collé au mur, j'ai avancé lentement. Mickey Bolitar, super-espion. Je ne savais plus vraiment où j'allais ni ce que je faisais. J'ai envisagé d'envoyer un SMS à Ema pour lui demander tout simplement où elle était, mais je n'allais pas faire demi-tour après avoir parcouru tout ce chemin.

Lorsque j'ai tourné au coin du mur, je me suis arrêté net. Ema était plantée au milieu du jardin, bras croisés et sourcils froncés.

— Ah, tiens, salut, ai-je dit.

Rien de tel que ma tchatche naturelle pour me tirer d'embarras.

— On a des caméras partout, ici, gros malin. Tu as du bol que les gardiens ne t'aient pas tiré dessus.

Ne sachant que dire, je me suis contenté de :

— Désolé. Je m'inquiétais pour toi, c'est tout.

Elle s'est tournée et s'est dirigée vers la porte. Je n'ai pas fait un mouvement.

— Allez, entre, a-t-elle dit. Autant que tu saches la vérité.

32

Encore sous le choc, j'ai suivi Ema à l'intérieur de la sombre demeure, puis dans un escalier menant à une cave aménagée en salle de cinéma. De confortables fauteuils faisaient face à un écran géant. Il y avait même une machine à pop-corn dans un coin, comme dans les vraies salles. Des affiches des films d'Angelica Wyatt ornaient les murs.

Mon regard est passé des posters à Ema. Elle a baissé la tête.

— J'aurais dû le voir, ai-je dit.

— Quoi ?

— Les yeux. Quand j'ai rencontré Angelica Wyatt, j'ai été fasciné par ses yeux. Ils étaient si attentifs, si bienveillants, qu'ils me donnaient envie de lui parler pendant des heures. Je ne savais pas pourquoi je ressentais ça, mais maintenant, si.

Ema a relevé la tête.

— Angelica Wyatt est ta mère, n'est-ce pas ?

— Oui.

— Je ne comprends pas. Toutes ces rumeurs...

— Sur le fait que je vis dans une cabane, que mon père est un type dangereux qui me bat et tout ça ?

J'ai hoché la tête.

— C'est moi qui les ai lancées. Pour brouiller les pistes.

J'ai attendu qu'elle développe. Comme elle ne semblait pas prête à le faire, j'ai repris :

— Mais pourquoi ?

— C'est évident, non ?

— Non.

— Tu n'as pas vu comment les mecs du lycée bavent devant Angelica Wyatt ? Imagine, s'ils découvraient que c'est ma mère.

— Ce serait un peu bizarre.

— Un peu ?

— OK, super bizarre.

— Et toutes ces nanas qui me calculent pas ? Tu imagines comment elles me traiteraient si elles savaient que ma mère est une star de cinéma mondialement connue ?

— Elles seraient à tes pieds, ai-je répondu.

— Et tu crois que j'en ai envie ? D'aller à leurs fêtes pourries ? De m'asseoir à leur table pour déjeuner ? Comment je pourrais faire confiance aux gens, si tout le monde était au courant ? Comment être sûre qu'on m'aime pour ce que je suis ?

Ema s'est détournée. Ses épaules se sont affaissées.

— Qu'est-ce qu'il y a ?

— Quand j'ai appris que ton oncle travaillait pour ma mère, tu sais ce que j'ai pensé ?

— Non.

— J'ai pensé que tu connaissais peut-être la vérité. Que tu savais depuis le début que j'étais la fille d'Angelica Wyatt et que c'est pour ça que tu avais été sympa avec moi.

— Je n'étais pas au courant.

Elle avait toujours le dos tourné.

— Ema, regarde-moi. Je ne le savais pas. Et je m'en fiche.

— D'accord, a-t-elle dit doucement. Mais alors, pourquoi on est devenus amis ?

— Je ne sais pas. Je dois être attiré par les casse-couilles.

Ema s'est autorisée à sourire.

— Pareil pour moi. Mais tu comprends ce que je te dis ?

— Oui, ai-je acquiescé, même si j'étais encore abasourdi. Mais ça me paraît un peu extrême. Comment tu te débrouilles ? Et comment le lycée peut-il ne pas être au courant ?

— Officiellement, je m'appelle Emma Beaumont, pas Emma Wyatt. La maison est au nom de jeune fille de ma grand-mère. Ma mère mène une espèce de double vie secrète. D'un côté, c'est la star de ciné glamour. D'un autre, c'est une maman normale. On fait gaffe à ne pas mêler les deux. Cette maison est très isolée. Maman peut aller et venir directement en hélicoptère.

Je ne disais rien, mais mon visage a dû parler pour moi.

Ema s'est rapprochée.

— À quoi tu penses ?

— Tu veux vraiment le savoir ?

— Oui.

J'ai plus ou moins haussé les épaules, puis répondu :

— Pourquoi tu ne me l'as pas dit ? OK, je comprends l'argument pour Buck et Troy. Mais moi, j'ai une confiance totale en toi. Après tout ce qu'on a traversé, tout ce que je t'ai raconté...

— Tu as l'impression que je t'ai trahi, a complété Ema.

— Oui.

— Est-ce que ça aiderait si je te disais que j'allais le faire ?

Je n'ai pas répondu.

— Ou que j'essayais de trouver le bon moment ? Ou que j'ai beaucoup de mal à faire confiance à qui que ce soit ?

— Je comprends tout ça.

— Mais pas complètement.

— C'est bon, ne t'inquiète pas.

Ema a détourné les yeux. Elle était au bord des larmes.

— C'est bon, ai-je répété.

— Je vais te montrer un truc… pour t'expliquer. (Elle a ouvert un placard.) Tu es plus grand que moi, tu veux bien m'attraper la boîte à chaussures, là-haut ? Celle qui est à gauche.

— Ce n'est pas la peine.

— S'il te plaît, Mickey, fais-le avant que je m'énerve.

J'ai descendu la boîte et la lui ai donnée. Elle m'a fait signe de venir m'asseoir avec elle sur un canapé.

Ouvrant la boîte, elle en a sorti une coupure de journal. Le gros titre du tabloïd annonçait : RÉVÉLATIONS SUR LE BÉBÉ SECRET D'ANGELICA WYATT.

Elle m'en a montré une autre : QUI EST LE PÈRE DU BÉBÉ D'ANGELICA WYATT ? Puis une troisième : LE NID D'AMOUR SECRET D'ANGELICA WYATT EN FRANCE. Et encore : PREMIÈRES PHOTOS EXCLUSIVES DU BÉBÉ D'ANGELICA WYATT ! Un des articles révélait que le père d'Ema était le partenaire d'Angelica dans le film qu'elle tournait alors. Un autre qu'il s'agissait du Premier Ministre anglais.

— C'est dur d'en parler, a dit Ema.

— Tu n'es pas obligée.

— Non, mais je veux le faire. Je veux que tu comprennes pourquoi on a choisi d'agir comme ça, maman et moi.

— D'accord.

Elle a agité les coupures de presse.

— Ils ne nous laissaient jamais tranquilles. Toute ma vie, les paparazzi m'ont suivie partout. Chaque fois qu'on allait au parc, ils étaient là. Quand j'accompagnais ma mère sur un plateau, même fermé, il y avait quelqu'un avec un téléobjectif qui prenait des photos de moi. J'avais l'impression d'étouffer, c'était horrible. J'ai commencé à faire des cauchemars. J'ai vu un psy. Ma mère a même arrêté de tourner. Elle a mis sa carrière entre parenthèses pour pouvoir s'occuper de moi. Résultat : de nouveaux bruits se sont mis à circuler à son propos. En plus, elle adore son métier. Même quand j'étais petite, je le comprenais. Je ne voulais pas l'en priver, tu comprends ?

— Bien sûr.

— Ça n'a pas été simple, mais à la fin, on a décidé de vivre de cette façon. Maman a lancé une rumeur comme quoi j'étais en pension à l'étranger.

— Alors, qui habite ici avec toi ?

— Mes grands-parents. Et… euh…

Elle a paru un peu gênée.

— Eh bien ?

— On a une sorte de secrétaire. Qui s'occupe de plein de choses. Il s'appelle Niles.

Je me souvenais de l'avoir vu lors de ma première visite : Niles, le majordome. Le silence est retombé. Je feuilletais les articles, sans trop savoir comment formuler ma question suivante.

— Est-ce que je dois te demander le truc évident ?

L'ombre d'un sourire est apparu sur les lèvres d'Ema.

— Tu t'interroges sur mon père.

— Si ça ne me regarde pas…

— Je ne sais pas qui c'est. Ma mère ne me l'a pas dit.

— Ah bon ?

— Je sais que c'est bizarre. Elle m'a promis de me le dire un jour. Quand ce sera le bon moment. Mais pas maintenant. Inutile de préciser qu'on s'est souvent disputées à ce sujet. Ma mère flippe chaque fois que je lui pose la question. Comme si elle était terrorisée à l'idée que je sache.

— Elle aurait peur de quoi ?

— Je ne sais pas, a répondu Ema l'air pensif, comme si elle y réfléchissait pour la première fois.

Enfin, pour l'instant, j'ai laissé tomber. Qu'est-ce que je pourrais faire d'autre, hein ?

— Oui, je comprends. Au fait, le jour où tu as cherché des renseignements sur l'ambulancier de San Diego, tu n'as pas voulu me révéler ta source. C'était… ?

— Eh oui. C'est fou le nombre de portes qui s'ouvrent quand on prononce le nom d'Angelica Wyatt.

Ça ne m'étonnait pas vraiment. J'ai continué de regarder les coupures de journaux, surtout celles qui montraient des photos d'Ema petite.

— On te reconnaît sur ces clichés.

— Mais j'ai beaucoup changé, non ?

— Un peu.

— Tu peux le dire, Mickey.

— Quoi ?

— J'étais beaucoup plus mince. Et j'avais l'air plus… normale.

Je n'ai pas répondu.

— Tout ça, c'est lié.

— C'est-à-dire ?

— Le fait de m'habiller en noir. De me teindre les cheveux en noir. De porter tous ces bijoux, d'avoir des tatouages. Et même de grossir. Je ne voulais plus être cette petite fille traquée par les photographes. Je voulais être quelqu'un d'autre. Au début, c'était comme un déguisement, mais maintenant, j'aime bien mon look. Ça me correspond vraiment, tu vois ? Si bien qu'aujourd'hui je ne sais plus si c'est un moyen de me cacher ou si j'ai seulement trouvé mon style.

J'ai brandi une des vieilles coupures.

— Tu n'as pas changé tant que ça. Et tu oublies quelque chose.

— Quoi ?

— Les tatouages. C'est ça qui m'a mis la puce à l'oreille. J'ai cru voir un bleu sur ton bras, mais en fait, c'était une tache. Je n'arrivais pas à définir précisément ce qui avait changé en toi, puis j'ai compris. Tes tatouages. Ils étaient différents. Et ta mère... elle ne t'aurait pas laissée te faire tatouer sur tout le corps comme ça. Pas à ton âge. Ils sont temporaires, n'est-ce pas ?

Ema semblait presque contente.

— Ouah, c'est dingue que tu aies remarqué.

— Tu sais ce qui est bizarre ?

— Euh... tout ?

— Oui, d'accord, mais pas seulement. Nos mères se connaissaient quand elles étaient ados.

— Oui, quand elles avaient à peu près notre âge. C'est super étrange. D'ailleurs, pourquoi est-ce que ton oncle joue les gardes du corps de ma mère ?

— Aucune idée. Il m'a dit qu'un de ses amis proches lui avait demandé de le faire. Je sais que Myron est plus qu'un simple agent ou qu'un manager. Je crois que c'est une espèce de détective privé, un spécialiste de la sécurité ou un truc comme ça.

— Donc, il protège ma mère tant qu'elle est dans la région ?

— J'imagine. Pourquoi tu ne lui poses pas la question ?

— Je l'ai fait. Elle m'a dit qu'elle avait besoin d'une protection renforcée, et que Myron était un vieil ami.

— C'est peut-être vrai.

— Mouais.

Nous n'étions convaincus ni l'un ni l'autre.

— La femme chauve-souris m'a dit de ne pas parler d'Abeona à Myron, ai-je repris. Sous aucun prétexte. Et mon père ne lui en a jamais parlé non plus.

— Je n'ai rien dit à ma mère. C'est un truc qu'on doit garder pour nous, tu ne crois pas ?

J'étais d'accord.

— J'ai une dernière chose à t'avouer, a ajouté Ema.

— Oui ?

— Tu as raison à propos des tatouages. Agent, au Tatouage dans la peau… c'est lui qui me les fait. Ils sont tous temporaires sauf…

Elle a fait glisser son tee-shirt de son épaule. Mes yeux se sont écarquillés tout seuls, comme si c'était le prélude à un strip-tease. Ema a dû capter mon expression parce qu'elle a levé les yeux au ciel.

— On se calme.

— Quoi ?

— Rien, laisse tomber. (Elle s'est retournée pour me montrer son dos.) Regarde. Agent dit qu'il ne sait pas comment c'est arrivé, mais celui-là ne part pas.

Je n'avais pas besoin de regarder, je savais de quel tatouage elle parlait. Cette image ne me quittait pas. Ne *nous* quittait pas.

Le papillon aux ailes ornées d'yeux d'animaux.

33

Nous avons continué à discuter pendant un moment. J'ai proposé qu'on se retrouve plus tard chez la femme chauve-souris, mais Ema n'était pas sûre de pouvoir me rejoindre.

— Quand ma mère est absente, c'est assez facile de sortir discrètement. Mais quand elle est là…

— Je comprends.

— Mickey ?

— Oui ?

— Je suis vraiment désolée pour ton histoire de basket.

— Merci.

C'est drôle, comme l'esprit emprunte parfois des chemins détournés. Ça vous arrive de songer à un truc inattendu et, en tentant de retracer le processus mental qui vous y a mené, d'avoir le cerveau qui part dans tous les sens ? Voici l'itinéraire suivi par le mien : quand Ema a mentionné le basket, j'ai voulu chasser cette pensée, mais la seule chose qui m'aurait aidé à surmonter la tristesse d'avoir été viré de l'équipe aurait été… de jouer au basket. Ce qui m'a fait penser à la dernière fois où j'avais joué, ce qui m'a fait penser aux matchs que j'avais disputés la veille à Newark, ce qui m'a fait penser à Tyrell Waters, ce qui m'a fait penser à son père, et plus particulièrement à deux choses qu'il m'avait dites quand il m'avait raccompagné.

La première : il menait une enquête sur un réseau de trafiquants de drogue à Kasselton.

La seconde : il connaissait le prénom de M. Caldwell, Henry.

Comment le savait-il ? Et les deux choses étaient-elles liées ?

En fait, sans en avoir l'air, M. Waters m'avait posé tout un tas de questions sur les Caldwell. Sur le moment, j'y avais vu de la simple curiosité de sa part. Mais je me rappelais à présent les propos de Tyrell : son père aurait probablement dirigé l'enquête sur la fusillade, s'il n'avait pas été trop occupé par « une grosse affaire de trafic de drogue » à Kasselton.

— Qu'est-ce qu'il y a ? m'a demandé Ema.

Je lui ai expliqué en vitesse. Comme toujours, elle a tout de suite pigé.

— Il faudrait que tu l'interroges.

J'étais d'accord, mais c'était un peu tard pour aujourd'hui. J'ai envoyé un SMS à Tyrell pour savoir s'il était sur le terrain. Il m'a répondu que non, parce qu'il commençait l'entraînement avec son équipe du lycée de Weequahic. Puis il a ajouté : **Tu peux venir vite ? On a besoin de gars pour le scrimmage.**

Mais ce serait trop juste. Le temps d'aller à l'arrêt de bus, même en courant, de l'attendre puis de faire le trajet… impossible. Je montrais le message à Ema quand j'ai entendu un bruit dans l'escalier. Elle s'est raidie. Pendant une seconde, j'ai cru qu'elle allait me demander de me cacher, mais quand les pas se sont rapprochés, son visage s'est détendu.

— Mademoiselle Emma ?

J'ai reconnu l'accent britannique.

— Je suis ici, Niles.

Le majordome est entré dans la pièce. C'était le genre d'homme qui devait mettre un point d'honneur à ne jamais afficher la moindre émotion, et pourtant il me regardait comme si un éléphant en train de faire le poirier s'était matérialisé dans la cave.

— Niles, voici mon ami Mickey.

— Nous nous sommes déjà rencontrés, ai-je dit en me levant.

Une fois sa surprise passée, Niles a paru ravi.

— Un visiteur !

— Comme quoi tout arrive, a dit Ema.

— C'est merveilleux. Nous n'en recevons pas beaucoup, n'est-ce pas, mademoiselle Emma ?

— Inutile de prendre cet air ébahi.

— Ce n'est pas de l'ébahissement. C'est du plaisir. Notre invité restera-t-il pour dîner ?

— Non, a répondu Ema. En fait, Niles, est-ce que je peux vous demander un immense service ?

— Bien sûr.

— Vous pourriez nous conduire à Newark ?

34

Quand Niles s'est arrêté devant le château au volant d'une Coccinelle couleur citron vert, j'ai poussé un ouf de soulagement. J'avais eu peur qu'il nous conduise à Newark dans l'immense limousine, ce qui m'aurait sûrement valu pas mal de moqueries de la part des gars. Malgré tout, la Volkswagen étant un chouïa trop voyante à mon goût, j'ai demandé à notre chauffeur de me déposer à deux cents mètres du lycée.

— Qu'est-ce qu'on va faire là-bas, déjà ? a-t-il demandé.

— Mickey a un gros match de basket.

— Et il est passé chez vous pour demander qu'on l'emmène ?

— Je vous expliquerai plus tard. (Ema s'est tournée vers moi.) Amuse-toi bien. On t'attend ici.

— Ah bon ? s'est étonné Niles.

— Ne vous dérangez pas. Je rentrerai en bus.

— Oh, non, n'y pensez même pas, a-t-il protesté d'une voix chargée de sarcasme. Pendant ce temps, Mlle Emma me tiendra compagnie en me racontant comment vous vous êtes connus tous les deux.

Ema a levé les yeux au ciel. Je suis sorti de la voiture et j'ai couru jusqu'au lycée. Tyrell m'a accueilli à la porte. Il portait le maillot blanc de son équipe, barré du nom WEEQUAHIC sur la poitrine.

— Vous, vous êtes les rouges, m'a-t-il dit en me lançant un dossard.

Le match entre Weequahic et l'équipe improvisée qu'ils avaient réussi à rassembler en était déjà au dernier quart-temps. J'ai jeté un rapide coup d'œil sur les gradins. Oui, M. Waters était là. Je lui ai fait un petit signe, auquel il a répondu. Pendant l'arrêt de jeu suivant, je suis entré sur le terrain. En voyant Tyrell se marrer avec ses coéquipiers, j'ai senti un pincement de jalousie. Ils ont tous posé leurs mains les unes sur les autres avant de pousser leur cri de guerre : « Défense ! » Puis le match a repris. Tyrell aimait bien jouer avec moi lors de nos rencontres amicales, mais là, c'était différent. C'était son équipe. C'était important.

Comment avais-je pu gâcher mes chances comme je l'avais fait ?

Il me restait encore mes années de première et de terminale, mais elles me paraissaient tellement loin que j'avais du mal à les imaginer. Peut-être que ma mère guérirait, qu'on déménagerait et que je pourrais retenter ma chance ailleurs... Sauf qu'elle ne quitterait pas le centre de désintoxication avant au moins six semaines. Peut-être que papa...

Papa quoi ?

J'avais du mal à me concentrer sur le jeu. Je n'arrêtais pas de penser à mon père, soi-disant dans cette tombe à Los Angeles, et de me demander si je le saurais un jour avec certitude. D'habitude, j'oublie tout quand je joue. Mais pas ce jour-là.

Je n'ai pas été à la hauteur. Notre équipe s'est fait écraser, et pour la première fois dans ma vie de compétiteur, je m'en foutais. Tout ce qui m'importait, c'était d'approcher M. Waters pour l'interroger sur Henry Caldwell. Le coup de sifflet final m'a fait l'effet d'une délivrance. J'ai pris ma place dans la file et serré la main de mes adversaires. Quand je me suis retrouvé face à Tyrell, il m'a demandé :

— Qu'est-ce qui ne va pas ?

— Rien.

— Pourquoi tu n'étais pas aux sélections aujourd'hui ?

— Je me suis fait virer de l'équipe.

— C'est pas vrai ! Pourquoi ?

— Trop long à raconter.

— Oh, pauvre vieux, je suis désolé.

— Ça ira, ai-je menti.

— Eh, Tyrell ! a appelé l'un de ses coéquipiers. Le coach veut nous voir.

Tyrell m'a lancé un coup d'œil prudent.

— On en reparle tout à l'heure, d'accord ?

Il s'est éloigné au pas de course avec ses équipiers. Je me demandais comment approcher M. Waters, mais c'était inutile. Dès que Tyrell a été hors de vue, son père est venu à ma rencontre.

— Comment ça va, Mickey ?

— Bien, merci.

— Et comment va ton amie Rachel ?

Cette fois, il allait droit au but.

— Mieux.

— J'ai appris qu'elle était sortie de l'hôpital.

— Oui. Je l'ai vue cet après-midi. J'ai même rencontré son père.

De quoi piquer sa curiosité.

— Comment traverse-t-il tout ça ?

Devais-je lui raconter que M. Caldwell avait braqué un pistolet sur moi ? Dans le doute, j'ai préféré ne pas me mouiller.

— Il a l'air tendu.

— Comment ça, tendu ?

— À cran.

— À cran comment ?

— Je ne sais pas. Prêt à réagir au quart de tour. Peut-être un peu effrayé. Mais c'est compréhensible, non ? Son ex-femme vient d'être tuée. Sa fille s'est fait tirer dessus. (J'ai penché la tête de côté.) Monsieur Waters, je peux vous poser une question ?

Il n'a pas dit oui, mais il n'a pas non plus dit non.

— Comment connaissez-vous Henry Caldwell ?

Ma question n'a pas eu l'air de lui plaire.

— Qui te dit que je le connais ?

— Quand vous m'avez raccompagné hier, vous m'avez demandé comment Henry s'en sortait. Comment connaissez-vous son prénom ?

Son regard s'est durci.

— Monsieur Waters ?

— Ce n'est pas important, Mickey.

— Est-ce que vous enquêtez sur lui ?

— Ça ne te regarde pas.

— Rachel est mon amie.

— Et alors ? C'est toi qui vas découvrir qui lui a tiré dessus ? Ce n'est pas un jeu, Mickey. Ces gens-là ne plaisantent pas.

— Quels gens ?

Il a secoué la tête. Soudain, ce n'était plus le gentil papa, mais le flic de choc.

— C'est moi qui pose les questions. Quand tu étais chez les Caldwell, est-ce que tu as vu quelqu'un d'autre ?

— Comme qui ?

— Contente-toi de répondre à la question.

— Non, il n'y avait que Rachel et... Attendez, deux types louches sont venus parler à M. Caldwell quand je suis parti.

— À quoi ressemblaient-ils ?

— Eh bien, je ne sais pas, à des voyous. L'un avait un bandana sur la tête et une grande cicatrice en travers de la joue.

En entendant ça, M. Waters a sorti son Smartphone et s'est mis à pianoter dessus.

— C'est cet homme que tu as vu ?

Il m'a montré une photo sur son écran de téléphone. Pas de doute. C'était le Balafré.

— Oui, c'est lui. Qui est-ce ?

M. Waters s'est décomposé.

— Je veux que tu te tiennes à l'écart de ce gars-là, tu m'entends ? Tu n'as même pas idée de ce dont il est capable.

Si M. Waters tentait de m'effrayer, c'était réussi.

— Est-ce qu'il a quelque chose à voir avec ce qui est arrivé à Rachel ?

Mais M. Waters n'avait aucune intention de répondre à mes questions.

— Tu restes en dehors de tout ça, Mickey, a-t-il répliqué d'une voix où perçait la colère. Je ne te le répèterai pas. Arrête de faire l'imbécile, ou quelqu'un risque d'y laisser des plumes.

35

Je n'ai pas attendu Tyrell, parce que je n'avais pas envie de re-raconter toute l'histoire de mon renvoi de l'équipe. M. Waters a été très ferme avec moi.

— Si tu vois ou si tu entends quoi que ce soit, tu m'appelles. Voici mon numéro.

Il a voulu me donner sa carte, mais j'ai ouvert mon portefeuille pour lui montrer que j'avais encore la précédente.

— Et j'ai enregistré votre numéro dans mes contacts, ai-je précisé.

— Mets-le en raccourci, m'a-t-il dit pour la deuxième fois.

J'ai quitté le lycée sans m'attarder. Plus loin dans la rue, la Coccinelle citron vert ressemblait à... à un gros insecte vert. Quand je me suis glissé sur la banquette arrière, Ema m'a demandé :

— Comment s'est passé ton match ?

Je lui ai lancé un regard surpris. Mon portable a vibré à ce moment-là. Ema a écarquillé les yeux vers moi puis vers mon téléphone. J'ai compris le message. Son SMS disait : **Pas 1 mot de la fusillade devant N. On s'appelle + tard et on essaie d'aller chez la c-s ce soir. Là, parle de trucs débiles, genre de sport.**

— Oui, a ajouté Niles en mettant le contact. Comment s'est passé ce gros match ?

— Très bien, merci.

— Il m'a paru bien court pour un match si important.

— Euh, oui.

— Et je ne me doutais pas que Mlle Emma avait tellement à cœur d'encourager vos prouesses sportives.

— Oui. C'est un grand, euh… encouragement.

— Mlle Emma nous réserve de nombreuses surprises, aujourd'hui, a dit Niles en s'engageant sur la route 280. Et je suppose que je dois la croire sur parole.

— Niles, s'il vous plaît…

— Non, non, mademoiselle Emma, je ne suis qu'un employé. Vous ne me devez aucune explication.

J'ai envoyé un SMS à Ema : **Il est pas dupe.**

— Tu crois ? m'a-t-elle demandé, sans prendre la peine de passer par les portables.

Sur le siège conducteur, Niles souriait.

Nous sommes restés silencieux pendant le reste du trajet. Niles m'a déposé devant chez Myron.

Assis dans la cuisine, j'ai essayé de faire le point sur cette journée. Pas évident. J'ai composé le numéro du centre de désintoxication et demandé à la réceptionniste de me passer la chambre de ma mère.

— Une seconde, s'il vous plaît.

Au bout de deux sonneries, quelqu'un a décroché et poussé un profond soupir.

— Tu sais bien que tu n'as pas le droit de lui parler, Mickey.

Bien sûr que je le savais. Ma mère avait fait une « rechute » – en bref, elle avait repris de la drogue dans les heures qui avaient suivi sa dernière sortie du centre – et se trouvait donc à l'isolement. Mon interlocutrice était Christine Shippee, la directrice.

— J'ai juste envie d'entendre sa voix.

— Tu sais bien que je ne peux pas te la passer.

C'était vrai, mais ma mère me manquait, surtout maintenant que tout semblait une fois encore s'effondrer autour de moi. Avant la mort de mon père, ma mère avait été si vivante, si avisée, si merveilleuse – une maman parfaite, même si beaucoup de gens pensent sûrement la même chose de leur propre mère.

— Comment va-t-elle ?

— Tu sais bien que je ne peux pas répondre à ça non plus.

— À quoi pouvez-vous répondre ?

— Je suis assez bonne en calcul.

— Ça m'étonnerait.

— Tu as raison, a dit Christine Shippee. Comment vas-tu, Mickey ?

— À votre avis ?

— Tu n'as pas l'air au mieux.

— Je m'en sortirai.

— Ton oncle ?

— Quoi, mon oncle ?

— Je sais que tu lui en veux beaucoup, mais c'est un type bien.

— Merci.

— Et mignon, en plus.

— Ça change tout, effectivement.

— Parle-lui, Mickey.

Là-dessus, Christine Shippee a raccroché. Contemplant le téléphone, j'ai essayé de ne pas penser à ce que ma mère devait endurer en ce moment. Quand elle avait plongé, j'avais tenté d'être là pour elle. J'avais trouvé un job pour subvenir à nos besoins. J'étais allé la récupérer dans des bars, des motels, des caravanes. Je l'avais obligée à se doucher, à s'habiller, à sortir du mobile home où on vivait, tout ça dans l'espoir de l'arracher à la spirale infernale dans laquelle elle était tombée. Mais j'avais échoué : elle ne s'en sortait pas. D'après Christine Shippee, j'avais en fait joué le rôle de « facilitateur ». Malgré mes doutes, j'avais décidé d'écouter la soi-disant experte et même si ça allait à l'encontre de mes convictions, je laissais ma mère se débrouiller seule.

Sauf quand je craquais et l'appelais. Comme aujourd'hui.

J'ai entendu la porte s'ouvrir et Myron appeler :

— Mickey ?

— Je suis là. Dans la cuisine.

Mon oncle a fait irruption dans la pièce, un sourire plein d'espoir sur le visage.

— Alors, les sélections ? Comment ça s'est passé ?

Spontanément, j'ai été tenté de mentir. Je n'avais pas envie de reparler de ça. De subir un sermon sur tout ce que j'avais fait de travers ou, pire, de supporter son regard de pitié. Mais je n'ai pas eu le courage de mentir, d'autant que, tôt ou tard, il apprendrait la vérité.

— Je me suis fait virer de l'équipe.

Il a paru plus stupéfait qu'apitoyé.

— Quoi ? Qu'est-ce qui s'est passé ?

Je lui ai résumé la situation, pressentant déjà les inévitables « je t'avais prévenu », « tu connais les règles », « tu t'attendais à quoi ? » Mais je me trompais. J'ai vu les muscles de Myron se crisper. Quand j'ai mentionné l'intervention de Taylor, une veine s'est mise à palpiter dans son cou.

À la fin, le silence est retombé. Moi, ça ne me gêne pas. Myron, si. Mais là, il est resté silencieux, il ne bougeait pas, et pour la première fois, j'ai vu ce qui avait dû faire de lui un si grand joueur de basket. Une fureur froide l'avait envahi, qui m'effrayait presque. Ses yeux s'étaient assombris. Son expression semblait défier le monde, tout en affichant la certitude de pouvoir le battre.

— Ed Taylor, a-t-il fini par grommeler entre ses dents.

— Ce n'est pas grave.

Une remarque débile, en plus d'être complètement fausse.

— Je vais aller lui dire deux mots.

— À qui ? Au commissaire ?

Il n'a pas répondu.

— Ne fais pas ça, s'il te plaît. C'est mon combat.

— Avec Taylor ? (Il a secoué la tête.) Non, tu te trompes. Toi, tu n'es qu'un passant innocent pris entre des tirs croisés.

— Ça n'y changera rien. J'ai enfreint les règles. C'est le coach Grady qui a pris la décision, pas Taylor.

Une fois encore, il n'a pas répondu.

— Myron ?

— Tu te souviens de ce que tu m'as demandé hier ?

Pendant une seconde, j'ai été déstabilisé par ce brusque changement de sujet. Puis ça m'est revenu.

— À propos de l'exhumation du corps de papa ?

— Oui. Pourquoi veux-tu faire ça ?

— Je te l'ai déjà dit.

— Pour faire ton deuil.

— Exact.

Mon oncle a secoué la tête.

— On ne peut pas exhumer un corps pour ce genre de raisons. Les lois sont strictes. Et ce cimetière en particulier n'autorise aucune exhumation. Quand bien même il ferait une exception, il nous faudrait obtenir l'accord du parent le plus proche. C'est-à-dire ta mère. Tu veux vraiment lui faire signer un certificat de ce genre en ce moment ?

J'ai senti mes espoirs s'évanouir.

— Non.

— Alors, je te repose la question. Pourquoi veux-tu faire exhumer le corps de ton père ?

J'ai haussé les épaules.

— Qu'est-ce que ça peut faire, maintenant ?

Myron a paru peser ses mots.

— Il existe peut-être une possibilité d'obtenir l'autorisation.

— Comment ?

— J'ai un ami qui a le bras très long.

— Angelica Wyatt ?

— Non.

J'ai failli lui demander s'il connaissait Ema, s'il était au courant qu'Angelica Wyatt avait une fille, mais compte tenu du secret entourant son identité, je n'ai pas voulu commettre d'impair.

— Qui, alors ?

— Tu ne le connais pas. C'est cet ami qui m'a demandé de protéger Angelica.

— Il peut obtenir cette autorisation ?

— Si j'insiste beaucoup, oui. Mais je dois connaître tes véritables motivations, Mickey. Je ferais n'importe quoi pour toi, sans avoir besoin d'aucune justification. Mais je ne peux pas en demander autant à mon ami. Tu comprends, n'est-ce pas ?

J'ai hoché la tête. Nous étions assis à la table de la cuisine. La pièce avait été rénovée ces dernières années, n'empêche : mon père y avait passé des heures, étant petit, avec sa famille. C'était une idée toute bête, mais pendant un instant, elle m'a submergé.

— Je ne suis pas sûr que papa soit dans ce cercueil.

Myron a ouvert la bouche, l'a refermée, puis l'a rouverte.

— Je ne comprends pas.

— Je sais que ça a l'air fou, mais j'ai besoin d'être certain qu'il est bien enterré là.

Myron a cligné deux fois des paupières.

— Tu as une raison de penser ça ?

Qu'est-ce que je pouvais lui répondre ? Je ne pouvais pas mentionner l'ambulancier blond. Pour commencer, Myron ne me croirait pas. En plus, la femme chauve-souris et le Chauve m'avaient interdit de lui en parler. Et mon père n'avait jamais évoqué Abeona devant son frère. Ce n'était sûrement pas anodin, si ?

— Mickey ?

J'ai soutenu son regard.

— Oui, j'ai une raison.

Sa question suivante m'a pris complètement au dépourvu.

— Est-ce que ça a un rapport avec l'incendie chez la femme chauve-souris ?

— Qu'est-ce qui te fait penser ça ?

— Je te l'ai dit. Ton père est entré un jour dans cette maison. Ça l'a transformé. Et là, tout à coup, tu es toi aussi attiré par cet endroit. (Myron s'est penché vers moi.) As-tu rencontré la femme chauve-souris ?

— Oui, ai-je répondu sans réfléchir.

— Qu'est-ce qu'elle t'a dit ?

J'ai secoué la tête, me rappelant ses mises en garde.

— S'il te plaît, Myron. S'il te plaît, demande à ton ami de nous aider.

— Je dois en savoir davantage.

— Tu ne peux pas juste me faire confiance ?

— La question n'est pas là. Tu le sais.

Coup de chance, le portable de Myron s'est mis à vibrer, ce qui m'a évité de devoir donner une réponse. Il a consulté le texto et soupiré.

— C'est Angelica. Il faut que j'y aille. On en reparlera, d'accord ?

— D'accord.

Il s'est levé et m'a regardé comme s'il me voyait pour la première fois.

— Mickey ?

— Oui.

— J'en parlerai à mon ami. Je ferai tout mon possible pour t'aider.

36

Une odeur de brûlé s'échappait des vestiges calcinés de la maison de la femme chauve-souris.

Il était 20 heures. La nuit était tombée. J'avais apporté une torche, mais pour l'instant, le réverbère sur le trottoir me fournissait suffisamment de lumière. Quelques poutres de bois tenaient encore debout, se dressant dans l'obscurité comme les doigts d'une main géante.

— Salut.

Je me suis retourné. C'était Ema.

— Salut. Tu as réussi à échapper à la surveillance de Niles ?

— Tu rigoles ? Il est tellement content que j'aie un ami qu'il m'a pratiquement montré la porte.

J'ai souri. Me rappelant le plaisir que j'avais ressenti quand on s'était serrés dans les bras un peu plus tôt, j'ai essayé d'analyser ma réaction. Ema était mon amie. Ma meilleure amie. C'était de là que venait cette merveilleuse sensation de chaleur qui m'avait envahi, non ?

Nous nous sommes lentement approchés de ce qui restait de la maison. Afin d'éviter que les voisins ne nous voient, je n'ai pas allumé ma torche. Nous nous sommes arrêtés devant le ruban adhésif délimitant la scène du sinistre. Haussant les épaules, Ema est simplement passée par-dessous. Je l'ai suivie jusqu'aux marches du porche et nous avons avancé au milieu des décombres.

— Ici, c'était le salon, lui ai-je dit.

Il faisait très sombre à présent. Je ne voulais toujours pas allumer ma lampe électrique, si bien que j'ai utilisé la lumière de mon portable. Ema a fait de même.

— Qu'est-ce que c'est que ça ? a-t-elle demandé.

Le cadre était cassé, mais je l'ai reconnu tout de suite : celui de la photo aux couleurs passées des cinq hippies.

— C'est elle ?

Ema montrait la femme séduisante, au tee-shirt moulant orné du papillon, qui se tenait au milieu du groupe.

— Oui. Je crois que c'est la femme chauve-souris.

— Ouah, elle était canon.

— Changeons de sujet, s'il te plaît.

Quand j'ai voulu ramasser le cadre, il s'est pratiquement désagrégé entre mes doigts. J'ai réussi à récupérer la photo et l'ai glissée dans ma poche. Sans trop savoir pourquoi, je me disais qu'elle pourrait nous servir un jour.

La vieille platine était très endommagée. Il n'y avait pas de disque dessus, mais j'ai retrouvé les albums des Beatles, des Beach Boys et des Who. Vu leur état, je doutais qu'ils puissent encore servir. J'ai cherché celui que la femme chauve-souris semblait écouter tout le temps, *Aspect de Junon*, de HorsePower, mais soit il avait été entièrement carbonisé, soit...

Soit quoi ?

— On va au garage ? a suggéré Ema.

J'ai secoué la tête. Ça, c'était le plan initial : nous comptions essayer de pénétrer dans le garage pour retrouver le tunnel. Sauf que ce tunnel que j'avais emprunté une fois menait à une cave située juste en dessous de nous, et dont la porte, entre la cuisine et le salon, n'existait plus. Vu que le garage était verrouillé, est-ce qu'il ne serait pas plus simple, et sans doute plus efficace, de faire le chemin inverse : de descendre dans la cave par le salon et de voir où ça nous menait ?

Certes, la porte de la cave avait disparu. Comme une bonne partie de la cuisine. J'ai tenté de me rappeler la disposition des pièces avant l'incendie, et je me suis approché de l'endroit où avait dû se trouver la porte. Les restes du premier étage et du toit s'étaient effondrés par-dessus. J'ai commencé à soulever le contreplaqué noirci et à creuser dans les décombres. Ema m'a prêté main-forte.

Nous avons travaillé en silence, retirant avec précaution les débris. À un moment, je me suis interrompu, songeant que nous étions en train d'altérer une scène de crime. Moi, j'étais déjà dans de sales draps, mais Ema ?

— On devrait s'arrêter, lui ai-je dit.

— Ah bon ?

— Il y a une enquête en cours. On abîme la scène de crime.

— Tu déconnes, là ?

Ema a continué de creuser.

— Non, sérieusement, c'est une erreur.

— Tu ne m'as pas raconté ce qui s'est passé avec M. Waters.

Ema essayait de faire diversion, et j'ai laissé courir.

— Il m'a passé un savon.

— Du genre ?

— Du genre, je ne devais pas me mêler de tout ça.

— Du genre, on avait raison à propos du père de Rachel ?

— Oui.

— Dingue !

— Tu te souviens des deux mecs louches dont je t'ai parlé, qui sont allés voir M. Caldwell quand je suis reparti ?

— Eh bien ?

— Sur son portable, l'inspecteur Waters avait une photo du type à la cicatrice. Il m'a dit qu'il était dangereux.

— C'est sûrement des dealers.

— Pas des gentils, en tout cas.

— Et tu as vu le père de Rachel discuter tranquillement avec eux ?

— Oui.

— Donc, on part toujours de l'hypothèse que Rachel a découvert quelque chose qui incriminait son père, une espèce de paquet qui confirmerait les accusations portées par sa mère ?

— Oui.

J'ai recommencé à déblayer les débris en songeant à tout ça. Qu'est-ce que Rachel avait pu faire du paquet ? Son père avait-il piqué une crise quand il s'était aperçu qu'il avait disparu ?

Ou le Balafré ?

Ema s'est arrêtée de creuser.

— Mickey, regarde !

J'ai levé la tête. Nous avions dégagé la plupart des vestiges calcinés. On distinguait des marches menant à la cave. Je me suis penché, j'ai allumé ma torche et l'ai orientée vers le bas.

Il n'y avait pas grand-chose à voir.

— J'y vais, ai-je annoncé. Seul.

— Tu es mimi, quand tu te la joues macho avec moi, mais c'est non. Je viens aussi.

— L'escalier n'est sûrement pas très solide. Il risque de s'effondrer.

On aurait dit que quelqu'un – moi, j'imagine – venait de lui donner un coup de poing dans le ventre.

— Quoi, parce que je suis trop grosse ?

— Mais non. N'importe quoi. Écoute, il faut que tu fasses le guet.

Il en fallait plus pour l'apaiser.

— Et pourquoi ?

— Quelqu'un pourrait venir. Il nous faut un guetteur.

Je l'ai saisie par les épaules et l'ai obligée à me regarder.

— S'il te plaît. Juste une fois. Pour me faire plaisir.

— Juste une fois quoi ?

— Ne fais pas ta casse-couilles. Je n'ai pas envie que tu te blesses, c'est tout.

Les larmes que j'ai vues dans ses yeux m'ont donné un coup au cœur, mais elle a hoché la tête.

— D'accord, vas-y. (Elle s'est essuyé les yeux et a agité les doigts vers moi.) Je ferai le guet.

Sans lui laisser le temps de changer d'avis, je me suis engagé dans l'escalier. Une fois hors de vue, j'ai rallumé ma torche et descendu prudemment.

— Qu'est-ce que tu vois ? a murmuré Ema.

— Attends deux secondes.

La cave, comme on pouvait s'y attendre, était sale, poussiéreuse et vieille. Des tuyaux rouillés couraient le long des murs et les araignées avaient colonisé tous les coins. Le sol boueux était jonché de bouts de verre et de vieux cartons pleins d'on ne savait quoi. Logiquement le garage devait se trouver derrière moi et à gauche, donc la porte du tunnel aussi.

— Mickey ?

— J'ai trouvé l'entrée du tunnel.

— Attends-moi !

— Non. Reste là-haut pour l'instant.

La porte était en espèce d'acier renforcé, je m'en souvenais de ma précédente visite. J'avais alors remarqué d'autres portes et différents couloirs, même si le Chauve avait refusé de me dire où ils menaient. J'ai voulu tourner la poignée, mais elle était verrouillée.

— C'est fermé à clé, ai-je dit.

— Bon, alors, qu'est-ce qu'on fait ? Oh, ras le bol. J'arrive.

Ema s'est engagée dans l'escalier. J'ai levé ma torche pour l'éclairer – et c'est à ce moment-là que je l'ai aperçue. Braquant le faisceau lumineux sur le sol, j'ai contemplé la photo. Ema m'a rejoint.

— Qu'est-ce que… ? Mais c'est Ashley !

Ashley, la fille que nous avions sauvée en risquant notre vie.

— C'est la photo que tu as vue là-haut ?

Hébété, je n'ai pu que hocher la tête.

— Elle a résisté aux flammes !

— Non.

— Comment ça, non ? Tu viens de me dire que tu l'avais vue là-haut.

— Oui, c'est vrai.

— Si elle est arrivée ici, c'est qu'elle a résisté aux flammes.

— Non.

— Pourquoi tu n'arrêtes pas de dire ça ?

— Il y avait des milliers de photos dans ce couloir. Comme par hasard, une seule aurait échappé à l'incendie, traversé les débris pour atterrir dans la cave, juste devant la porte du tunnel ?

Cette fois, Ema a paru sceptique.

— Il n'y avait quasiment aucune chance qu'une photo arrive ici intacte, ai-je repris. Quelle est la probabilité que ce soit justement celle de la fille que nous avons sauvée ?

— Tu as une meilleure explication ?

— Bien sûr.

— Laquelle ?

J'ai été parcouru d'un frisson glacé alors même que je formulais ma pensée :

— Quelqu'un l'a laissée à notre intention.

— Pourquoi quelqu'un ferait une chose pareille ?

J'ai ramassé la photo d'Ashley et l'ai retournée. Au dos, il y avait un papillon. Le papillon Abeona. Il était semblable à ceux que j'avais déjà vus – sauf pour la couleur.

Les yeux sur les ailes étaient violets. Comme ceux du dessin punaisé sur la porte de la chambre de Rachel à l'hôpital.

Ça m'a frappé comme une immense vague déferlante.

— Oh, merde !

— Quoi ?

— Je crois que je sais où Rachel a planqué le paquet.

37

— Central téléphonique de Spoon, j'écoute.

— Qu'est-ce que tu fais ? lui ai-je demandé.

— Je regarde le dernier épisode de la saison 3 de *Glee* avec mon père. Pour la quatrième fois. Tu l'as déjà vu ?

— Non.

— C'est hyper émouvant.

— Je n'en doute pas.

— Ne t'inquiète pas. Je l'ai en DVD. Je te le prêterai. Tu savais que Lea Michele avait créé le rôle de Wendla dans *L'Éveil du printemps* ?

— Ah bon ? Super. Écoute, Spoon, tu peux sortir ?

— Tu veux dire, sortir de la maison ?

— Oui.

— Sortir, là, tout de suite ?

J'ai soupiré. Ema était à côté de moi. Nous marchions dans la rue, en direction du lycée.

— Oui, je veux dire sortir de chez toi maintenant.

— Je suis toujours puni, tu sais. Pourquoi, qu'est-ce qui se passe ?

— Il faut que j'ouvre le casier d'Ashley.

— Ah... Je me doutais bien qu'il y avait un truc bizarre avec ça.

— Avec quoi ?

— Avec le casier d'Ashley. Tu vois, il y a un cadenas à code Sevier dessus.

— Et alors ?

— Alors, le lycée n'utilise que des Master Lock. Si un nouvel élève avait récupéré le casier d'Ashley, c'est ça qu'il aurait dû mettre. Le modèle Sevier n'est pas autorisé.

Cela ne faisait que confirmer l'intuition que j'avais eue en regardant la photo. La femme chauve-souris, le Chauve ou un autre membre haut placé du refuge Abeona l'avait déposée sur le sol de la cave afin que le message soit clair : nous devions aider Rachel.

C'était la nouvelle mission qui nous était assignée. Il fallait oublier l'incendie. Ne pas chercher à retrouver la femme chauve-souris ou le Chauve. Notre première mission avait été de sauver Ashley. Maintenant, nous devions porter secours à Rachel.

— À la fin de l'épisode, ce sera l'heure d'aller me coucher, a repris Spoon. Je prendrai mon lait chaud, me mettrai au lit, j'éteindrai la lumière, et ensuite, je ressortirai par la fenêtre. Qu'est-ce que tu en penses ?

— Ça me paraît bien.

— Je glisserai peut-être deux oreillers sous ma couverture pour faire croire que je suis encore là. C'est une bonne idée, à ton avis ?

— À toi de voir, Spoon.

— OK, l'épisode est presque fini. Je te retrouve devant la même porte que l'autre fois.

— Non, attends !

— Quoi ?

Ema m'a lancé un regard interrogateur. Comment expliquer ? Spoon n'était qu'un gamin. Bon, nous étions tous les trois des gamins, mais lui paraissait plus jeune. Il était chez lui, en train de regarder *Glee* avec son père en toute innocence. Je ne pouvais pas lui demander de venir jusqu'ici et d'entrer une nouvelle fois illégalement dans le lycée.

J'étais sur le point de lui dire de laisser tomber – de boire gentiment son lait chaud et de rester dans son lit douillet – quand je me suis rappelé autre chose.

Spoon était une personne à part entière, et à ce titre, il était capable de prendre ses décisions tout seul. Ne m'avait-il pas dit qu'il s'était fait arrêter, un jour ? Peut-être qu'il n'était pas si innocent que ça, et que je devais arrêter de jouer les grands frères surprotecteurs.

Sans compter que la dernière fois que Spoon avait enfreint les règles, il avait sauvé la vie d'Ema.

— Un problème, Mickey ? m'a-t-il demandé.

J'ai resserré ma prise sur le téléphone. Que faire ? Je ne voulais pas lui causer davantage d'ennuis, mais d'un autre côté, nous avions besoin de lui.

— Non, rien. À tout à l'heure.

Ema et moi nous sommes assis à côté de la porte latérale du lycée. Il existe peu d'endroits plus vides et mornes qu'une école la nuit. Spoon nous a rejoints un peu après 21 heures.

— Mettez ça, a-t-il dit. Pour dissimuler votre visage.

Il nous a tendu un masque à chacun et en a gardé un pour lui. Mais il ne s'agissait pas de cagoules de ski, comme on aurait pu s'y attendre.

— C'est...

— Ouais, des masques du *Roi Lion*. Ema, tu as Mufasa. Au début, je voulais te donner Pumbaa, mais comme c'est un phacochère, je me suis dit que tu allais me tuer.

— Bien vu, a confirmé Ema en examinant le masque dans sa main.

— Donc toi, Mickey, tu seras Pumbaa et moi... (il a enfilé le sien) je suis Timon. Tu piges ? Timon et Pumbaa. *Hakuna matata*. Allez, mets-le. C'est pratique, et en plus, c'est marrant.

Je n'ai pas bougé.

Spoon a soulevé son masque et ajouté :

— Il y a des caméras de surveillance à l'intérieur. Si ça tourne mal, il ne faudrait pas qu'on nous reconnaisse.

J'ai lancé un coup d'œil à Ema, qui a haussé les épaules. Il n'avait peut-être pas tort.

Spoon a rajusté son masque, se transformant en mangouste souriante.

— Mickey, avec ta taille, tu devrais te baisser un peu. En fait, on devrait tous modifier notre démarche. Ema, au lieu d'écraser le sol, tu pourrais essayer de gambader ou un truc comme ça.

— De gambader ?

— Ou un truc comme ça, j'ai dit. Pour qu'on ne puisse pas t'identifier.

— Je ne gambade pas. Et je ne fais pas d'autres trucs comme ça non plus.

— Je crois que les masques suffiront, suis-je intervenu.

— Comme vous voulez.

Spoon a glissé sa carte magnétique dans le lecteur. La porte s'est ouverte. J'ai lancé un regard à Ema pour me rassurer, mais je me suis retrouvé face à Mufasa. Comme le lion avait l'air plutôt sûr de lui, j'ai suivi Spoon à l'intérieur.

— Il n'y a pas d'enregistrement audio, a-t-il précisé.

Il parlait de sa voix normale, sans prendre la peine de chuchoter. Les bruits résonnaient dans ce couloir vide.

— Il y a des caméras partout. Elles filment d'en haut, mais puisqu'on a des masques, ça n'est pas grave.

Il a tourné à droite et nous l'avons suivi.

— C'est la salle de classe de Mme Nelson. Vous savez ce que papa m'a raconté ? Qu'elle gardait des vieux sous-vêtements et des vieilles chaussettes sous son bureau. Et pas hyper sexy. Bon, vu la tronche de Nelson, c'est pas étonnant. Mais papa dit qu'elle a une super collection de chaussettes. De toutes les couleurs et de tous les styles. Vous voulez la voir ?

— Non.

— C'est pas compliqué. Les salles de classe ne sont jamais fermées. À cause des risques d'incendie, je crois. Enfin, sauf en cas de confinement. Vous savez ce que c'est ? Eh bien, il y a un bouton d'urgence sous le bureau de chaque prof. Si une fusillade éclate à l'intérieur du lycée, l'alarme se déclenche et l'école est confinée. C'est cool, hein ?

Heureusement, nous sommes arrivés devant le casier d'Ashley. Spoon a examiné le cadenas.

— Ouais, c'est bien ce que je pensais. Un cadenas à code Sevier. C'est vraiment dommage.

— Tu as une clé pour l'ouvrir ?

Timon s'est tourné vers moi. C'était tellement bizarre de regarder un ami et de voir la face souriante de quelqu'un d'autre.

— Non, bien sûr que non. C'est pas réglementaire.

— Alors, qu'est-ce qu'on fait ? a demandé Ema.

Spoon a sorti un démonte-pneu, l'a glissé dans l'anse du cadenas et tourné de toutes ses forces. Le cadenas s'est brisé net comme s'il était en porcelaine.

— Voilà !

C'est à ce moment-là que j'ai perçu un bruit. Je me suis figé.

— Vous avez entendu ?

— Quoi ? a demandé Timon/Spoon.

J'ai lancé un regard à Mufasa/Ema et contemplé son masque, comme si j'avais pu y lire l'expression de mon amie.

— Ema ?

— Il faut se grouiller.

Spoon a retiré le cadenas cassé, puis s'est reculé pour me laisser la place. J'ai tiré sur le loquet métallique.

À l'intérieur du casier, il y avait un sac de sport.

Je l'ai posé par terre. Nous avons fait cercle tout autour. Quand je me suis penché pour tirer la fermeture Éclair, le bruit a résonné comme une déchirure dans les couloirs vides. Pendant une seconde, on est restés silencieux. Les yeux braqués sur le contenu du sac.

Puis Spoon a dit :

— Punaise !

La première chose que j'ai vue a été l'argent : des liasses et des liasses entourées de bagues en caoutchouc. Impossible de dire pour combien il y en avait. Ema en a pris une et s'est mise à feuilleter les coupures à l'effigie de Benjamin Franklin.

— Il n'y a que des billets de cent.

— Vous saviez que Benjamin Franklin était un grand nageur ?

— Pas maintenant, Spoon.

Ema a écarté plusieurs liasses, et c'est là qu'on a vu les sacs en plastique remplis de poudre blanche.

— Vous croyez que c'est de la drogue ? a demandé Spoon.

— À mon avis, c'est pas du talc pour bébé.

— Il faut rapporter ça à la police, a déclaré Ema.

Spoon s'est redressé d'un coup.

— Ça va pas, la tête ? On est entrés par effraction dans le lycée. On a fracassé un casier. Tu sais ce que ça va nous coûter ?

— Il a raison, ai-je admis.

— Et qui va croire qu'on a trouvé ce sac par hasard ? a continué Spoon en s'échauffant de plus en plus. Imagine qu'ils nous prennent pour des dealers ! J'ai déjà un casier judiciaire. Ils vont m'envoyer en centrale.

— En centrale ?

— À l'ombre. En cabane, au trou, au ballon, au placard, au mitard, au jettard…

— OK, Spoon.

— On ne doit le dire à personne ! Vous ne vous rendez pas compte ? Un morceau de choix comme moi en prison ?

— Relax, vieux. Personne n'ira en prison.

— Et imaginez qu'ils nous croient ? Supposons qu'on dise la vérité, qu'ils nous croient et qu'ils remontent jusqu'à Rachel ? Comment elle expliquerait ça ?

Silence. Même Ema savait qu'il n'avait pas tort.

— On doit réfléchir, ai-je dit.

— Rapidement, a ajouté Spoon.

— On ne peut pas juste lâcher l'affaire, a fait remarquer Ema. Maintenant, on sait ce qui s'est passé. La mère de Rachel lance des accusations contre son ex-mari. Rachel mène sa petite enquête. Elle trouve ce sac, le cache et contacte le refuge Abeona. C'est ça ?

J'ai hoché la tête, me rappelant ma conversation avec le Chauve. Il pensait que Rachel m'avait peut-être confié le colis. Ce n'était pas le cas. Je m'étais demandé pourquoi elle ne m'en avait pas parlé, mais maintenant, je comprenais. Sa mère était morte à cause du contenu de ce sac. Rachel elle-même avait failli se prendre une balle en pleine tête. Si elle m'avait dit où il se trouvait, j'aurais été en danger moi aussi.

— Pendant ce temps-là, a continué Ema, le père de Rachel ou ces sales types se demandent où est passée leur marchandise. Ils en arrivent à la conclusion que Rachel a dû la prendre...

— Non. Ils ont dû croire que c'était sa mère qui l'avait récupérée.

— OK, donc, ils la suivent, et on sait tous ce qui s'est passé après.

— Elle s'est fait tuer.

— On ferait mieux de s'en aller, a dit Spoon. De remettre le sac dans le casier et d'élaborer un plan.

— Impossible. Le cadenas est cassé. On ne peut pas laisser un truc pareil dans un casier qui ne ferme pas.

— Alors, qu'est-ce qu'on fait ? a demandé Ema.

— Vous nous le donnez.

J'ai fait volte-face vers la voix. Les deux gars que j'avais vus dans la voiture au moteur trafiqué devant chez Rachel étaient là. Armés tous les deux. Le Balafré, celui contre lequel M. Waters m'avait mis en garde, a ordonné :

— Personne ne bouge ! Mettez les mains en l'air !

— Mais si on ne doit pas bouger, comment on peut lever les mains en l'air ? a demandé Spoon.

Le Balafré a braqué son pistolet vers lui.

— Tu te fous de ma gueule ?

— Non, non, pas du tout, ai-je dit du ton le plus conciliant dont j'étais capable. On fera tout ce que vous demandez. C'est vous qui commandez.

— Un peu, que c'est moi qui commande. Maintenant, enlevez ces foutus masques.

— Mais si on n'a pas le droit de bouger...

— Spoon ?

J'ai secoué la tête pour le faire taire. Nous avons retiré nos masques et les avons laissés tomber par terre.

Le Balafré a rangé son arme dans sa poche, mais son comparse nous tenait toujours en joue. C'était une vraie armoire à glace. Il portait des lunettes de soleil dans ce hall obscur, et son visage ne trahissait pas la moindre émotion. Il avait l'air las du tueur au sang froid, prêt à nous descendre sans états d'âme inutiles.

Le Balafré s'est approché du sac et a vérifié son contenu.

— Tout est là ? lui a demandé Lunettes Noires.

— J'ai l'impression.

Le Balafré s'est redressé et m'a adressé un sourire.

— Merci d'avoir retrouvé notre marchandise, Mickey.

— Comment vous connaissez mon nom ?

— Très simple. On a compris que soit Rachel soit sa môman avait piqué notre petit paquet au papa. On s'est procuré son relevé de portable. On a vu qu'elle t'avait appelé juste après le gros boum-boum, alors on s'est dit que peut-être toi, son petit chéri, tu l'avais aidée à le cacher. Donc on a commencé à te suivre. Fastoche, hein ?

Sa façon de parler infantilisante me tapait sur les nerfs.

— OK, ai-je dit. Vous avez votre truc. Vous pouvez partir, maintenant.

Le Balafré a fait un grand sourire à son copain. Le coin des lèvres de Lunettes Noires a frémi. Un frémissement qui ne me disait rien qui vaille.

Le Balafré a refermé le sac.

— Quand on t'a suivi jusqu'à la baraque calcinée, j'ai eu peur qu'elle l'ait planqué là et qu'il ait brûlé. J'aurais pas du tout apprécié.

— Bon, alors tout est bien qui finit bien. (Tout en parlant, j'ai essayé de me grandir un peu.) Votre sac était en sécurité ici. Maintenant, vous pouvez repartir avec.

— Ouais. Je vois ça. Il y a juste un léger problème.

J'ai dégluti. La petite bulle de peur logée dans ma poitrine s'est mise à gonfler, m'empêchant de respirer.

— Ah bon, quoi ?

— Vous. Vous nous avez vus.

— On ne dira rien, a soufflé Ema.

Le Balafré a reporté son attention sur elle. Comme il s'approchait, j'ai voulu m'interposer, mais il m'a stoppé d'un regard noir. Je n'ai pas aimé ce que j'ai vu. C'étaient des yeux cruels, ceux d'un homme qui prend plaisir à faire du mal – d'un homme imperméable à toute raison.

— Et tu t'imagines qu'on va te faire confiance, ma poulette ? a demandé le Balafré.

Son visage n'était plus qu'à quelques centimètres de celui d'Ema. Elle paraissait sur le point de fondre en larmes.

— Tu t'imagines qu'on va vous laisser repartir comme ça ?

— J'ai mal aux bras, a dit Spoon. Je peux les baisser ?

Le Balafré a pivoté vers lui.

— Je vous ai dit de pas bouger.

— Oui, c'est vrai, mais après, vous nous avez fait bouger deux fois : une fois pour lever les bras, la deuxième pour retirer nos masques. (Spoon s'est légèrement décalé vers la droite.) Donc, votre histoire de « pas bouger », ça ressemble plus à une consigne qu'à une vraie règle, vous voyez ? Donc j'espérais, parce que j'ai vraiment les bras qui fatiguent…

Et là, Spoon a tenté l'impossible.

L'attention générale étant concentrée sur ses propos ineptes, il a bondi sur Lunettes Noires. Son mouvement a surpris tout le monde, moi y compris.

La seconde d'après, le coup de feu est parti. Et Spoon s'est effondré.

38

Pendant un bref instant, personne n'a bougé.

Je dis un bref instant, mais en réalité, c'était plutôt un flash – une espèce d'éclair, qui restera à jamais gravé dans ma mémoire. Vous avez déjà vécu un moment pareil ? Un moment plus rapide qu'un claquement de doigts et que, pourtant, vous n'oublierez jamais ? C'était comme si le temps s'était arrêté. Je me souviens de tout. Du hurlement d'Ema. De Spoon en train de s'effondrer. De son corps, gisant par terre, de ses yeux fermés, de son visage perdant toute couleur, tandis que la tache de sang sur sa chemise s'élargissait.

Jamais je ne l'oublierai.

Dans ce même flash, qui a duré une fraction de seconde, j'ai senti une culpabilité dévastatrice déferler sur moi.

C'était ma faute. À cause de moi, Spoon s'était pris une balle en pleine poitrine...

Mais si j'étais anéanti, et paniqué à la fois, mon corps, lui, se rappelait tous les entraînements d'arts martiaux qu'il avait suivis. Au fond de moi, le calme s'est fait. Je ne pouvais pas laisser Spoon s'être sacrifié pour rien. Malgré son manque de maturité apparent, il avait compris la vérité. Ces deux hommes allaient nous tuer. Quelqu'un devait agir. Faire quelque chose, quitte à se sacrifier.

Spoon les avait distraits.

Je pouvais rester là à pleurer. Ou profiter de cette diversion.

Ensuite, ça a été le chaos. Mille choses ont paru s'enchaîner pendant un temps interminable, mais quand j'y repense, je sais que quelques minutes à peine se sont écoulées entre l'instant où Spoon s'est fait tirer dessus et celui où tout a été fini.

Comme si quelqu'un avait rappuyé sur la touche « marche », on a tous été pris dans un tourbillon d'actions. Je me suis précipité vers Lunettes Noires. Ema est tombée à genoux pour s'occuper de Spoon. Le Balafré s'est tourné vers moi. Et Lunettes Noires a braqué son arme dans ma direction.

J'étais rapide, et j'avais un coup d'avance sur eux. Mais j'étais encore trop loin pour pouvoir atteindre Lunettes Noires avant qu'il tire. Quelles étaient mes chances ? Je pouvais espérer qu'il rate son coup, mais c'était peu probable : j'étais une cible trop facile.

Alors, que faire ?

Déjà, ne pas lui faciliter la tâche. Au moment où son doigt pressait la détente, j'ai fait un écart sur la gauche et me suis jeté sur le Balafré. La balle m'a frôlé en sifflant. J'ai fait en sorte de maintenir le Balafré devant moi dans la ligne de mire. Il ne s'attendait pas à cet assaut. Alors qu'on basculait en arrière, j'ai passé l'avant-bras autour de son cou et serré très fort. Sa gorge a gargouillé ; il étouffait.

C'était exactement ce que je voulais.

Bien sûr, si le Balafré avait été mon seul souci, j'aurais été un gars heureux à ce moment-là. Mais ce n'était pas le seul. Ni même le plus grave. Mon problème principal, c'était Lunettes Noires. Vite revenu de sa surprise, il avançait vers nous, pistolet au poing.

Je n'allais pas pouvoir me planquer longtemps derrière le Balafré. Pas plus d'une seconde, en fait.

Lunettes Noires était au-dessus de nous et pointait son arme sur moi. Je lui ai balancé un coup de pied dans le tibia. Il a juré, reculé d'un pas, mais me tenait toujours en joue.

C'était fini. Perdu. *Game over.*

Le Balafré s'est écarté en toussant. Il lui faudrait du temps pour reprendre son souffle, mais peu importait. Je serais mort à ce moment-là. Lunettes Noires a légèrement décalé son arme de manière à viser ma poitrine. J'allais lever les bras en signe de reddition, tout en sachant que ça ne servirait à rien. La dernière chose que je verrais, ce serait le petit rictus réapparu sur les lèvres de mon assassin.

C'est alors qu'un cri a retenti. Ema.

Elle a sauté sur le dos de Lunettes Noires, qui a trébuché en avant et recouvré son équilibre de justesse. Les bras passés autour de son cou, Ema serrait de toutes ses forces. Sans hésitation, j'ai roulé vers le Balafré et lui ai redonné un coup dans la gorge.

De sa main libre, Lunettes Noires tentait de desserrer la prise d'Ema, mais elle était beaucoup plus forte qu'il le croyait. Il a levé la main qui tenait l'arme, comme s'il espérait pouvoir se débarrasser de son assaillante en tirant un coup de feu. Ema était prête. Elle a dégagé son bras droit et l'a désarmé du tranchant de la main.

Le pistolet est tombé par terre.

À moi de jouer !

J'ai plongé vers l'arme, mais Lunettes Noires a shooté dedans juste avant que je puisse la saisir. Le flingue est parti en glissade à l'autre bout du couloir ciré. Pas le temps d'aller le récupérer. Le Balafré commençait à se remettre. Lui aussi était armé.

Lunettes Noires ruait, pour essayer d'éjecter Ema toujours accrochée à son dos, mais elle tenait bon. C'est alors qu'il a titubé vers l'arrière et l'a fracassée contre le mur de casiers. Puis il a recommencé, plus fort, tout en projetant la tête en arrière pour lui écraser le visage. Ça a marché. Ema a fini par lâcher prise, avant de s'effondrer sur le sol, sonnée. Lunettes

Noires s'apprêtait à se pencher sur elle quand j'ai hurlé pour détourner son attention. Ema en a profité pour aller se réfugier dans une salle de classe, à l'abri du danger.

Pendant ce temps-là, le Balafré avait repris ses esprits.

J'ai bondi vers lui, mais cette fois, il était prêt. Il a roulé sur le dos et m'a balancé son pied en plein dans le plexus solaire. Tout l'air a été expulsé de ma poitrine. En tombant, j'ai flanqué un coup de coude au hasard. Il a atterri pile sur son nez. Au bruit d'os brisé, j'ai compris que je le lui avais cassé.

Mais avant que j'aie pu me relever, Lunettes Noires s'était précipité sur moi, m'assenant un grand coup de pied dans les côtes. Je suis retombé à plat ventre. Au deuxième coup, j'ai gémi de douleur. Au troisième, ma tête s'est mise à tourner, et j'ai cru que j'allais vomir.

Le quatrième m'a privé de mes dernières forces. Je suis resté là, allongé par terre, à leur merci.

Au bord de l'évanouissement, alors que j'étais sur le point de capituler, mon regard est allé se poser sur Spoon. Il avait toujours les yeux fermés, le visage exsangue. Le sang s'écoulait d'une plaie ouverte. J'ignorais s'il était mort ou vivant, mais je n'allais pas le laisser se vider de son sang comme ça.

Je devais faire quelque chose, et la réponse m'a soudain paru évidente.

Le pistolet du Balafré.

Dans sa poche arrière. Il me suffisait de tendre la main…

Lunettes Noires s'en est aperçu. Esquissant un sourire, il a voulu me donner un nouveau coup, sûrement le coup fatal, quand le hurlement d'une alarme a déchiré l'air.

— Confinement ! a tonné une voix. Confinement ! Confinement !

Ema ! Voilà pourquoi elle s'était échappée vers cette salle de classe – pour actionner le bouton d'urgence dont Spoon nous avait parlé. C'était la diversion dont j'avais besoin. Avec un grognement, j'ai rampé et attrapé l'arme dans la poche arrière du Balafré. Quand Lunettes Noires l'a vu, il était trop tard.

J'avais le pistolet bien en main et je le pointais sur lui.

— Stop !

Il s'est figé et a lentement levé les mains en l'air. Le canon toujours dirigé vers lui, je me suis reculé pour ne pas rester trop près du Balafré.

Le haut-parleur beuglait toujours :

— Confinement ! Confinement !

Ema est revenue en courant et s'est agenouillée auprès de Spoon, en sanglotant :

— Spoon ? Arthur ?

Avec mille précautions, elle lui a entouré la tête de son bras.

— Parle-moi, Spoon ! S'il te plaît !

Elle pleurait. Je pleurais. Mais Spoon restait parfaitement immobile.

J'ai entendu des sirènes au loin, qui se rapprochaient. En regardant le Balafré et Lunettes Noires, j'avais presque envie qu'ils bougent, pour pouvoir leur faire sauter la cervelle.

Ils ont dû voir la rage sur mon visage, car aucun d'eux n'a fait le moindre geste.

— Est-ce qu'il est... ?

— Je ne sais pas, Mickey. Je ne sais pas.

39

J'ai perdu la notion du temps.

Quand les flics sont arrivés, ils m'ont encerclé et m'ont ordonné de poser l'arme. Ce que j'ai fait. Le reste s'est perdu dans un épais brouillard. Lunettes Noires et le Balafré ont été menottés. Des urgentistes se sont précipités vers Spoon. Ema était assise à côté de lui, lui tenant la tête et tentant d'arrêter le flot de sang. J'ai couru vers lui parce que pendant un instant, un bref instant, j'ai eu peur qu'un des ambulanciers soit le blond qui avait emmené mon père. J'ai eu peur qu'il embarque Spoon sur un brancard et le fasse disparaître à jamais.

— Mickey, qu'est-ce que tu as fait ?

La voix, je le savais, émanait des profondeurs de mon être. On m'avait prévenu, pourtant. L'inspecteur Waters m'avait ordonné de ne pas m'en mêler, en des termes sans équivoque, mais je ne l'avais pas écouté. Risquer ma propre vie, c'était une chose. Mais regardez ce que j'avais fait à Spoon.

Je ne crois pas que je pourrai me le pardonner un jour.

Ça grouillait de policiers. Je me rappelle les lumières clignotantes d'une longue file de véhicules d'urgence qui fendaient l'air immobile de la nuit. Pendant les heures qui ont suivi – je ne saurais vous dire combien –, j'ai répondu à des questions. De mon côté, j'en posais une seule, toujours la même, inlassablement :

— Comment va-t-il ?

Mais ils refusaient d'évoquer l'état de Spoon.

Presque chaque fois, j'ai dit la vérité, sauf quand ils m'ont demandé comment nous avions pénétré dans le lycée.

— J'ai forcé la porte, ai-je menti.

À quoi le flic a répondu d'une voix grave :

— Mon garçon, entrer par effraction dans votre lycée est le cadet des soucis de ton ami.

Plusieurs officiers de police ont fait des allées et venues, parmi lesquels le commissaire Taylor et l'inspecteur Waters. L'humeur générale oscillait entre la colère et la satisfaction : colère, parce que nous avions agi sans aucune prudence et que Spoon avait été grièvement blessé, satisfaction, parce que nous avions résolu l'affaire de la fusillade chez les Caldwell. Deux criminels endurcis avaient été arrêtés et allaient moisir en prison. Les caméras de surveillance y veilleraient ; de plus, ils portaient des Smith & Wesson .38 – le même modèle que celui qui avait tué Mme Caldwell et blessé Rachel.

Myron est arrivé et a endossé le double rôle de l'oncle inquiet et de l'avocat. Il m'a immédiatement conseillé d'arrêter de parler aux policiers. Mais je lui ai fait signe de laisser tomber. Il fallait qu'ils sachent. Myron s'est donc assis à côté de moi, et il a écouté, lui aussi.

L'inspecteur Waters a été le dernier à m'interroger. À la fin, je lui ai demandé :

— Est-ce que ça va vous aider dans votre autre affaire ?

— Quelle affaire ?

— M. Caldwell. C'est un trafiquant de drogue, non ?

M. Waters a lancé un coup d'œil à Myron, avant de reporter son attention sur moi.

— Ça ne te regarde pas.
— Vous allez l'arrêter ?
— Pour quel motif ?
J'ai écarquillé les yeux.
— Je viens de vous le dire. La drogue dans le sac de sport...
— Eh bien ?
— Elle provenait de chez lui.
— En as-tu la moindre preuve ? Comment allons-nous prouver qu'elle appartenait à Henry Caldwell ? Si, au lieu de t'en mêler, tu nous en avais parlé, comme je te l'ai demandé à maintes reprises, on aurait peut-être pu faire quelque chose. Mais là...
Il a secoué la tête et quitté la pièce.
Quand Ema et moi nous sommes retrouvés, dans la salle d'attente de l'hôpital, le soleil s'était levé. Myron et Angelica Wyatt avaient voulu nous ramener chez nous, mais nous n'avions pas l'intention d'abandonner Spoon. L'actrice portait un foulard et des lunettes noires pour passer incognito. Myron et elle ont gardé leurs distances.
— Eh ben, a dit Ema.
— Ouais.
Elle avait les yeux rougis par les larmes et l'épuisement. Je devais avoir la même tête.
— Il va s'en sortir, ai-je dit.
— Il a intérêt, sinon, je le tue.
Quelques minutes plus tard, j'ai vu une mince femme noire entrer dans la salle d'attente tel un zombie. C'était la mère de Spoon. Nous ne nous étions jamais rencontrés, mais je l'avais vue serrer son fils dans ses bras, un jour où je l'avais déposé chez eux. Le désespoir se lisait sur son visage. Elle avait ce regard perdu et lointain, pareil à ceux que l'on voit parfois dans les reportages de guerre.
J'ai lancé un coup d'œil à Ema. Elle a pris une profonde inspiration et hoché la tête. Nous nous sommes

levés ensemble et dirigés vers la maman de Spoon. Ces quelques mètres m'ont paru interminables.

Quand enfin nous sommes arrivés devant Mme Spindel, elle avait la tête baissée. Ne sachant quoi dire, nous sommes restés là à attendre. Au bout de quelques secondes, elle a levé les yeux et, lorsqu'elle m'a reconnu, une ombre a assombri son visage.

— Tu es Mickey, a-t-elle dit. Et toi, c'est Ema.

Nous avons acquiescé d'un signe de tête.

— Qu'est-ce que vous faites là ?

— On voulait avoir des nouvelles de Spoon – enfin, d'Arthur.

Elle nous a regardés alternativement l'un et l'autre.

— Il... il ne va pas bien.

J'avais l'impression que quelqu'un venait de pousser mon cœur du haut d'un très long escalier.

— Il est sorti du bloc, mais les médecins... ils ne se prononcent pas encore.

— Est-ce qu'il y a quelque chose que...

Je n'ai pas réussi à finir ma phrase. Les larmes m'embuaient les yeux.

— Je ne comprends pas ce que vous faisiez à l'intérieur du lycée si tard, a dit la mère de Spoon.

— C'était ma faute, ai-je murmuré à travers mes larmes.

Ema a voulu ajouter quelque chose, mais je lui ai donné un coup de coude.

Une ombre a traversé de nouveau le visage de Mme Spindel. Puis elle a dit une chose inattendue, mais parfaitement méritée.

— Oh, je sais que c'est ta faute.

J'ai fermé les yeux très fort, tandis que ses mots me frappaient comme autant de coups de poing.

— Il y a une semaine, je n'avais jamais entendu parler de toi. Maintenant, Arthur n'a que toi à la bouche. Il veut que tout le monde l'appelle Spoon, parce que son nouvel ami lui a donné ce surnom.

Après s'être écrasé sur la dernière marche, mon cœur se faisait piétiner par une lourde botte.

— Tu étais l'ami d'Arthur. Peut-être son premier véritable ami depuis le CM1. Tu ne mesures sans doute pas la place que tu as prise dans la vie de mon fils. Il t'admirait. Il t'idolâtrait. Et comment tu l'as récompensé ? En te servant de lui. Tu t'es servi de lui pour fracasser un fichu casier, et maintenant, regarde. (Elle s'est détournée, dégoûtée.) J'espère que son contenu en valait la peine, pour toi.

J'ai ouvert la bouche, mais je suis resté muet. Qu'est-ce que j'aurais pu dire ?

— Allez-vous-en, tous les deux, a déclaré Mme Spindel.

— Non.

Me tournant vers la voix, j'ai reconnu le père de Spoon.

— Arthur vient de se réveiller. Il insiste pour parler à Mickey.

40

Il y avait des tubes, des machines, des bips sonores. Il y avait des rideaux, des odeurs d'antiseptique et des écrans avec des lumières vertes. Mais c'est à peine si j'ai remarqué tout ça. En entrant dans la chambre, je n'ai vu que mon ami, couché au milieu de tous ces gadgets.

Spoon paraissait minuscule dans ce lit. Minuscule et aussi fragile qu'un oiseau blessé.

La voix de Mme Spindel – « Oh, je sais que c'est ta faute » – résonnait encore à mes oreilles.

Le médecin, une grande femme aux cheveux tirés en arrière, a posé la main sur mon épaule.

— Normalement, je ne l'autoriserais pas, mais il est très agité. Je te demande de faire court et de veiller à ce qu'il reste calme.

J'ai acquiescé d'un mouvement de tête et je me suis approché du lit. J'avais les jambes en coton. Au bout de quelques pas, je me suis arrêté parce que les larmes me montaient aux yeux. Détournant la tête, je me suis mordu très fort la lèvre pour me ressaisir. Ça n'aiderait pas Spoon de me voir flancher. Pour qu'il reste calme, je devais l'être moi aussi.

Arrivé près du lit, j'ai eu envie de le prendre dans mes bras, de le ramener chez lui et de remonter le temps jusqu'à la veille. C'était tellement injuste, de le voir allongé dans ce lit d'hôpital.

— Mickey ?

Il a paru faire un effort pour bouger. Il semblait souffrir. Je me suis penché pour me rapprocher de lui.

— Je suis là.

Il a levé la main pour prendre la mienne. Il avait du mal à parler.

— Chut, ai-je dit. Il faut que tu guérisses, d'accord ?

Il a secoué la tête faiblement. J'ai approché mon oreille de sa bouche. Il lui a fallu plusieurs secondes, puis il a réussi à dire :

— Rachel est en danger.

— Non, Spoon. Tu nous as tous sauvés. C'est fini.

Son visage s'est crispé.

— Non. Tu ne peux pas rester là sans rien faire. Tu dois la sauver. Tu ne peux pas abandonner tant qu'on ne sait pas la vérité.

— Calme-toi, d'accord ? Les deux assassins sont en prison.

J'ai vu une larme couler de son œil.

— C'est pas eux.

— Bien sûr que si.

— Non. Écoute. Il faut l'aider. Promets-le-moi.

Spoon s'agitait de plus en plus. Le médecin s'est précipité.

— Ça suffit, m'a-t-elle dit. Retourne dans la salle d'attente.

Elle a ajouté quelque chose dans la perfusion – sûrement un sédatif. J'ai essayé de dégager ma main, mais Spoon ne voulait pas me lâcher.

— Ça va aller, Spoon.

Des infirmières se sont approchées du lit, tentant de l'immobiliser et de m'éloigner.

— On lui a tiré dessus chez elle.

— Je sais, Spoon. Tout va bien. Calme-toi.

Soudain, c'était comme s'il avait un regain de force dans les bras. Il m'a attiré vers lui, désespéré.

— Ils t'ont demandé si c'était la maison de Rachel. Tu te souviens ? Quand tu les as vus dans la rue.

— Oui, et alors ?

L'effet du sédatif s'est fait sentir d'un coup. Spoon a relâché sa prise. J'étais sur le point de m'écarter quand…

C'est la maison des Caldwell ?

… la voix du Balafré m'est revenue. Spoon a levé les yeux et réussi à formuler la question que je me posais moi-même :

— S'ils étaient déjà venus, pourquoi ils ont demandé où c'était ?

41

Spoon avait raison.

On m'a poussé dehors. Dans le couloir, j'ai croisé M. et Mme Spindel, qui se sont rués dans la chambre. Au bout de quelques minutes, Spoon s'est calmé. J'ai cru entendre une infirmière dire que ses jambes ne bougeaient plus, mais j'ai bloqué cette pensée. Je ne pouvais pas gérer ça. Pas maintenant.

Une fois dans la salle d'attente, j'ai attrapé Ema par le bras et je l'ai entraînée dans un coin tranquille, à l'écart de la télévision.

— Qu'est-ce qui s'est passé ? Comment va-t-il ? m'a-t-elle demandé.

Je lui ai rapporté ce que m'avait dit Spoon : si le Balafré et Lunettes Noires étaient déjà allés chez Rachel le jour de la mort de sa mère, pourquoi m'auraient-ils demandé quelle maison c'était ?

— Peut-être que… je ne sais pas… qu'ils voulaient juste s'amuser avec toi ?

— S'amuser avec moi ?

— Te faire une blague, quoi.

— « C'est la maison des Caldwell ? », ai-je dit en imitant le Balafré. Ça ressemble à une blague, d'après toi ?

— Pas vraiment. Peut-être que la première fois ils étaient venus de nuit.

— Et ?

— Et qu'ils ne la retrouvaient plus en plein jour ?

J'ai fait la moue.

— Ça ne tient pas debout ?

— Non. Il y a une clôture tout autour de la propriété. S'ils avaient réussi à s'introduire à l'intérieur et à tirer sur deux personnes, tu ne crois pas qu'ils s'en seraient souvenus ?

Ema a hoché la tête.

— Si. D'ailleurs, en y réfléchissant, on se demande pourquoi ils leur ont tiré dessus. Si ces types voulaient récupérer leur sac, ils auraient plutôt dû essayer de les faire parler, non ?

— Effectivement. Et ils auraient fouillé la maison. Au lieu de tirer sur les deux personnes susceptibles de leur dire où il était.

La conclusion officielle n'avait donc aucun sens.

— Et il n'y a pas que ça, ai-je ajouté.

— Quoi d'autre ?

— Comment se fait-il que M. Caldwell ait été tout gentil avec eux quand je les ai vus devant chez lui ? Il aurait dû savoir que c'étaient eux qui avaient tiré sur sa femme et sa fille ?

— Exact. (Ema a secoué la tête.) Il faut envisager une autre possibilité.

— Laquelle ?

— Reprenons, d'accord ? Le père de Rachel est un trafiquant de drogue. Il est prêt à faire interner son ex-femme pendant des années pour se protéger. Là, elle revient. Rachel accorde à sa mère le bénéfice du doute et subtilise la drogue et le fric.

Ema s'est arrêtée. Je n'ai rien ajouté. C'était là, juste sous notre nez, mais aucun de nous ne voulait l'admettre.

— Il n'aurait pas tiré sur sa propre fille, ai-je dit.

— Tu en es sûr ?

— Je n'y crois pas.

— Il a braqué un pistolet sur toi.

— Pour la protéger. Parce qu'il était inquiet pour elle.

Nous avons réfléchi un instant.

— C'était peut-être un accident, a suggéré Ema.

— Comment ça ?

— Pense à tout le scénario. Le père de Rachel s'aperçoit que l'argent et la drogue ont disparu. Il rentre chez lui et là, surprise ! il tombe sur son ex-femme. Ils se disputent. Il dégaine un pistolet, peut-être qu'ils se battent. Rachel les surprend. Le coup de feu part accidentellement.

Ça se tenait.

— Un autre truc me gêne.

— Quoi ?

— Le rôle du commissaire Taylor dans tout ça. Pourquoi est-ce qu'il n'arrête pas d'aller parler à Henry Caldwell ? Pourquoi est-ce qu'il s'inquiète de ce que Rachel pourrait raconter à propos de la fusillade ? Est-ce que c'est le hasard, s'il est arrivé le premier sur la scène de crime ?

— Attends ! a dit Ema en levant les paumes pour calmer mes ardeurs. D'accord, on a nos petits soucis avec Troy et lui, mais tu ne suggères tout de même pas…

— Je ne suggère rien. Mais Spoon a raison. On ne peut pas rester là les bras croisés. On sera tous en danger tant qu'on n'aura pas découvert qui a tiré sur Rachel.

42

Pendant le trajet jusqu'à la maison, Myron est resté silencieux. Je m'attendais à une avalanche de questions et à un long sermon, mais comme il était resté avec moi pendant tous les interrogatoires, il n'avait peut-être plus grand-chose à demander.

Je n'avais pas dormi depuis plus de vingt-quatre heures. Ma fatigue était telle que mes os me paraissaient plus lourds. Mon oncle a garé la voiture et dit :

— Tu essayais d'aider une amie.

Comme cela ressemblait plus à une affirmation qu'à une question, je n'ai pas répondu.

— Je comprends ce besoin de venir au secours des gens. Je suppose que c'est génétique.

Voulait-il dire que je tenais ça de mon père ou de lui-même ? Ou des deux ?

— Tu es persuadé d'agir pour le mieux. Ça aussi, je le comprends. Mais quand on rompt l'équilibre...

J'ai attendu. Puis j'ai dit :

— Donc, tu penses quoi ? Qu'il faut se mettre en retrait et laisser les choses suivre leur cours ?

— Non.

— Où veux-tu en venir, alors ?

— Peut-être nulle part. Je veux seulement te faire comprendre que ce que tu essaies de faire n'est pas facile. Ce n'est pas tout noir ou tout blanc. (Il a remué sur son siège.) Imagine un groupe de figurines sur une étagère branlante.

J'ai levé un sourcil.

— Des figurines ?

— Imagine, c'est tout. Si une des figurines bascule et menace de tomber, tu vas tendre la main pour la rattraper. Mais si ton geste est trop brusque ou maladroit, tu risques d'en renverser d'autres. Tu sauveras peut-être la première, mais au final, tu en casseras un plus grand nombre.

On s'est regardés.

— J'ai quand même une question, ai-je dit.

Myron a pris un air grave.

— Oui ?

— Quand tu parles de figurines, tu penses aux animaux qui hochent la tête ou à ces petits personnages en porcelaine que grand-mère aime tant ?

Il a soupiré.

— Je suppose que je l'ai bien cherché ?

— Parce que ceux-là, je ne lèverais pas le petit doigt pour les sauver. Ils me fichent la trouille.

Myron a éclaté de rire.

— D'accord, d'accord.

— Tu ne le diras pas à grand-mère, hein ?

— Gros malin, va.

Nous sommes sortis de la voiture. Je m'apprêtais à rejoindre mon sous-sol quand Myron m'a posé une dernière question.

— Est-ce que tout ça a un rapport avec la femme chauve-souris ou ton désir d'exhumer le corps de ton père ?

C'était une bonne question, et il méritait une réponse sincère.

— Je ne sais pas.

Une fois dans ma chambre, je me suis effondré sur mon lit. Je ne devais surtout pas penser à Spoon. Si je l'imaginais couché dans son lit d'hôpital, je serais incapable de faire quoi que ce soit. Surmontant la douleur, il avait demandé à me voir pour une raison précise. Il ne voulait pas qu'on renonce. Il voulait qu'on découvre qui avait tiré sur Rachel. Malgré mon envie de me rouler en boule et de lâcher prise, je devais honorer la promesse que je lui avais faite.

Mais comment ?

Mon portable a sonné. Quand j'ai vu s'afficher le nom de Rachel, je me suis redressé et j'ai porté le téléphone à mon oreille. Elle est partie bille en tête, furieuse :

— Comment tu as pu me faire un truc pareil ?

— Rachel ?

— Il y a des flics partout chez moi.

— Est-ce qu'ils t'ont posé des questions sur le sac de sport ?

— Ils ont voulu, mais mon père leur a interdit de me parler. Pourquoi tu as fait ça, Mickey ? Tu ne pouvais pas te mêler de tes affaires ?

— On essayait d'aider. On essayait…

— Tu sais quoi ? Je ne veux pas t'entendre. En fait, je t'appelais juste pour avoir des nouvelles de Spoon.

L'expression désespérée de la mère de notre ami m'est revenue. Est-ce que je réussirais à l'oublier un jour ?

— Il est dans un état critique.

— Le pauvre.

— On essayait de retrouver ceux qui t'avaient tiré dessus.

— Qui t'a demandé de faire ça ?

Mais j'en avais assez de devoir me justifier.

— Tu le sais très bien, Rachel.

Elle le savait en effet : le refuge Abeona.

— Nous sommes tous liés là-dedans. Tu aurais pu nous faire confiance. Tu aurais pu nous dire que tu avais cru ta mère et subtilisé ce sac.

— J'essayais de vous protéger.

— Et moi, j'essayais de te protéger toi, ai-je répondu, en me remémorant la métaphore idiote de Myron sur les figurines. Et regarde où ça nous a menés.

Silence.

— Tu as demandé l'aide d'Abeona, n'est-ce pas ?

— Oui. Mais la femme chauve-souris m'a dit de laisser tomber. Comme si je pouvais. Comme si je pouvais oublier ce que mon père a fait endurer à ma mère – l'enfermer chez les fous pendant toutes ces années. J'ai donc caché le sac de sport dans le casier. Jusqu'à ce que je puisse les convaincre que c'était important pour moi, ou juste pour gagner du temps, je ne sais pas. Mais j'ai foiré, Mickey. J'ai foiré et ces deux types s'en sont pris à ma mère.

— Non.

— Comment ça, non ?

— Ils n'ont pas tué ta mère.

— Qu'est-ce que tu racontes ? Le commissaire Taylor est ici. Il dit que l'affaire est résolue.

Encore le commissaire Taylor.

— Qu'est-ce qu'il a dit d'autre ?

— Qu'ils ont retrouvé l'arme du crime. Et que les analyses balistiques prouveront que c'est bien celle-là.

— Comment sait-il à l'avance ce que les analyses prouveront ?

— Parce que c'est évident ?

— Ce n'étaient pas eux, Rachel. Spoon l'a compris. La personne qui a tué ta mère est encore en liberté.

— C'est impossible.

J'ai commencé à lui expliquer tout ce qui clochait dans la version officielle. Elle m'a écouté en silence. Quand j'ai eu terminé, elle m'a demandé d'une voix étrangement calme :

— Tu crois que mon père a… ?

— Je ne sais pas. Enfin, c'était peut-être un accident.

— Je ne vois pas comment. Quelqu'un m'a tiré dessus depuis l'autre extrémité de la pièce, mais maman a été tuée à bout portant. Comment ça pourrait être un accident ?

— Eh bien, ai-je dit lentement en me remémorant la théorie d'Ema, ta mère a peut-être été tuée volontairement, mais toi, tu as été touchée accidentellement.

Le silence est retombé, mais quelque chose me gênait. La balle qui avait frôlé Rachel avait été tirée de loin, tandis que l'arme avait été pressée contre la tempe de sa mère. C'était logique, bien sûr. Le tireur avait dû se trouver tout près d'elle...

Alors, qu'est-ce qui me titillait comme ça... ?

— Mickey ?

— Oui.

— J'aime mon père.

— Je sais.

— Il ne me ferait jamais de mal, mais...

— Mais quoi ?

— Mais le commissaire Taylor et lui sont amis. Et ils se comportent de manière tellement louche.

J'ai serré le portable un peu plus fort. M. Caldwell et le commissaire Taylor sont amis et, comme par hasard, Taylor est le premier à arriver sur les lieux. Une sacrée coïncidence.

Tout ça me plaisait de moins en moins.

— Je crois qu'on devrait parler à la police.

— Pour leur dire quoi ? Nous ne sommes que des ados. Et nous n'avons pas la moindre preuve. La première chose que fera un policier, ce sera d'en parler à Taylor.

— Possible... mais je ne vois pas tellement d'autre solution.

— Si. Mickey ? (Soudain, sa voix s'est animée comme si on avait appuyé sur un bouton.) Tu es prêt à prendre de nouveaux risques ? Parce que j'ai une idée.

43

Dès que j'ai eu raccroché, j'ai appelé Ema pour lui expliquer le plan. J'aurais voulu avoir des nouvelles de Spoon, mais primo, je ne savais pas qui appeler, deuxio, je ne voulais pas me laisser distraire. Spoon avait été clair : je ne pouvais rien pour lui. Je devais me concentrer sur la recherche de la vérité.

J'avais huit heures devant moi avant la mise en œuvre de l'idée de Rachel : une respiration dont j'avais désespérément besoin. Mon corps était tiraillé entre le sommeil et la faim. Comme d'habitude, c'est la faim qui l'a emporté. Quand je suis entré dans la cuisine, Myron regardait les infos à la télévision.

— Tu veux que je te prépare un sandwich ? m'a-t-il proposé.

— Non, je m'en occupe.

Le frigo était plein : mon oncle avait fait provision de tranches de dinde, de laitue, de tomates, d'emmental et de petits pains. Parfait. En quarante secondes chrono, mon sandwich était prêt. Un verre d'eau dans une main et mon casse-croûte dans l'autre, je m'apprêtais à redescendre dans mon sous-sol quand une image sur l'écran de télé m'a stoppé net.

Myron s'en est aperçu.

— Mickey ?

Les yeux braqués sur la télé, je n'ai pas répondu.

Le présentateur, portant une cravate d'un vert criard, avait pris son ton le plus grave :

« Un bien triste anniversaire en perspective. Demain matin se tiendra une cérémonie religieuse en souvenir de Dylan Shaykes, vingt-cinq ans après sa disparition. On se souvient que le petit garçon de 9 ans a été kidnappé dans la cour de son école et n'a jamais été revu depuis. »

Je contemplais la photo sur l'écran en songeant : *Oh, non, ce n'est pas possible...*

« L'histoire du petit Dylan a fait la une de la presse du monde entier. Son portrait a été imprimé sur les briques de lait. Il a été diffusé dans tout le pays, et même en Europe. Au moment du drame, la police a longuement interrogé son père, mais William Shaykes n'a jamais été arrêté. Des traces de sang, identifié comme appartenant au jeune Dylan, ont été découvertes dans les bois voisins, mais son corps n'a jamais été retrouvé. Vingt-cinq ans après, le mystère demeure. »

La photo du petit Dylan Shaykes est réapparue sur l'écran. Il avait les cheveux bouclés et le regard triste. J'avais vu ce portrait – exactement le même cliché – dans le couloir chez la femme chauve-souris. Une autre photo de Dylan, prise un peu plus tard, c'est-à-dire *après* sa disparition, était posée sur la table de chevet de la femme chauve-souris.

Sur l'écran, la présentatrice a secoué la tête :

« Triste histoire, Ken.

— En effet, Diane. Et en l'absence de nouveaux indices après tant d'années, nous ne saurons probablement jamais ce qui est arrivé au petit Dylan Shaykes. »

Mais il se trompait. Parce que, moi, je savais.

44

Comment voulez-vous réussir à dormir après ça ?

Le petit garçon aux cheveux bouclés et aux yeux tristes est venu hanter mes rêves. Dylan Shaykes. La première fois que j'avais vu sa photo chez la femme chauve-souris, son visage m'avait semblé familier. Peut-être l'avais-je vu, au fil des années, dans des reportages consacrés à des enfants disparus ? Mais j'en doutais.

J'ai surfé sur Internet pour savoir si on y parlait de notre aventure, mais peut-être parce que nous étions tous mineurs, il y avait très peu de choses. Le site d'infos locales, le Kasselton Patch, diffusait la vidéo d'une conférence de presse donnée par le commissaire Taylor, annonçant l'arrestation de Brian Tart et d'Emile Romero, deux trafiquants de drogue notoires déjà condamnés pour agression et vol à main armée, et impliqués dans le meurtre de Nora Caldwell. Le commissaire affirmait qu'ils disposaient maintenant d'un « élément matériel incontestable » prouvant la culpabilité de Lunettes Noires et du Balafré. Cette affaire, soulignait le chef de la police, était officiellement résolue.

J'ai fait la grimace. Taylor paraissait affreusement impatient de clore le dossier, non ?

À 18 heures, Rachel, Ema et moi nous sommes retrouvés rue Coventry, près du centre commercial.

Compte tenu des circonstances, j'avais pensé qu'on aurait du mal à obtenir des autorisations de sortie, mais tout le monde était là. Angelica Wyatt tournait ce jour-là une scène capitale, dont le report aurait coûté un demi-million de dollars au studio. *Exit*, donc, Angelica et Myron. Quant à Rachel, son père ayant déclaré qu'elle ne parlerait pas aux policiers, on lui avait fichu la paix.

J'avais l'impression qu'il n'y avait pas beaucoup d'autorité chez elle.

— Bon, alors tout est bien clair ? a-t-elle demandé quand on a eu récapitulé le plan.

— Il me semble, a répondu Ema. On attend que tu nous ouvres la porte de derrière. Ensuite, on entre discrètement. C'est simple, non, Mickey ?

Toutes deux m'ont regardé. Je cachais ma joie.

— Ça ne me plaît pas.

— Pourquoi ? a demandé Rachel. C'est parfait.

Une drôle d'expression est passée sur le visage d'Ema. Elle avait pigé ce qui me gênait, et ce n'était pas une bonne chose.

— Oui, Mickey, où est le problème ?

— Je ne veux pas que quelqu'un d'autre soit blessé.

Ma remarque sonnait creux à mes propres oreilles et n'a pas eu plus d'écho auprès des filles.

Voici comment l'idée avait germé dans l'esprit de Rachel : à l'époque où elle sortait avec Troy Taylor – argh – elle avait appris que le commissaire conservait chez lui des copies de tous les dossiers importants. Il n'y en avait pas beaucoup. Kasselton est une ville tranquille – du moins elle l'était jusqu'à récemment. Lesdits dossiers se trouvaient dans son bureau, près de la cuisine. Durant leur « relation » – re-argh –, Troy l'attardé lui avait expliqué que le bureau paternel était classé zone interdite pour tout le monde, même les membres de la famille.

Le plan ? Simple. Rachel avait déjà appelé Troy et lui avait proposé de passer chez lui. Apparemment, Troy avait très envie qu'ils se « réconcilient » – re-re-argh –, alors que Rachel ne cessait de répéter qu'il n'y avait jamais eu grand-chose entre eux et que leur histoire n'était pas allée bien loin.

— Ah bon ? Alors, comment se fait-il que tu connaisses si bien la disposition de sa maison ? n'avais-je pu m'empêcher de lui demander.

Là, Ema m'avait écrasé le pied. J'ignorais si elle voulait me faire taire ou si elle était agacée que ça me touche autant. Les deux, j'imagine.

Bref, pour en revenir au plan : Rachel irait chez Troy sous prétexte de « faire le point sur leur relation » – je vous épargne un nouveau argh. À un moment, elle ferait semblant d'aller aux toilettes, se glisserait dans la cuisine et nous ouvrirait la porte de derrière. Ema et moi entrerions en douce dans le bureau de Taylor. À nous, ensuite, de fouiller dans ses dossiers pour trouver des renseignements sur la fusillade, pendant que Rachel garderait Troy « occupé ».

OK, un dernier argh.

— Qu'est-ce que tu entends par « occupé » ? lui avais-je demandé, ce qui m'avait valu un nouveau coup de pied.

Ce que nous cherchions exactement dans les dossiers du commissaire ? Mystère.

Dix minutes plus tard, nous avons regardé Rachel se diriger vers la porte d'entrée des Taylor. Elle a sonné, puis fait ce mouvement avec ses cheveux qui me donnait chaque fois des palpitations. À côté de moi, Ema a soupiré.

Troy a ouvert la porte, torse bombé tel le coq de la basse-cour. Mes poings se sont serrés tout seuls. Il a invité Rachel à entrer et refermé derrière eux.

— On y va, a murmuré Ema.

Nous avons contourné la maison voisine puis traversé le jardin des Taylor. À la vérité, tout ne me déplaisait pas dans ce plan. J'aimais bien l'idée de fouiller dans les dossiers de Taylor et de découvrir ce qu'il manigançait, parce que je savais, je *savais* qu'il cachait quelque chose.

L'idée de savoir Rachel toute seule avec Troy dans cette maison m'enchantait beaucoup moins.

Ema et moi nous sommes cachés derrière un buisson à côté de la porte de derrière. Spoon était là, dans un coin de notre tête, mais ce n'était pas le moment de se laisser distraire. La seule chose que nous puissions faire pour lui était de poursuivre l'enquête.

Et c'est précisément ce que nous allions faire.

J'ai repensé au vingt-cinquième anniversaire de la disparition de Dylan Shaykes. Avec tout ça, je n'avais pas eu le temps d'en parler à Ema. Il n'empêche que le refuge Abeona me semblait de plus en plus trouble. D'abord, il y avait eu la photo retouchée du Boucher de Łódź. Et maintenant, ce portrait du petit garçon aux yeux tristes...

Un bruit en provenance de la porte m'a ramené à l'instant présent : le verrou venait de s'ouvrir.

— Prêt ? m'a demandé Ema.

J'ai hoché la tête. Nous étions convenus qu'une fois à l'intérieur, nous ne prononcerions pas un mot, même chuchoté, sauf en cas d'urgence. Ema ferait le guet à la porte du bureau et me préviendrait si Troy approchait ou si quelqu'un d'autre entrait dans la maison. C'est moi qui explorerais le bureau de Taylor.

Quand ma main s'est posée sur la poignée, une pensée m'a frappé : mes empreintes digitales. J'aurais dû enfiler des gants. Il était maintenant trop tard pour s'en préoccuper. En plus, qui allait relever les empreintes ? Nous n'avions pas l'intention de voler quoi que ce soit, et si on était pris sur le fait, le commissaire n'aurait pas besoin de preuves supplémentaires.

J'ai tourné la poignée. La porte s'est ouverte avec un grincement sonore. Presque aussitôt, j'ai entendu Rachel pousser un gloussement ridicule.

— Oh, Troy ! s'est-elle exclamée très fort, d'une voix si sucrée qu'elle en était écœurante. C'est trop drôle !

J'ai fait une grimace, comme si je venais de renifler une puanteur immonde.

Rachel s'est remise à glousser – rien à voir avec un rire, plutôt un hennissement suraigu. J'avoue que sur le coup, elle a perdu un peu de son charme. Puis je me suis souvenu qu'elle faisait semblant, qu'elle avait réagi au quart de tour pour étouffer le bruit de mon entrée maladroite, et sa cote a remonté d'un coup.

Ema et moi nous sommes glissés dans la maison en refermant derrière nous. Comme Rachel nous l'avait expliqué, le bureau se trouvait tout de suite sur notre gauche. Je m'y suis dirigé sur la pointe des pieds. Ema suivait. La porte du bureau étant grande ouverte, je n'ai eu qu'à entrer, tandis qu'Ema se plaquait dos au mur de la cuisine. De là, elle pouvait surveiller la porte de derrière, celle du bureau et le couloir menant au salon où Rachel hennissait toujours.

Le bureau du commissaire était envahi de trophées, de plaques et de citations pour ses bons et loyaux services dans la police. Deux de ces trophées, des pistolets en bronze, récompensaient son adresse au tir. Génial. Les murs étaient couverts de photos de toutes les équipes de foot, de base-ball et de basket que le commissaire avait entraînées. Celui du fond accueillait les distinctions et récompenses qu'il avait reçues durant sa vie de sportif, dont une nomination parmi les meilleurs joueurs de l'État en football et...

Tiens donc !

Je n'ai pas pu m'empêcher de m'approcher pour y regarder de plus près. C'était une photo de l'équipe de basket du lycée de Kasselton remontant à vingt-cinq ans, l'année où elle avait remporté le championnat du New Jersey. Au premier rang, tenant un ballon, se trouvaient les deux capitaines, Eddie Taylor et Myron Bolitar. Eh oui, mon oncle. Sur le cliché, les deux ennemis d'aujourd'hui semblaient copains comme tout, et je me suis demandé ce qui avait bien pu se passer.

Mais ce n'était pas mon souci pour l'instant.

M'installant derrière le bureau de Taylor, j'ai avisé une pile de dossiers dans une bannette. Au moment où j'ouvrais le premier, la voix de Rachel m'est parvenue :

— Troy, ne fais pas ça !

Une bouffée de rage m'a envahi. Il s'en est fallu de très peu que je me lève et me précipite pour… pour quoi ? Rachel avait l'air de maîtriser la situation. Si elle avait besoin de moi, elle appellerait à l'aide, non ?

Sans compter que si je faisais irruption dans la pièce voisine, elle me tuerait. Mieux valait donc me concentrer sur ce que j'avais à faire.

Le premier dossier était assez mince. L'étiquette disait : NORA CALDWELL – HOMICIDE.

Bingo. J'avais eu de la veine de tomber directement dessus, mais encore une fois, le meurtre chez les Caldwell était de loin la plus grosse affaire de la ville.

Ema m'a lancé un coup d'œil interrogateur. J'ai levé les deux pouces vers elle, avant d'ouvrir le dossier. Des dossiers papiers – pas très moderne, le commissaire.

La première feuille présentait le : RAPPORT D'ANALYSE BALISTIQUE. Elle portait la date d'aujourd'hui.

Il y avait trois colonnes : une pour le pistolet A (celui qui avait blessé Spoon), une pour le pistolet B (celui du Balafré), et une pour le pistolet C (celui dont une balle avait tué Mme Caldwell et une autre frôlé Rachel). Puis venait tout un baratin scientifique, avec des termes comme échantillon-type, séquence de tir, type d'arme, poids du projectile, type de balle/projectile, vitesse d'impact, force d'impact, vous voyez le genre. Comme ça ne m'était d'aucune utilité, j'ai sauté aux conclusions : AUCUNE CORRESPONDANCE ENTRE LES PISTOLETS A ET B ET LE PISTOLET C.

Ouah ! Si je comprenais bien – et les conclusions ne paraissaient pas difficiles à saisir –, les deux premières armes n'avaient pas servi dans le meurtre de Mme Caldwell.

C'était énorme.

N'est-ce pas ?

Mais ça ne prouvait pas pour autant l'innocence de Lunettes Noires ou du Balafré. À moins de n'avoir jamais regardé une série télé, tout le monde sait qu'après avoir commis un crime avec une arme, il vaut mieux s'en débarrasser. N'était-ce pas la conclusion la plus logique ? Les deux truands avaient seulement changé d'arme.

Sauf que le commissaire Taylor n'avait pas mentionné les résultats de l'expertise au cours de sa conférence de presse. En fait, il avait laissé entendre l'inverse de ce que je venais de lire. N'avait-il pas affirmé qu'il possédait une preuve matérielle lui permettant d'inculper ces gars pour le meurtre de Nora Caldwell ?

Mais si les balles ne correspondaient pas, de quelle autre « preuve matérielle » disposait-il ? À moins qu'il ait menti. Par ailleurs, ce rapport balistique était l'original, pas une copie. Pourquoi se trouvait-il chez Taylor et pas au commissariat ?

Dans le salon, j'ai entendu Troy déclarer :

— Je vais aller nous chercher quelque chose à boire.

Je me suis figé.

— Ce n'est pas la peine. Je n'ai pas soif.

Le canapé a grincé, comme si quelqu'un s'était levé.

— J'en ai pour deux secondes, chérie.

Chérie ?

— Troy ?

Rachel avait pris une voix « minaudière » – et je ne suis même pas sûr de la signification du mot.

— Oui ?

— Ne me laisse pas toute seule, s'il te plaît.

Il fallait que je me grouille.

J'ai feuilleté le reste du dossier jusqu'à ce que je tombe sur le RAPPORT MÉDICAL – NORA CALDWELL. Il y avait deux croquis du corps – un de face et un de dos. Une fois encore, j'ai survolé le jargon médical pour me concentrer sur les conclusions : la victime avait succombé à de graves blessures à la tête causées par une balle. Je savais déjà tout ça. D'après les « traces de brûlure », l'expert médical avait déterminé qu'elle avait été tuée « à bout portant » ; le canon du pistolet avait été appuyé contre sa tempe. Rachel m'avait dit ça aussi, mais quelque chose me gênait.

Quoi ?

J'ai essayé de me repasser la scène. Le tireur pénètre dans le salon des Caldwell. Il braque l'arme sur la tempe de Mme Caldwell et appuie sur la détente – une forme d'exécution. Entendant le bruit de la détonation, Rachel se précipite. Le tireur lève son arme et la vise…

Attendez ! Maintenant, je voyais le problème.

Rachel ne m'avait jamais dit qu'elle avait entendu un coup de feu. Elle avait entendu des voix qui parlaient fort. C'est pour ça qu'elle était descendue. Des voix. Pas un coup de feu.

Un bruit de moteur dehors m'a fait lever la tête. Une voiture de police venait de se garer dans l'allée.

Oh, non.

Ema m'a fait signe de me dépêcher. J'ai agité le bras pour l'inciter à déguerpir. Elle a hoché la tête et disparu. Par la fenêtre, j'ai vu le commissaire descendre de son véhicule. Il avait l'air mécontent.

— Merde, il y a mon père qui rentre ! a dit Troy.

Au moment où je me levais, mon regard est tombé une dernière fois sur le dossier. Les mots « résidus de poudre sur la main », stabilotés en jaune, m'ont sauté aux yeux. Ouah ! Tournant la tête, j'ai vu Taylor bifurquer pour se diriger vers...

La porte de derrière !

Putain, j'étais coincé !

J'ai cherché une cachette dans le bureau, mais il n'y en avait pas. Taylor contournait la maison. Je n'avais aucun moyen de sortir. Et si j'essayais de me jeter par la fenêtre à l'instant où il passerait la porte ? J'ai tenté de l'ouvrir, mais elle était coincée.

À deux doigts de perdre tout espoir, j'ai entendu la porte de devant s'ouvrir

— Commissaire ?

C'était Rachel.

— Commissaire ! Bonjour, c'est moi !

Remarque qu'elle a ponctuée d'un nouveau hennissement aigu. Ce bruit était singulièrement irritant. Mais au moins, Taylor s'est retourné vers elle.

— Bonjour, Rachel.

— Est-ce que... est-ce que je pourrais vous parler une minute ?

Elle a fait un pas dans le jardin de devant. Taylor a paru hésiter, puis il a soupiré et s'est dirigé vers elle.

— Qu'y a-t-il ?

Je n'ai pas attendu.

Traversant le bureau en trois enjambées, j'ai filé par la porte de la cuisine et couru jusqu'au bois au bout du jardin. Ema avait prévu un point de rencontre. Elle m'y attendait.

À la seconde où je l'ai rejointe, j'ai eu deux révélations.

La première : je savais maintenant qui avait tué Mme Caldwell et blessé Rachel.

La seconde : j'avais laissé le dossier ouvert sur le bureau du commissaire.

45

Nous n'avons pas attendu que Rachel ressorte de la maison des Taylor. C'était une grande fille. Elle se débrouillerait. De plus, j'avais des choses à faire avant de la revoir.

— Alors ? Qu'est-ce que tu as trouvé ? m'a demandé Ema.

— Il faut que je réfléchisse.

— Si tu savais comme c'est lourd, ce genre de réponse !

— Oui, je m'en doute

— Bon, alors, réfléchis tout en me racontant.

Comme je n'y tenais pas vraiment, je me suis contenté de lui rapporter les faits, sans plus. Son portable a vibré. C'était sa mère.

Ça me faisait encore tout drôle : sa mère, qui était une des femmes les plus glamour du monde.

Ema a décroché avec un soupir, répété trois fois que tout allait bien, avant de raccrocher et de se tourner vers moi.

— Ton oncle est avec elle. Ils veulent qu'on rentre fissa.

Ça m'allait très bien. J'avais envie d'être un peu seul. De mettre de l'ordre dans mes pensées et de planifier soigneusement mon initiative suivante. Surtout, je voulais savoir Ema en sécurité, et loin de moi. J'avais déjà envoyé un ami à l'hôpital : ça suffisait.

Ema et moi nous sommes donc séparés. Je suis rentré chez moi, encore perdu dans mes pensées. J'avais deviné ce qui était arrivé chez les Caldwell. En grande partie, tout au moins. Quelques pièces du puzzle ne s'assemblaient pas encore tout à fait. Et il n'y avait qu'une façon d'obtenir les réponses qui me manquaient. Mais ça signifiait que j'allais encore devoir prendre des risques. Franchement, je m'en serais bien passé. La frontière était mince entre la témérité et un comportement bêtement suicidaire. Je n'étais pas d'humeur à éprouver sa minceur.

Mais avais-je le choix ?

Une fois à la maison, j'ai rejoint mon sous-sol et envoyé un SMS à Rachel : **T'es repartie ?**

Rachel : **J'en sors.**

Bien. Je n'ai pas pris la peine de lui répondre. Sachant qu'elle ne serait pas chez elle, j'ai composé le numéro des Caldwell. Au même moment, j'ai entendu la porte s'ouvrir et Myron entrer.

— Mickey ?

J'ai posé la main sur mon téléphone.

— Une seconde !

À la troisième sonnerie, une voix d'homme a répondu.

— Allô ?

— Monsieur Caldwell ? Ici Mickey Bolitar.

— Ah, bonjour, Mickey. Rachel n'est pas à la maison.

— Ce n'est pas à elle que je voulais parler.

— Ah ?

— Je sais ce qui est arrivé à votre ex-femme et à votre fille.

Quand il m'a répondu, j'ai perçu une tension dans sa voix :

— Dans ce cas, tu devrais sans tarder avertir la police.

— Vous voulez dire, le commissaire Taylor ?

— Oui, bien sûr.

— Bon, je pourrais effectivement lui parler, mais nous savons l'un et l'autre qu'il étoufferait l'affaire.

Un silence a suivi. J'entendais la respiration de M. Caldwell à l'autre bout de la ligne.

— Qu'est-ce que tu cherches à me dire, Mickey ?

— Vous et moi devons nous voir.

— Passe à la maison, alors.

— Je préférerais qu'on se retrouve ailleurs. Vous jouez au basket, monsieur Caldwell ?

— Drôle de question.

— Je vous retrouverai près des terrains en extérieur, dans le centre-ville. Oh, et mettez une tenue de sport. Short et tee-shirt.

— Pourquoi ?

— Parce que cette fois, je veux être sûr que vous ne serez pas armé.

46

Rachel n'arrêtait pas d'essayer de m'appeler. Je l'ai ignorée.

Posté près d'un grand arbre, à une centaine de mètres, j'ai vu M. Caldwell garer sa BMW. Les terrains étaient éclairés, mais personne ne jouait. Il est sorti de son véhicule, un ballon de basket à la main. Pour me rassurer, sans doute. Comme je le lui avais demandé, il portait un short et un tee-shirt. Il pouvait malgré tout avoir caché une arme sur lui, mais j'en doutais.

Nous nous sommes retrouvés au centre du terrain. Henry Caldwell paraissait épuisé. Ce n'étaient plus des valises qu'il avait sous les yeux, mais des malles. Quant à ses cheveux, ils étaient si fins qu'un bon coup de vent aurait suffi à les décoller de son crâne.

— Qu'est-ce que tu veux, Mickey ?

Je me tenais au bord du plongeoir : autant me jeter à l'eau tout de suite.

— Vous étiez présent quand votre ex-femme s'est fait assassiner. Je veux savoir ce qui s'est passé.

Il a regardé le ballon dans ses mains.

— Comment sais-tu que j'étais là ?

— Rachel m'a dit qu'elle avait entendu des voix, l'une féminine et l'autre masculine. Celle de votre ex-femme et la vôtre.

Nous nous faisions face au milieu du terrain. Je le dépassais d'au moins dix centimètres. Il a levé ses yeux sombres vers moi.

— Est-ce que tu portes un micro ?

— Un micro ?

— Oui. Est-ce que quelqu'un nous écoute ? Est-ce que tu enregistres cette conversation ? Soulève ton tee-shirt.

J'ai obtempéré, pour lui montrer que je ne portais ni micro ni appareil enregistreur.

— Et ton portable ?

Oh, oh !

— Quoi, mon portable ?

— Certaines personnes le laissent décroché pour qu'on entende la conversation à l'autre bout.

J'ai sorti mon portable de ma poche, pressé discrètement la touche coupant la communication, puis le lui ai tendu. M. Caldwell a regardé l'écran. Je me suis demandé s'il avait vu tous les textos et appels en absence de sa fille. Si c'était le cas, il n'a rien dit. Il s'est contenté de retirer la batterie et de me le rendre.

— Je t'écoute, a-t-il dit.

— J'ai vu le rapport de police.

— Comment as-tu pu le voir ?

— Peu importe.

— Tu t'es introduit chez le commissaire Taylor ?

— Monsieur Caldwell...

— Réponds-moi.

— Votre ex-femme avait des résidus de poudre sur la main.

— Pardon ?

— Des résidus de poudre. Ce qui signifie que c'est elle qui a appuyé sur la détente.

— Quoi ? Qu'est-ce que tu racontes ?

Son visage avait perdu toute couleur. Mais sa voix était pleine d'arrogance. Pas de colère, pas de rage – d'arrogance. Elle sonnait faux, comme s'il lisait un script.

— Ce sont ces deux voyous qui ont tiré.

J'ai secoué la tête.

— Non, monsieur, c'est votre femme.

Il a ouvert la bouche, mais rien n'est sorti. Ses épaules se sont affaissées ; ses paupières semblaient peser des tonnes.

— Votre ex-femme s'est suicidée.

Ses yeux se sont emplis de larmes. Lorsqu'il a baissé la tête, j'ai vu la voiture de police arriver lentement derrière lui. Mon pouls s'est accéléré.

— C'est le commissaire Taylor ? ai-je demandé.

— Oui.

— Vous l'avez appelé ?

— Tu as laissé le dossier ouvert sur son bureau. Il en a tiré ses propres conclusions.

J'ai senti ma bouche s'assécher.

— Tu as oublié quelque chose, Mickey.

— Quoi donc ?

— Si la mère de Rachel s'est tuée, qui a tiré sur Rachel ?

C'était le moment de vérité – même si je la connaissais déjà, vu qu'il n'y avait qu'une seule réponse logique. Nos regards se sont croisés. J'ai lu de la souffrance dans le sien. Le doute n'était plus permis : M. Caldwell était présent ce jour-là. Il avait vu sa propre fille se faire tirer dessus.

Mais ce n'était pas lui qui tenait l'arme.

— Votre ex-femme, ai-je murmuré. Votre ex-femme a tiré sur votre fille.

Il n'a rien dit. C'était inutile.

— Je ne sais pas exactement comment ça s'est déroulé. Rachel découvre votre sac de sport et le cache. Elle dit à sa mère qu'elle sait maintenant la vérité ; qu'elle la croit. Un peu plus tard, vous rentrez chez vous. Vous vous rendez compte que la drogue a disparu. Furieux, vous confrontez votre ex-femme. Rachel vous entend vous disputer tous les deux. Votre ex-femme sort un pistolet. Rachel se rue dans la pièce. Ça, c'est un des trucs qui m'ont gêné. Si Rachel s'était fait tirer dessus la première, votre ex-femme ne serait pas restée immobile à attendre que le tueur lui colle son pistolet sur la tempe.

— Donc, Nora a peut-être été tuée la première, a-t-il dit sans conviction.

— Non, monsieur. Rachel a été formelle. Elle n'a pas entendu de coup de feu. Elle a entendu des voix et elle est descendue. Elle fait irruption dans la pièce. Votre ex-femme tient le pistolet. Ensuite, quoi ? Elle panique ? Elle essaie de vous tirer dessus, mais manque sa cible ? Quoi qu'il en soit, elle atteint sa fille. Rachel s'effondre. Votre ex-femme est choquée, elle n'arrive pas à croire à ce qu'elle a fait. Le pistolet est toujours dans sa main…

Je me suis interrompu. Le commissaire Taylor n'était toujours pas descendu de sa voiture.

— J'ai raison ? ai-je demandé.

— Pas loin. (Il a pris plusieurs inspirations.) Nora n'a pas essayé de me tirer dessus. Oui, elle a sorti un pistolet. Oui, elle l'a pointé dans ma direction. Mais quand Rachel est entrée, elle… elle a pivoté vers elle et tiré. Comme ça. J'ai vu le sang jaillir. J'ai vu Rachel tomber. (Il a fermé les yeux, s'efforçant de tenir le coup.) Je me suis précipité vers ma fille et j'ai tenté d'arrêter l'hémorragie. Je n'ai même pas regardé Nora. Puis j'ai entendu une deuxième détonation. Je me suis retourné et… *a posteriori*, je suppose que son geste ne m'a pas surpris. Nora était profondément dérangée et montrait de graves tendances suicidaires. À cet instant-là, elle a dû croire qu'elle avait tué notre fille.

Taylor est enfin sorti de son véhicule et s'est avancé dans notre direction.

J'ai hésité à partir en courant. J'en savais assez. Je savais qui avait tiré sur Rachel. Comment Taylor réagirait-il en apprenant que je savais ?

— Je ne suis pas tout seul, ai-je dit. J'ai prévenu des gens. Ils connaissent toute l'histoire.

— Je ne te crois pas, Mickey. Je ne pense pas que tu aies eu le temps de tout raconter. De toute façon, ça n'a plus d'importance. (M. Caldwell avait les larmes aux yeux.) On a fini ?

— Presque. Votre fille était blessée. Votre femme s'était suicidée. Et vous n'avez pas appelé tout de suite les urgences.

— Non, c'est vrai.

— Vous avez appelé le commissaire Taylor.

— Oui.

— Pour qu'il arrive le premier sur les lieux. Pour que vous puissiez maquiller la vérité et faire croire à un cambriolage qui aurait mal tourné.

Je ne m'attendais pas à ce qu'il avoue, pourtant, il a pris une profonde inspiration et déclaré :

— Oui.

— Vous aviez peur que la vérité éclate. Que tout le monde sache que vous étiez un trafiquant de drogue.

— Non.

Le commissaire Taylor nous a rejoints.

— Bonsoir, Mickey.

Je l'ai ignoré.

— Comment ça, non ?

— Tu te trompes. Je ne m'inquiétais pas de ce qu'on aurait pu découvrir sur moi. S'il s'agissait seulement de me protéger, pourquoi le commissaire Taylor aurait-il accepté de m'aider ?

— Parce que vous le payez ?

J'ai vu la colère se peindre sur le visage de Taylor, mais je n'ai pas reculé.

— Tu crois que je suis corrompu ?

— Du calme, Ed, a dit Caldwell.

— Tu as entendu ce qu'il vient de dire ?

— De son point de vue, c'est compréhensible. Calme-toi. Il n'a pas encore saisi.

Taylor me fusillait du regard.

Caldwell avait raison. Je ne saisissais pas.

— De quoi vous parlez, tous les deux ?

— Je ne suis pas un trafiquant de drogue, Mickey.

— Et je ne suis pas un pourri, a ajouté Taylor.

Et c'est alors que j'ai compris. En fait, j'avais peut-être déjà compris avant d'arriver ici. Est-ce que je n'avais pas organisé cette confrontation à l'insu de Rachel et évité de répondre à ses messages ? Inconsciemment – ou peut-être pas si inconsciemment que ça –, je ne voulais pas qu'elle apprenne la vérité tout de suite.

— Vous avez bidouillé le dossier pour protéger Rachel.

Taylor gardait la tête baissée.

— Je n'aime pas ta façon de présenter les choses.

— Mickey, a dit M. Caldwell en se plaçant devant le commissaire, est-ce que tu as déjà remarqué les traces de brûlure sur le bras de Rachel ?

— Oui.

— Tu sais d'où ça vient ?

J'ai secoué la tête.

— C'est sa mère qui l'a blessée avec un fer à repasser.

J'en suis resté sans voix.

— Ça a été l'incident de trop. La mère de Rachel était profondément déséquilibrée. J'ai essayé de l'aider aussi longtemps que j'ai pu. Lors de notre rencontre, je suis tombé fou amoureux de Nora... (Sa voix s'est brisée.) Mais la démence lui a tout pris. Quand on a une maladie cardiaque, les gens comprennent. Pour les maladies mentales, c'est autre chose. Pendant longtemps, j'ai vécu dans le déni. Des amis m'ont averti. Ed, ici présent, m'a averti. Ils se rendaient compte que Nora perdait pied, qu'elle ne résonnait plus clairement. J'ai essayé de la faire aider, mais son état n'a fait qu'empirer. Et puis un jour, elle a cru voir des insectes minuscules attaquer sa petite fille. Et elle les a combattus avec la vapeur de son fer à pleine puissance.

J'ai eu du mal à déglutir.

— Est-ce que Rachel s'en souvient ?

— Peut-être. Je ne sais pas. Elle a peut-être refoulé l'épisode. Quoi qu'il en soit, je ne pouvais pas risquer que ça se reproduise. J'ai donc fini par éloigner Nora. Elle ne voulait pas partir, et il a fallu l'intervention d'un juge pour l'y contraindre. Ça a été la décision la plus difficile de ma vie. J'ai consulté de nombreux médecins. Ils étaient tous d'accord. Elle représentait un danger pour elle-même et pour notre enfant.

J'ai senti mon cœur me remonter dans la gorge. Pauvre Rachel.

M. Caldwell m'a souri, mais d'un sourire sans joie.

— J'ai essayé de parler à Rachel. De lui expliquer. Mais elle était trop jeune. Elle l'est peut-être encore. Parfois, elle comprenait. D'autres fois, non. J'aurais probablement dû lui consacrer plus de temps. Je n'aurais pas dû me remarier aussi vite. Je ne sais pas. Mais ça n'a plus d'importance. Les années ont passé. Rachel est parvenue à un stade de sa vie où elle a eu besoin de quelqu'un… quelqu'un qui l'aimerait de manière inconditionnelle.

— Et sa mère a refait surface à ce moment-là.

— Oui.

— Rachel voulait croire que sa mère allait bien.

— Naturellement.

— Donc, elle l'aide à sortir de l'hôpital. À arrêter les médicaments. Elle la ramène chez vous. Elle l'aide à se convaincre qu'elle n'est pas malade.

— Le problème, a dit M. Caldwell, c'est qu'elle l'était. Nora était très malade. Tu te rends compte de ce qui se passerait si Rachel apprenait la vérité ? Que sa mère lui a tiré dessus avant de se suicider ? Tu imagines la culpabilité que Rachel ressentirait ? Pour l'avoir ramenée à la maison ? Pour l'avoir incitée à arrêter son traitement ? Elle ne s'en remettrait pas.

Je comprenais.

— Sauf que Rachel a trouvé la drogue que vous cachiez, ai-je dit. Elle a trouvé l'argent.

— Oui.

— C'est peut-être ça qui a provoqué la maladie de votre femme, ou du moins ce qui l'a exacerbée. Le fait que vous soyez un trafiquant.

— Non.

Taylor a soupiré.

— Il travaille pour nous. Enfin, plutôt pour quelqu'un que tu connais au bureau du comté.

La réponse était évidente.

— L'inspecteur Waters ?

— C'était une opération d'infiltration, a expliqué M. Caldwell. Je travaillais sous couverture. Cette drogue devait servir à faire tomber Brian Tart et Emile Romero.

Au loin, j'ai entendu la sirène de la ville résonner.

— Il faut que j'y aille, a annoncé Taylor. Tu vas en parler ?

Je n'ai pas répondu. J'avais cru que Taylor était pourri jusqu'à la moelle. En réalité, il avait agi ainsi pour protéger Rachel.

Je lui ai adressé un signe de tête, auquel il a répondu. Un accord tacite venait d'être scellé entre nous.

M. Caldwell s'est rapproché de moi.

— Je sais que le commissaire et toi ne vous entendez pas, mais Ed a fait ce qu'il a fait pour Rachel et pour moi. Il a risqué sa carrière pour nous aider. Tu t'en rends compte ?

— Allez-vous dire la vérité à Rachel ?

— À propos de mon travail avec la police ? Oui, je vais le lui dire bientôt.

J'ai secoué la tête.

— Non pas ça. Sur ce qui s'est réellement produit dans ce salon.

— Non.

Je n'ai rien dit.

— Écoute-moi, Mickey. Je suis son père. Je veux ce qu'il y a de mieux pour elle. Tu comprends, n'est-ce pas ?

Comme je me taisais toujours, il a lâché le ballon et posé les mains sur mes épaules. S'assurant que je le regardais droit dans les yeux, il a repris d'une voix suppliante :

— Ça la tuerait. Rachel a fait une bêtise. Une bêtise énorme, qui a provoqué un drame. Ce n'est pas le contenu de ce sac de sport qui est à l'origine de la mort de sa mère, non, c'est la maladie. Mais Rachel ne l'admettra jamais. Elle se dira que si elle n'était pas intervenue, sa mère serait encore en vie. Elle se dira qu'elle a alimenté son délire, qu'elle a précipité les événements. Elle se dira qu'à cause d'elle, sa mère a tiré sur sa propre fille puis, accablée de chagrin, torturée par cette dernière vision, a retourné l'arme contre elle-même. Tu vois, Mickey ? Je suis un père. Mon rôle est de protéger ma fille. Je ne pourrais pas laisser Rachel passer le restant de ses jours avec le poids de cette culpabilité.

— Parce qu'elle est responsable, ai-je dit d'une voix qui paraissait lointaine même à mes propres oreilles. Elle a sûrement des excuses. C'est peut-être compréhensible. Mais en définitive, ce qui est arrivé est la faute de Rachel.

— Oui, a admis M. Caldwell d'un ton désolé. Raison de plus pour que les gens qui l'aiment gardent le silence.

J'avais l'impression d'avoir été vidé de l'intérieur.

— Donc, on laisse Brian Tart et Emile Romero porter le chapeau ?

— Il y a tellement de chefs d'accusation contre eux que deux de plus ne feront pas de différence. C'est le genre d'affaire où le silence arrange tout le monde. La police ne fera pas de zèle parce qu'elle n'a pas intérêt à ce que la vérité sorte. Je reste un élément précieux travaillant sous couverture. Si l'affaire s'ébruitait, toute l'opération tomberait à l'eau. De nombreux criminels seraient libérés.

J'ai senti un nouvel accès de tristesse.

— Donc, tout le monde se tait.

— Pour le bien de Rachel. Tu t'en crois capable, Mickey ?

En cet instant, je n'étais pas en mesure de répondre. Je me suis éloigné sans ajouter un mot.

— Mickey ?

Je ne me suis pas retourné. M. Caldwell a fini par rejoindre sa voiture. Je me suis arrêté de marcher et j'ai attendu qu'il ait démarré pour repartir.

J'ai rejoint Myron qui se tenait derrière le grand arbre.

— Quand il t'a demandé ton portable, j'ai eu peur.

— J'ai coupé la communication avant de le lui tendre.

— J'ai failli intervenir, mais tu ne m'as pas lancé le signal de détresse.

— Je n'en ai pas eu besoin, ai-je dit alors que nous nous dirigions vers sa voiture. Mais c'était rassurant de savoir que tu étais là en renfort.

47

J'ai dû finir par répondre aux messages de Rachel.

De retour chez moi, je lui ai raconté que je n'avais rien trouvé de probant dans les dossiers de Taylor. Bref, j'ai menti. Ou du moins, j'ai gagné un peu de temps, avant de prendre une décision. Ema aussi a voulu savoir où on en était. Je ne savais pas trop quoi répondre, mais finalement, c'était la vie privée de Rachel, pas la mienne, donc je ne lui ai rien dit à elle non plus.

La sonnette de l'entrée a retenti.

Myron était au téléphone.

— C'est la pizza. Tu t'en occupes ? Il y a de l'argent sur la table de la cuisine.

J'ai attrapé les billets, payé le livreur, pris la pizza. Je l'ai posée sur la table de la cuisine, j'ai rempli deux verres d'eau et attendu Myron. Il m'a rejoint et s'est assis à côté de moi.

Quand il a ouvert le carton, un parfum délicieux s'en est échappé, comme un cadeau de ces dieux que nous avions étudiés en cours de mythologie. Il m'en a donné une part, avant d'attaquer la sienne.

— Le bonheur !

— Ça y ressemble, ai-je acquiescé.

— Tu ne veux toujours pas me raconter ce qui s'est passé ?

— Je te remercie de ton soutien...

— Mais ?

Il était tard. J'étais crevé et paumé.

— Tu crois que, dans certains cas, il est acceptable de mentir ?

Myron a reposé sa pizza et s'est essuyé les mains.

— Bien sûr.

— Comme ça, c'est tout ?

— Oui, comme ça. C'est l'éternelle question : est-ce que la fin justifie les moyens ?

— Et à ton avis ?

Myron a souri.

— Méfie-toi de quelqu'un qui prétendrait détenir la solution. Si on répond par un oui catégorique, ou un non catégorique, c'est qu'on n'a pas suffisamment réfléchi.

— Donc, la réponse est « parfois » ?

— Si c'était « toujours » ou « jamais », la vie serait beaucoup plus simple. Or, la vie n'est pas simple.

— Donc, parfois, il vaut mieux mentir ?

— Je crois. Tu as une petite amie ?

— Non.

— Bon, prenons un exemple. Si ta future petite amie te demande si telle robe la grossit, réponds non.

— Je ne parlais pas de ce genre de chose.

— Ah ?

— Je parle de quelque chose d'important. Est-ce qu'on peut mentir à une personne à propos d'une chose importante, si la vérité risque de la blesser ?

Myron a pris le temps de réfléchir.

— J'aimerais bien te donner une réponse catégorique. Mais ça dépend.

— Et si un parent te demande de mentir à son enfant ? Pour le protéger ? On ne peut pas aller contre la volonté du parent, si ?

— Ouah, tu es mal barré...

Je n'ai pas répondu.

— Un jour, j'ai menti à mon père, a repris Myron. Ça m'a coûté ma relation avec mon frère. Parfois, je me demande, si j'avais dit la vérité...

Il a laissé sa phrase en suspens, et son regard s'est perdu dans le lointain. Les larmes lui sont montées aux yeux et ont roulé sur ses joues. Il a baissé la tête. J'ai senti la colère gronder en moi. Oui, Myron, si tu avais dit la vérité, si tu t'étais montré plus compréhensif et bienveillant, mon père serait peut-être encore en vie, ma mère ne serait pas en cure de désintoxication et moi, je ne serais pas obligé de vivre avec toi.

J'ai failli me lever et quitter la pièce. Comme s'il le sentait, Myron a posé la main sur mon avant-bras.

— Il y a une chose que tu dois savoir, Mickey. Il y a toujours un prix à payer quand on ment. À partir du moment où tu introduis le mensonge dans ta relation avec quelqu'un, même avec les meilleures intentions du monde, il sera toujours là. Chaque fois que tu te retrouveras en présence de cette personne, le mensonge sera là aussi. Assis sur ton épaule. Quelle que soit sa nature, qu'il soit ou non justifié, il sera là dans la pièce avec vous pour toujours. Il deviendra ton compagnon de chaque instant. Tu comprends ?

— Oui. (J'ai repoussé sa main et contemplé la pizza.) Mais imagine que la vérité risque de détruire cette personne.

— Dans ce cas, il vaut peut-être mieux mentir. Mais tu dois en mesurer le prix. Et te demander si tu es prêt à le payer.

L'étais-je ?

Nous avons tous deux fini notre première part de pizza en silence. Alors que nous attaquions la deuxième, Myron a déclaré :

— Tout est arrangé.

— Quoi ?

— L'exhumation de ton père. Nous prenons l'avion pour Los Angeles demain après-midi. Les autorités ont dit qu'on pourrait déterrer le cercueil le lendemain.

J'étais sans voix.

— Tu es sûr que tu veux toujours te lancer là-dedans ? a insisté Myron.

— Oui, sûr et certain.

Et puis, parce que j'avais peut-être envie de me rapprocher un peu de lui, ou parce qu'il semblait vraiment en avoir besoin, j'ai ajouté :

— Merci, Myron.

48

Le lendemain matin, je me suis réveillé tôt et j'ai mis un des vieux costumes de Myron. Quoique un peu grand au niveau de la poitrine et de la taille, il ferait l'affaire. Le placard à cravates de mon oncle regorgeait de modèles roses et verts, cadeaux d'un de ses amis travaillant dans le prêt-à-porter, mais j'ai réussi à en trouver une plus sombre et plus sobre pour la circonstance.

Mon portable a vibré. « Lycée Kasselton » s'est affiché sur l'écran.

— Allô ?

— Mickey, ici le coach Grady.

— Ah.

Je me suis assis.

— Je viens de parler au commissaire Taylor. Apparemment, toutes les charges pesant sur toi ont été abandonnées. En fait, il pense que tu as été traité injustement.

J'ai resserré ma prise sur le téléphone.

— Mickey ?

— Je vous écoute, coach.

— Quand j'ai tort, je sais le reconnaître. Ta suspension est levée. On te voit à l'entraînement lundi après-midi.

J'ai failli bondir de joie, puis je me suis rappelé où j'étais et ce qui se passait aujourd'hui. Prenant sur moi, j'ai remercié l'entraîneur puis fini de nouer ma cravate.

— Tu veux que je t'emmène ? a proposé Myron.

— Je préfère marcher.

— Je ne suis pas sûr de bien comprendre pourquoi tu y vas. OK, c'est une histoire très triste, mais ce garçon a disparu il y a vingt-cinq ans. Tu ne le connaissais pas.

Je n'ai pas pris la peine de le corriger.

— Mickey ?

— Ouais ?

— Tu m'as l'air très guilleret pour quelqu'un qui se rend à une cérémonie du souvenir.

— Le coach vient d'appeler. Je réintègre l'équipe.

Sans crier gare, Myron m'a serré contre lui. Mon corps s'est raidi, puis je me suis détendu. C'était quelque chose que nous partagions : cette passion pour le basket. Même Ema ne le comprenait pas aussi bien que Myron. Je n'irais pas jusqu'à dire que je lui ai rendu son étreinte, mais je suis resté là sans protester, puis en pensant à Spoon qui aimait tant les câlins, je l'ai repoussé doucement.

J'ai couru pendant presque tout le trajet jusqu'à l'église, couru pour me débarrasser de cette stupide excitation, de sorte que quand j'ai fini par ralentir l'allure, je me suis rappelé pourquoi j'étais là. J'ai pensé au photomontage du Boucher de Łódź. J'ai pensé à la femme chauve-souris en me demandant où elle pouvait être. J'ai pensé à Ema qui voulait savoir qui était son père, et à la vérité que je cherchais à propos de la mort du mien. J'ai pensé à Spoon et là, j'ai ressenti une telle douleur que j'en ai eu la respiration coupée. Par-dessus tout, j'ai pensé à Rachel, au désir de son père de la protéger, et je me suis demandé ce que je devais faire.

La cloche de l'église a sonné. Le soleil étincelait sur le clocher, comme s'il se moquait de la tristesse de la cérémonie. Une grande photo de Dylan Shaykes était posée sur un chevalet à l'entrée. Toujours ce même cliché de l'enfant aux cheveux bouclés et aux yeux tristes, que j'avais vu dans le couloir chez la femme chauve-souris.

L'église était aux trois quarts pleine. L'organiste jouait un air de circonstance. Les personnes présentes chuchotaient entre elles comme toujours dans les lieux de culte, sauf que les murmures étaient encore plus discrets et solennels que d'habitude. J'ai pris place sur un banc tout au fond et examiné les lieux. La même photo du petit Dylan trônait sur l'autel.

J'ai scruté l'assemblée à la recherche d'un visage familier, mais jusqu'ici, il ne s'était pas montré.

L'orgue s'est arrêté à 9 heures précises. Les murmures se sont tus. Le service religieux a commencé. La mère de Dylan Shaykes était décédée, mais son père, l'homme que la police avait d'abord soupçonné, était assis au premier rang. Il avait les cheveux blancs et portait une veste en tweed.

Un ami d'enfance de Dylan a été le premier à prendre la parole. Le contraste était saisissant. Nous regardions la photo d'un garçon de 9 ans, et c'était un trentenaire qui parlait de lui – se souvenant qu'il adorait jouer au foot, collectionner les cartes de base-ball, faire des balades en forêt et étudier les papillons.

Un en particulier, je parie.

Un silence absolu baignait à présent la salle, comme si le bâtiment lui-même retenait son souffle. C'était difficile à appréhender. Vingt-cinq ans plus tôt, jour pour jour, un petit garçon avait été enlevé dans la cour de son école. Et là, à cet instant même, ce petit garçon a pénétré dans l'église.

Je me suis figé.

Il est resté un moment au fond, cet enfant devenu adulte, puis il s'est assis sur le banc au dernier rang. Il portait des lunettes noires. Personne, à part moi, ne l'avait vu entrer. Personne à part moi ne savait qui il était.

Quand l'ami de Dylan a fini de parler, j'ai discrètement quitté ma place pour me rapprocher de lui. Quand il m'a vu, la surprise s'est peinte sur son visage. Aussitôt, il s'est levé et dirigé vers la porte. Je l'ai suivi. Il est ressorti dans le soleil éclatant.

Dehors, j'ai aperçu la voiture noire qui attendait.

— Stop ! ai-je crié.

Le Chauve s'est retourné lentement. Il a retiré ses lunettes noires et il est venu vers moi. La ressemblance n'était pas évidente. Les cheveux bouclés n'étaient plus là. Le gamin sur la photo était un petit maigrichon, tandis que l'homme était grand et bien charpenté. La seule chose qui aurait pu le trahir, c'étaient ses yeux, toujours habités par la tristesse.

— Donc, maintenant, tu sais, a déclaré le Chauve.

— Je sais, mais je ne comprends pas. Si vous êtes en vie, pourquoi vous ne l'avez dit à personne ? Qu'est-ce qui vous est arrivé ?

Il n'a pas répondu.

— Avez-vous été sauvé par le refuge Abeona ?

— On peut dire ça comme ça.

— Et où est la femme chauve-souris ? Je n'y comprends rien. Cette photo qu'elle m'a donnée, elle est photoshopée. Ce n'est pas le Boucher.

Il a haussé un sourcil.

— En es-tu bien sûr ?

— Comment ça ?

— L'homme de la photo est bien le Boucher.

— Mais…

— C'est ton Boucher, Mickey. C'est ça qu'elle voulait te faire voir.

Le Chauve, autrement dit Dylan Shaykes, a fait un pas vers la porte vitrée de l'église et regardé son père, installé au premier rang.

— Nous avons tous notre Boucher.

J'ai senti tout mon corps se mettre à trembler. Les paroles qu'il avait prononcées après la fusillade chez Rachel me revenaient en mémoire. Je lui avais demandé pourquoi nous avions été choisis, Spoon, Ema, Rachel et moi.

— Pourquoi vous ? avait-il répété.

Puis, le visage décomposé, il avait ajouté :

— Pourquoi moi ?

— Avez-vous été kidnappé ou avez-vous été sauvé ? lui ai-je demandé.

Sans quitter son père des yeux, il a répondu :

— Parfois, même moi je ne sais plus.

— Dylan ?

Il a fermé les yeux.

— Ne m'appelle pas comme ça.

— Est-ce que mon père est encore en vie ?

Il n'a pas répondu.

— Je vais à Los Angeles. Nous allons exhumer sa tombe. Qu'est-ce que nous allons trouver ?

Il a posé la main sur mon épaule et m'a souri.

— La vérité.

Avant de se retourner pour repartir vers la voiture noire, il a ajouté :

— Bonne chance, Mickey !

— Où est la femme chauve-souris ?

— Elle va bien. Et elle reviendra bientôt vers vous pour vous confier une nouvelle mission.

— Mon ami a été gravement blessé.

— Je sais.

— Comment va-t-il ?

— Pas très bien, mais...

— Mais quoi ?

Dylan Shaykes s'est retourné et il a fait un pas vers moi.

— Il y a une chose que tu dois savoir à propos de nous – de nous tous qui sommes choisis pour rejoindre le refuge Abeona.

— Laquelle ?

Les portes de l'église se sont ouvertes derrière nous et les premiers paroissiens ont commencé à sortir.

— Nous sommes tous plus forts que nous le croyons, a affirmé Dylan Shaykes. Et, quel que soit l'endroit où ça nous mène, nous devons toujours chercher la vérité.

49

Avant d'aller prendre l'avion pour Los Angeles, il me restait assez de temps pour une dernière visite.

Alors même que Rachel m'ouvrait le portail, j'ignorais encore ce que j'allais faire. Je n'avais pas oublié les mots de M. Caldwell. Il voulait protéger sa fille. C'était son droit en tant que père, n'est-ce pas ? J'ai pensé à mon propre père, qui m'avait toujours protégé. De quel droit interviendrais-je ? Pourquoi obliger Rachel à vivre avec le fardeau de la culpabilité ?

J'étais à deux doigts de repartir en sens inverse, quand elle est apparue à la porte. Dès qu'elle a vu mon visage, elle m'a demandé :

— Mickey ? Qu'est-ce qui se passe ? Qu'est-ce qui ne va pas ?

Il s'en était fallu de quelques secondes...

— Mickey ?

Mais pendant ces quelques secondes, j'ai repensé à ce que m'avait dit mon oncle, à propos du mensonge qui ne nous quitte jamais. J'ai pensé au refuge Abeona, à mes amis, aux paroles de Dylan Shaykes. Oui, Ema, Spoon, Rachel et moi avions uni nos forces pour sauver Rachel, mais ce qui nous reliait, ce qui forgeait ce lien inaltérable entre nous, c'était notre désir de connaître la vérité.

En regardant Rachel, j'ai senti sa force. La vérité

pourrait la blesser sans aucun doute, mais moins que ne le ferait une vie de mensonge.

Spoon avait tout dit lorsque, sur son lit d'hôpital, luttant contre la douleur, il avait déclaré : « Tu ne peux pas abandonner tant qu'on ne sait pas la vérité. »

— Mickey, qu'est-ce qu'il y a ? Tu me fais peur.

Ce n'était pas une décision facile. Myron m'avait averti que la vie était rarement simple. Mais tout bien pesé, j'avais promis à Spoon de ne pas baisser les bras tant qu'on n'aurait pas découvert la vérité. On ne fait pas ça, ce genre de sacrifice, pour finir par mentir, même dans le but de préserver une amie.

— J'ai quelque chose à te dire.

J'ai pris sa main dans la mienne.

Elle m'a regardé dans les yeux.

— C'est si terrible que ça ?

— Oui.

— Je t'écoute.

Et je lui ai dit la vérité.

FLEUVE NOIR
12, avenue d'Italie
75627 Paris Cedex 13

Composé par Nord Compo Multimédia,
7, rue de Fives, 59650 Villeneuve-d'Ascq

Dépôt légal : septembre 2013
N° d'impression : 3001042
R09251/01

Imprimé en France par

CPI
BRODARD & TAUPIN

à La Flèche
en août 2013